黯鄉魂 5

作者／張廉
插畫／Ai×Kira

目錄

一、前進幽國

暮廖國最近大事連連，先不說暮廖三王子北冥軒武再次凱旋而歸，就說在他回來的時候，破天荒地去拜訪了他的大哥和六弟。向來不回家的北冥軒武，居然會親自去探望兩個與他「敵對」的兄弟，讓朝中的各股勢力都分外緊張。一時間，所有官員的視線都集中在了這兩次拜訪上，簡直比新王登基還要讓他們關注。

而出人意料的事情發生了。就在北冥軒武的兩次拜訪後，朝廷裡立刻揪出了兩個通敵的奸細，這兩個內奸大臣正是大殿下和六殿下的人，他們在朝廷裡雖有舉足輕重的地位，但還算不上是骨幹，可說是多了他們不算多，少了他們也不算少。一下子，整個暮廖朝廷變得寧靜，沒了往日的爭鬥和喧囂，人人自畏，不敢多言。就在這一片寧靜之後，北冥候再次提出了立太子之事，立刻有人上書提議北冥軒武繼位，幾乎毫無任何阻撓，北冥軒武接替了太子之位。

在北冥軒武繼位之後，其他幾個殿下紛紛封王封地，斷了他們想做太子的後路。各王之間的關係也開始發生微妙的變化。

原本一直對大殿下馬首是瞻的二殿下，此番成了太子的跟班，並受太子之命，將美人茱顏護送前往大殿下的封地，在途中被美人茱顏所殺，理由是二殿下欲對她不軌。

大殿下在看到茱顏的美貌後，哪裡還會想著二殿下的死有什麼蹊蹺，反而憤怒地將二殿下以往與北寒的書信都挖了出來，一狀告到朝廷，於是茱顏的事也就不了了之。

而其他幾個殿下對茱顏的美貌也頗為好奇，愛張揚的大殿下便又擺下了一個【美人宴】炫耀茱顏。於是新的嫌隙，新的暗流，因為一個絕世傾城的美人：茱顏，再次形成……

幽幽的夏泯小道上，最近變得尤為寧靜。

夏泯小道，就是蒼泯國和緋夏國交界的一段小道，這條小道很特殊，兩邊是連綿的樹林和山脈，小道不屬於任何一國，但卻是通往北寒和南邊幽國的捷徑。

因為是三不管地段，就成了山賊和黑店的根據地。儘管小道上沒什麼路人，但無論穿過任何一片樹林就是兩國喧鬧的城鎮，於是那些山賊們就是看準這一點，每次都是突然殺出樹林搶劫一番，然後再迅速退回夏泯小道。

就在一個陽光明媚的下午，夏泯小道上行來一輛風塵僕僕的馬車，這輛馬車很奇特，趕馬車的人竟是一個俊美非凡的少年郎。只見他有著明眸皓齒，紅潤而光澤的薄唇，一張微圓的粉臉，總讓人忍不住想掐兩下。少年的美貌讓人傾心，那是一張無論男女都會想入非非的臉。然而這樣的一個美少年，卻有著睿智的眼神和陰冷的殺氣，就連夏泯小道上的強盜，都不敢靠近這輛馬車半分。

而這輛破馬車奇怪的地方不僅僅是這俊美的少年，更奇怪的是拉著馬車的那匹馬。只見那白馬的馬屁股上有著對稱的兩個傷疤，遠遠看去，兩個傷疤配合著馬尾，活像一張皺皮的老人臉，虧得那匹馬還優哉游哉地甩著馬尾。

而更讓人覺得詭異的是，那黑黑的車廂裡還坐著一個詭異的人影。一陣陣凜冽的黑風刮過，時不時掀起了馬車的簾子，裡面若隱若現一個神秘女子。

英俊美少年！

長著人臉的馬屁股！

馬車裡神秘的女子！

這三個特徵立刻引起了埋伏在蒼泯小道邊山賊的注意，他們知道，不好惹的人來了。早先就收到前面同行的通報，說如果遇到一個美少年趕著一張馬屁股有人臉的馬車，裡面還坐著一個神秘的女人時，只有一個字：閃！

為何會發出這樣的通報，原因是在七天前。蒼泯小道沿途上的第一家黑店，當時終於迎來了入冬以來第一筆生意，誰知飯菜才剛上桌，旅客中的女人就開始嘔吐，於是那美少年當即滅了黑店，搜刮了他們的銀子和糧食。黑店老闆和夥計一路狂奔，到達下一個同行的據點準備伏擊，哪知再次失敗，傷亡慘重。既然如此，他們想：我們不惹你們不行嗎？但誰會料到，這隊旅人居然自己找上門，於是又是一番擄劫，搶光了他們的食物和銀子方才離去。

就這樣，這隊比強盜還強盜，比山賊還山賊的神秘旅客在這蒼泯小道上掀起了巨大的波瀾。

「嘔！」我忍不住又是一陣噁心，要不是月事正常，我準以為懷上那臭小子的孩子了！這個可惡的混蛋，總是要我試毒。

「怎麼？那山果有毒？」隨風探進了腦袋，「到底哪些沒毒啊，我餓了！」

「你吵個屁啊！王八蛋，就只會叫我試毒！」我狠狠將手裡一個鮮豔的果子朝他扔去，他側臉躲過就是一臉狡猾的笑：「沒辦法啊，這條道上沒什麼人，現在又是冬天，妳又不讓我殺生，只有摘些山果充饑啦。」的確如此，這一路行來，除了搜刮那些黑店和山賊據點的食物，基本上很難找到吃的。而我的身體對毒物越來越敏感，幾乎只要一聞味道，便知有毒無毒。

隨風停下馬車，挪了身子進來：「要不妳聞聞，看看哪裡有山賊？」……當我是狗啊？不過我還是提鼻子聞了聞，淡淡的空氣裡只有隨風的味道，絲毫沒有其他人氣。終於，我洩氣了，朝隨風哭喪著臉：「我餓了——」

「我知道。」隨風皺起了眉，心疼地撫摸著我的臉，緩緩靠近，我立刻警覺地瞪起了眼睛：「你幹嘛？」隨風笑了笑，用他的鼻子磨蹭著我的鼻子：「妳不是餓了嗎？」

體溫立刻升高，抬腳將他踹開：「滾開，色鬼！」

回想起那晚，我就忍不住罵自己垃圾，居然被隨風的美色所誘，最終做下了無法彌補的事情，才會讓這小子越來越肆無忌憚。

就在那晚之後，這小子不但燒退了，連傷口的發炎也好了，我開始懷疑他是不是吸了我的精氣，不然為何他精神那麼好，我卻累得起不來？他那時精神煥發地看著我，還問我這回是不是有感覺，我立刻羞得不想見人。

之後我們就踏上了這條夏泯小道，感謝一直沒有落腳之處，才讓我得以安全地待在這隻色狼身邊，唯一一次在黑店過夜，碰巧我月事來，逃過一劫。

這實在讓人太尷尬了，每每想起，我還是會忍不住臉紅心跳，就像和男人是第一次親密接觸。

有時自己也覺得奇怪，在這方面，明明我也不是第一次，何以面對隨風就會害羞呢？想來想去也想不出結果，反而把自己弄得渾身通紅，就像現在。

「怎麼又臉紅了？」隨風捏著我的臉蛋：「我就喜歡看妳臉紅。」

「……」為什麼我面對隨風就會變成十七八歲懷春的少女呢？難道真是應了那句話，一物降一物？

隨風心滿意足地「調戲」了我一番，然後才再去趕他的車，突然他扔了一句話進來：「我真的餓了。」他忽然一甩鞭，原本總是磨磨蹭蹭的馬車一下子飛奔起來。這突然的加速讓我整個人摔了個仰面朝天。

車輪滾過小道的石子顛簸不已，震動的感覺透過車轣轆直接傳遞到我的臀部，震得我屁股發麻。心裡開始為這輛破車擔憂，怕它因為受不了顛簸而支離破碎。整個人就像坐在碰碰車上，東倒西歪，這是十天來，他第一次那麼拚命地趕路。

冷風從四面八方灌入，我把整個人都縮進外氅裡才覺得有點暖和，即使如此，也依舊能感覺到寒風打在外氅上的冰冷。馬車漸行漸止，我被晃得幾乎不成人形，頭髮散亂，屁股開裂，頭還昏昏沉沉，原本就腹中饑餓，此番連罵人的力氣都沒有了。

「我們到了。」隨風撩開了馬車的車簾，一座宏偉的城門立刻出現在我的眼前。只見面前的城門立於兩座山巒之間，宛如一個神秘的國度即將呈現在我們的面前，高聳如雲的城門氣勢磅薄，兩邊山巒的崖壁上，更是雕刻著兩座手拿玉牌的神官，氣勢恢弘。

我慌忙整理了一下散亂的頭髮，爬出車廂與隨風肩並肩坐在一起，驚嘆於那兩座崖壁上的浮離。「這就是幽國的鏡城，最西邊的城池，也是幽國的邊境之城。」隨風望著那兩尊巍然而立的神官，眼中閃現著自豪。然後他微微揚了揚鞭，馬車再次前行，城門此刻大開著，崖壁上的神官宛如迎接我們的使者站在兩邊，我仰望著那兩尊惟妙惟肖的神官，被幽國這特殊的風格所吸引。

經過城門，才看見守護邊境的城樓，城樓下有士兵檢查出入的百姓，隨風說，百姓一般不走夏泯小道，所以這裡很少有人出入。隨風從懷裡掏出了一塊黑色的權杖，兩邊的侍衛立刻單膝跪地，大喊道：「恭迎尊使。」

尊使？我好奇地看著兩邊的士兵，他們的穿著很魔幻，黑色的鎧甲遮到膝蓋，腰間是一根有著怪獸頭像的腰帶，很像網路遊戲裡的傭兵造型；額前是一根帶有黑色石頭的髮帶，長長的頭髮高高豎起，沒有頭盔，有點像先秦的裝束。

「嗯，不用通知城主，今晚只在這裡落腳。」

「是！」

馬車繼續前行，我好奇地看著隨風手裡的權杖，隨風朝我笑笑，用他N天沒洗……至少不是經常洗的手晃了晃我的腦袋，然後把權杖放到我手裡，笑道：「拿去玩吧。」

「哦！」我高興地接過，愣了一下，怎麼像個小朋友？我翻看著權杖，權杖呈玄黑色，看紋理似乎是木製，但卻比木材重，權杖帶著淡淡的香氣，心裡震驚了一下，脫口道：「沉香木？」

「不錯啊。」隨風在一邊誇獎著，又用他那不怎麼乾淨的爪子捏著我的臉：「能看出沉香木，算妳還不笨。」我忍不住暗自嘀咕了一聲，發洩自己對他的不滿。

原本我也不認識沉香木，畢竟那是國寶級的東西，但有一次，一張由沉香木所製、價值高達六億的龍床被送到上海博物館展覽，懷著對六億的好奇，我去看了，才了解沉香木這種特殊的木材。只是沒想到幽國那麼奢侈，居然用億年的沉香木做權杖，這倒讓權杖上那黃金製的花紋沒了價值。權杖的中央，是一隻奇異的怪獸，有點像麒麟，而反面就是一個令字，古今權杖基本都是這種款式。

「給你。」我還給他，他笑了笑說道：「妳拿著玩吧，以後用得著。」

「好！」我也不客氣，再次朝他伸出手：「錢！」

「幹嘛？」

「買衣服啊，都這麼多天沒換了，你不難受嗎？」

「是啊，還要好好洗個澡。」

「就是就是，我們走吧。」我表現得異常熱情，給他捶腰敲背討好。錢在隨風手上，自然要多拍拍他的馬屁。隨風嘴角微揚，帶出了他的輕笑。

雖然北風凜冽，但鏡城裡卻是熱鬧非凡，人來人往的大街上，彷彿隨手一抓都是俊男美女，看得我兩眼發直，尤其是他們的穿著，讓我想起了網路遊戲《天堂》。以白色為主的布料，上面用不同顏色繡著詭異的雲紋，直挺挺的衣衫突顯了男子修長的身材和英俊不凡的氣質。女子裝束大多簡易，服飾上沒有太多累贅的裝飾，大凡束身收腰窄袖，一個個都英姿颯爽。

「幽國出美人？」我好奇地問著身邊的隨風，隨風一臉冷漠地走在大街上，渾身散發的寒氣，讓那些俊男美女們不敢靠近。隨風懶懶地答道：「這個國家適合妳這樣的人居住。」

「為什麼？」

「因為有妳喜歡的男愛。」

「真的？」我一下子興奮地抓住了隨風的胳膊，隨風順手牽住了我的手，嫉妒的目光瞬即從四面八方而來，嚇得我不自覺掙了掙，卻沒掙脫，隨風倒是一臉的笑意：「不拉著妳，妳這麼笨的女人一定會迷路。」

無言，竟然瞧不起我！或許以前的我會迷路，但現在決不可能，因為我有一個舉世無雙，天下無敵，比狗還要靈敏的鼻子！我只要嗅著味道就知道隨風在哪兒，絕對不會迷失。

大包小包買了不少，天色漸晚，夕陽下的鏡城別有一番風味，鏡城主體的風格都是樓閣，到處都是三層以上的樓閣，圓柱型的塔樓，尖尖的圓頂在夕陽下閃現著五彩斑斕的霞光，宛如到了修仙聖地。我跟著隨風進了一家城裡最大的客棧。起先我還擔心了一下，怕隨風只訂一間房，直到清清楚楚聽他訂了兩間房時，我才鬆了口氣。

隨風走在我的身邊，歪著腦袋看我，邊走邊問：「妳剛才好像很害怕？」

「害怕？我怕什麼？」嘴上這麼說，心裡卻想：當然是怕你吃了我啊！我可沒那麼不自愛，若不是情非得已，誰想往火坑跳呢！

隨風揚了揚他好看的眉毛，黑黑的眸子裡閃爍著精光：「是嘛……難道我看錯了？我剛才在訂房間的時候，妳好像很緊張。」

「真的嗎？沒有啊……」我乾笑著，進入自己的房間。這是一個寬敞明亮的房間，錦緞色的被褥，柔軟的床，紅木的圓桌圓凳，一個香爐放在桌上，紫煙繚繞，的確是一間上房。

「把東西放了我們先吃飯！」隨風在隔壁房間對我喊了一聲，他的房間就在我的隔壁。我納悶地將東西放好，然後走到他的房門口，問道：「不先洗澡嗎？這麼髒兮兮的。」隨風笑著反手關上自己的房門，倏地將我攬在懷中：「我怕妳先洗澡就沒機會吃飯了。」他什麼意思？看了看周圍，還好沒人，瞪了他一眼將他推開：「你注意點，我會生氣的！」我鼓起臉，顯示著自己的怒意。

隨風輕笑兩聲，環抱著雙手走在了我的前面，他的笑讓我豎起了汗毛，總覺得他有陰謀。在吃飯的時候，隨風讓小二給我們準備洗澡水，他想得果然周到，那麼吃完飯就可以直接洗澡，然後上床睡覺。

好久沒睡床了，啊……那個暖和又柔軟的床啊……我不禁神往。正在想入非非之際，隨風說他先去結帳，讓我自己吃飽了回房。我連連點頭，他不在，我可以多吃點。

他看著我狼吞虎嚥的樣子，冷不防扔出一句話：「妳是該多吃點，免得明天沒力氣上路。」我莫明其妙地看著他，他一臉壞笑地上了樓。又是那個笑容，那個充滿著陰謀的笑容，再次讓我豎起了全身的汗毛。

哼著小曲，喜孜孜地回房，剛才的雞鴨魚肉可真鮮美啊……真是作孽，動物朋友們，我再次吃了你們的同胞，我過會兒睡覺的時候一定好好懺悔。

打開房門，整個房間霧氣繚繞，哈哈，連熱水都準備好了哩。

可是……怎麼有點怪怪的？房門的右側是一個屏風，屏風上是美人出浴圖，而屏風上卻掛著衣衫，這黑色的衣衫，十分之眼熟。不會吧？莫非我吃撐了，走錯了房間？趕緊悄悄退出，免得某人說我偷窺他洗澡。輕輕帶上房門，再次看了看房門號……對啊？沒錯啊？難道是那小子走錯了？

跑到隨風的房間，裡面燈火通明，我正準備推門，門突然開了，一個七尺高的壯漢瞪著眼看著我，胸前敞開的衣襟裡是一叢「性感」的胸毛。

「妳想幹嘛！」壯漢說話粗聲粗氣，震得我雙耳發聾，「想偷看我洗澡！」

我汗，要偷看也不會偷看閣下啊。壯漢不怒而威，嚇得我只想落跑。我不好意思地乾笑著：「抱歉，走錯了，我……住在隔壁……呵呵……」

我在壯漢懷疑的目光邊走邊僵笑，走回自己的房門前，推了推……嗯？沒推開？該死，怎麼才一會兒，居然就鎖了門！

壯漢的眼睛瞪了起來，拳頭高舉：「看妳就不像善類！居然垂涎本公子的美色！」

吐血啊……你還美色咧……

我慌了，趕緊拍門：「隨風！讓我進去，快啊！」門開了，我立刻對那大漢理直氣壯道：「看見沒，我真住這兒，誰要看你洗澡！」說完，我趕緊鑽進房間反手關門。靠在門上開始喘氣：「呼……什麼玩意，就你那副尊容，就算倒貼讓本小姐看，本小姐還不屑看呢，我說隨風你……」

就在我望向隨風的那一剎那，我頓時心跳加速，臉騰一下紅了起來。

只見他全身赤裸，下身只圍了一條浴巾，一身的水氣在空中揮發，被熱水滋潤過的身體，在燈光上閃現著珠光。雖然之前和他有過兩夜迷情，但都在黑燈暗火的時候，我也沒那麼變態特地點亮蠟燭看他的胴體。只是沒想到今天的他會給我帶來這麼大的震撼，我慌忙捂住自己的鼻子，看看有沒有流鼻血。

他的長髮盤在腦後，用一隻桃木簪固定，嘴角微揚地環抱著雙手向我靠近：「妳怎麼這麼笨，連房間都會走錯？」一句譏諷讓我回過了神，抵銷了美色對我的誘惑，我疑惑道：「我的房間呢？」

「在這兒啊。」隨風伸出右手，撐在我的臉側。

「那你的房間呢？」

「也在這兒？」他又伸出了左手，撐在我另一邊。

「你不是訂了兩間？」

隨風笑了笑，眉角揚起，俯身而來：「我退了，因為……我需要有人給我暖床。」

「欸？」看著他越來越陰險的笑容，我緊張地緊緊貼住身後的房門，他忽然將我攬到胸前，唇就落在我的耳邊：「我餓了好久了，妳該負責。」

「啊？不……我不是……別……啊！」下一刻，我就被他攔腰抱起，直接扔入水中。

「啪！」我直接沉到桶底，抓住桶沿，我從水裡鑽了出來，怒道：「你不可以這樣！咦？人呢？」四處望了望，不見隨風的蹤影。

「在這兒！」一隻爪子搭上了我的肩，我回頭一看，原來還有一個浴桶，那傢伙正趴在桶沿看著我：「是不是害怕了？」他扣住我肩膀的手緩緩繞過我的脖子，將我拉近。忽然他站了起來，我慌忙扭回頭，深吸一口氣，看著自己浴桶裡泛著花瓣的清水。

迷濛中，他進入我的浴桶，從我的背後環住了我的脖子，讓我貼近他赤裸、濕潤的身體，耳邊傳來他輕輕的調笑：「我們都這麼親密了，妳怎麼還這麼害羞？」他的手緩緩下移，扯住了我胸前的衣結。

大腦瞬即空白，心跳脫離了軌道，我呆滯地看著自己急速起伏的胸，和他赤裸沾有水珠的手臂。他修長的手指捏住了我衣帶的尾端，慢慢的，輕輕的，如同打開一件精美禮物一般扯開，我看著胸前的蝴蝶結鬆開，短小的小褂緩緩敞開。他的手滑過我的前胸，沒入花瓣之間，探到我的腰間，扯開了一個又一個的衣結，一件又一件的衣衫，在水下散開。

「別……」空白的大腦裡，只帶出了這個字，我下意識地捉住了他的手臂，卻忍不住順著他光滑的手臂緩緩滑落。

「非雪……」他暗啞的聲音帶著他灼熱的氣息，烘烤著我的耳垂，柔軟的唇滑過我的頸項，帶出一片熨燙，「乖……」那近似魔咒的聲音，催眠著我的意志。

散落的長髮被順到一邊，露出我修長的後頸，一連串的吻讓我的視線變得模糊，熱掌撫過，只剩下體內的慾望，那慾望徹底摧毀了我的意志，肺裡的空氣無法滿足我的呼吸，下意識地張開雙唇，渴求更多的空氣。

一隻火熱的手掌扣住了我的下巴，柔軟的大拇指滑過了我的下唇，我順著他的手勢揚起了臉，水氣茫茫中，我看到了他火熱的視線，和如同慾火一般的紅唇，他吻了下來，我全身全心地接受了這個吻，我拚命從他的嘴裡吸取空氣，讓自己得以呼吸。

他的吻越來越猛烈，唇齒之間的共舞讓我們彼此融化，他的喘息與低吼，都宣洩著他的慾望。他瘋狂地扯去了我身上所有阻隔他的衣物，雙手開始肆無忌憚地撫摸，我在他深情的眼神中迷失，在他火熱的親吻裡沉淪，在他連綿不斷的愛撫下融化……再一次，我成為了愛慾下的俘虜……

激情過後，就是深深的疲憊。

「非雪……」朦朧中，聽見了他的呼喚：「對不起……我知道我不該這樣，可是……我真的忍不住……」環住我身體的手，越收越緊。

「嗯……」我輕輕地做出了回應，在他懷中感受著自己渴望的肌膚之親……

第二天一清早，我還在睡眼朦朧的時候，有人拍響了門。

「叩叩叩……」拍門的人似乎很小心，他輕輕地，不間斷地拍著門，我的眼前立刻出現了一個和尚敲著木魚。

幾番掙扎，我始終沒有醒來，只看見一個人影在我面前好像穿衣服，然後就放下了帳幔。昏昏沉沉，半睡半醒之間，聽到了人的說話聲：

「卑職參見尊上，未知尊上駕到，卑職失職！」

「免了，本就是路過，不想驚擾百姓。」是隨風，他的語氣裡帶著微微的怒意。

「接下去就請讓屬下護送尊上回明火城吧。」

「知道了，你們先下去。」

「是……」

一些雜亂的腳步聲，和輕微的關門聲。眼前的帳幔被撩了起來，刺眼的陽光照得我眼前一片血紅，我翻了個身，躲在被子裡。

「非雪，起來了，我們要上路了。」

「嗯~」好暖和的被窩，真捨不得離開。

「醒醒，起來了。」有人捏住了我的鼻子。

「嗯～」好軟的枕頭，我有多久沒睡床了？

「妳真的不起來？」某人的聲音開始變冷。忽然，一隻冰涼的手插進了我的頸項，我當即一個激靈，跳坐起來。

「起來了！起來了！」我抱著被子緩口氣，那如同千年寒冰的手一下子探入我的脖頸，就像以前學生時的惡作劇，在大冬天的時候將冷冰冰的鋼尺塞入脖子一般，刺激著我每一個毛孔，將我的睡意驅趕得絲毫不剩。

隨風坐在我的身邊，笑著：「這才乖。」說著，又提起了一隻爪子，我嚇得忙躲到一邊：「我起來，我起來，你別碰我，別碰我。」

「妳叫我別碰我就別碰？那我多沒面子？」他壞笑著用他的爪子向我伸來，將我逼近內牆，我幾乎快嵌入牆體，就在他抓住我裹在身上的被子時，我慌了：「你想幹嘛？」

他眉角微揚，一臉的邪魅：「我親愛的非雪早上就這麼誘人，妳說我想幹嘛？」

「別……」話才出口，自己都覺得沒骨氣，不過既然說了，我便用我可憐兮兮的眼神看著他，看得他眼中露出憐惜，露出無奈。他抬手用中指彈在我的眉心：「快穿衣服，我們趕時間。」看著他離開房間，我鬆了口氣，腦子裡糊糊的，也不再多想，只想快點見到斐崳，真的好想念他們。

穿上新買的衣服，心情尤其好，就像大過年穿新衣服一般興奮，無意間想起了自己的生日，卻是一陣神傷。今年的生日竟然是在軍營裡過的，來到異世界的第一個生日，就這麼平平淡淡過去了，真是忍不住感嘆啊。

發現幽國的衣服多以白色和藍色為主，這倒很合我的心意。白底的小襖上繡著錦繡的圖紋，看起來有點像唐裝上的吉祥花紋，很喜慶，色彩也很跳躍。深藍的繫帶紮成蝴蝶結在胸前飄揚，繫帶的尾端有著好看的穗子，上面還有兩塊翡翠，風兒吹過，翡翠撞擊，發出好聽的清脆響聲。

面對銅鏡，整理裝容。像我這種懶人依舊是不會梳頭的，於是照舊隨意挑出兩束用髮帶繫住，應付了事。估計隨風知道我的習性，所以他特地給我買了一條新的髮帶，髮帶由羽毛裝飾而成，尾端掛有兩根不知道是什麼鳥類的羽毛，但很是好看。這讓我想起了吉普賽人，他們也總是用羽毛做頭飾。

穿好厚厚的襖裙，整個人暖和起來，不知不覺已經完全進入冬季。光陰荏苒，對上官的恨意已漸漸被思念取代，她和思宇都好嗎？上官的孩子快生了吧？她那麼美，孩子一定很可愛吧。思宇呢？會不會也懷孕了呢？她和韓子尤會幸福吧。

深吸一口氣，往事如煙，虞美人、無雪居、紅袖輕舞，悲歡離合。想我們三人初來的時候，正是春暖花開之際，當時的陽光是多麼明媚，人是多麼瀟灑，而今卻是各自紛飛，有了自己的家庭。好快，時間果然如沙漏般，在不知不覺中流失。

收拾了一下包袱，也收起自己的思緒，既然已無牽掛，那麼接下來，就該為自己的幸福努力。

「啊～～～」一個呵欠在關上房門的那一刻，不由得打了出來，如果能再睡一會兒多好啊。懶人就是懶人，前一刻壯志滿懷，後一刻就貪圖安逸，真拿自己沒辦法……

身後傳來一陣急切的腳步聲和孩子的嘻笑聲，孩子總是朝氣蓬勃，精神煥發。忽然我的後背被撞了一下，整個人就朝前撲去。

「啊！」

「咕嚕嚕……乒乓碰啪！」我就這麼滾下了樓梯，摔在了轉角處。

一陣天旋地轉，身邊的人越來越多。

「非雪，沒事吧！」隨風不知何時出現在我的身邊，他焦急地看著我，將我上上下下仔仔細細地檢查了一遍。我正想說沒事，忽然「哇——」一道清明的哭聲帶出了一個婦人的謾罵：「叫你別亂跑，你這個死孩子，怎麼就這麼不聽話呢！」

「非雪！」隨風扶起了我的臉，「妳說話啊！」

眼前的景物晃了老半天，好不容易才定了下來。

「拿下！」有人怒喝一聲，眼前人影晃動，就有人衝上樓扣住了那個孩子和婦人，婦人立刻嚇得將孩子護在懷裡，跪在了地上。一時間，整個客棧的人都湧了出來，站在樓梯口往下張望，而樓下的就往上觀瞧。

「尊使！這名愚婦和頑童居然撞傷尊使，請尊使降罪！」一個人單膝跪在我的面前，我看了看，原來是一個好看的年輕官員。

尊使？我摸了摸，摸到了掛在腰上的權杖，原來如此。隨風正仔細檢查著我的腦袋，或許因為我之前視線比較渙散，他便以為我撞傷頭？我笑了笑，帶出了一個呵欠：「我沒事，大家早上好。」

「啊？」眾人都發出了一聲輕呼，疑惑而驚奇的視線朝我望來。

我站起身，身上也不怎麼痛，隨風一臉肅殺地扶著我，看著跪在一旁的婦人和小孩，冷冷道：

「既然尊使沒事，你們可以走了，但為人父母應該好好管教自己的孩兒！」

「是！是！」婦人猛點頭，懷裡的小男孩更是驚恐地睜著眼睛，忘記了哭泣，顯然嚇壞了。

隨風真是的，也不知怎麼好好表現自己的溫柔。我緩緩走到那小孩和婦人面前，對著扣住他們的士兵揮了揮手，他們疑惑地看了我一眼，然後閃到一邊。

「起來吧，這不是什麼大事。」我伸手扶起婦人，婦人有點害怕地緊緊護住自己的孩子，我感受到婦人的母愛，心裡莫名地帶出一絲感動，一種溫暖的感覺在心中蕩漾。

我彎下腰對那個小男孩笑道：「這次幸好捧到的是我，如果是你可就麻煩囉，下次不要在樓梯上玩，知道了嗎？」小男孩眨巴著他又大又圓的眼睛，恐懼漸漸消失，帶出了那原本噙在眼眶裡的淚水：「哇——嗚——娘——」

「真是可愛。」我捏了捏他圓圓的臉蛋，「這個送你，不哭了哦。」我拔下了頭上的羽毛，那是一根五彩斑斕的好看羽毛。小男孩止住了哭泣，抽泣著看著自己的娘親，那位婦人對著他點點頭，他立刻接過羽毛，歡喜地笑了起來。於是我大聲道：「沒事了沒事了，大家回去吧。」眾人紛紛帶著疑惑離去，隱約還聽見了他們的碎語。

「這個尊使很奇怪啊。」

「是啊……有點不一樣，新的嗎？」

「不過人挺和善……」

「是啊……」

「多謝尊使寬恕之恩。」婦人不再緊張，感激地對我行禮，我笑道：「小孩本就貪玩，何罪之有，這才是孩子的天性啊，不過樓梯上玩太危險了，萬一撞到老人家或是孩子自己就不好了。」

「愚婦回去定當好好管教。」

等婦人和小孩下去後，隨風再次問我到底有沒有受傷，我蹦了兩下，才消除他的擔憂。

在吃早飯的時候，那個年輕的官員帶著他的士兵一直守護在桌子的周圍，搞得客棧氣氛沉悶，旅客都不敢下來吃飯。隨風陰著臉將他們趕了出去，客棧的陰雲這才消散，熱鬧起來。

我對於那些人的話很疑惑，於是邊吃邊問道：「你們的尊使都不和善嗎？」

「一般都不與平民交談。」隨風淡淡地說著：「妳當初見到斐崳，覺得他和善嗎？」

也是，當時斐崳就是冷冷的，對於陌生人，他從不會理睬。

「尊使是幽國的神官，身上有著特殊的神職，是高人一等的存在，他們幫助平民，但不愛與平民交流，這就是尊使。」

「有點冷酷啊。」

「嗯，這或許與他們的訓練有關，我看你那裡的神官也大多如此。」

回想了一番，無論在魔幻片還是遊戲裡，神官都是跩跩的，酷酷的，不隨便與人搭訕。正因為如此，他們卻反而被人敬畏，只是這敬畏裡，估計害怕的成分更多一點。

「尊使姊姊也喝稀飯？」清脆的童音從一邊傳來，原來是方才那小孩子。我笑了，孩子的婦人立刻過來拉孩子：「你這孩子，又亂跑，非要害死我嘛。」

「沒關係。」我抱起了孩子，讓他坐在自己身上，「我不吃稀飯吃什麼？」

小男孩紅撲撲的小臉蛋尤為誘人，就像一個熟透的蘋果，他看著我們桌上的美食，怯怯道：

「小樂以為……以為神官都不吃飯。」原來他叫小樂。

「哈哈哈……」此番，連隨風都笑了，他摸著小男孩的頭，給了他一個漂亮的糕點，「尊使也吃飯，他們也是凡人。」

「真的？那我以後也可以成為尊使嗎？」

「當然。」隨風的笑意更盛，原來他也喜歡小孩。

小男孩這麼一聽，樂壞了：「做上尊使，就可以幫助別人，尊使太厲害了，他們上次就治好了我們整個村子的人，小樂長大了也要做尊使，不過小樂要做姊姊這樣的，小樂喜歡姊姊，不像別的尊使都好可怕呢。」

「小樂！」婦人驚慌地大喊一聲，彷彿小樂說了什麼大逆不道的話。

我笑道：「沒事，他們本就這樣，喂！」我對隨風說道：「聽見沒，這是群眾的呼聲，回去好好訓練你的人，要微笑服務懂不懂。」隨風看著我，用他的微笑回應著我的意見。

「那小哥哥是尊使的隨從嗎？」

「咳……咳……」隨風一下子嗆起來，順了順氣柔聲道：「為什麼小樂不覺得我是尊使？」

「因為尊使都穿白衣服，小哥哥穿的是黑衣服，就像尊使身邊的隨從。」小樂認真地說著，水汪汪的大眼睛還盯著隨風猛瞧，隨風疑惑地看看自己，再看看小樂，小樂忽然瞪大了眼睛道：「小哥哥好漂亮，小樂好喜歡。」

「咳……咳……」這下連我也嗆到了，整個客棧裡，立刻傳來一聲聲輕微的笑聲。隨風眉角直抽地看著小樂，小孩子的話果然誠實，而且是過分地誠實。他笑了，笑容有點僵硬。整個客棧因為小樂的童言不時傳出笑聲，給寒冷的冬季，帶來幾分暖意。

直到我們離開的時候，小樂還揮著我給他的羽毛，說下次也要送我禮物，小孩子就是可愛，從不會考慮自己面對的人是什麼身分，在他們的世界裡，只有兩類人，就是喜歡的，和討厭的。

那個年輕的官員，為我們準備了華麗的馬車，對於原先一直與我們同甘共苦的馬，我也將牠帶上了路，畢竟有感情了，僅管牠在拉馬車的那幾匹白馬裡是最醜的，但牠依舊踐踐地做了帶頭的，給後面兩匹馬看自己的馬屁股人臉。

坐在華麗的馬車上，隨風終於收起了僵硬的笑，長長嘆了口氣。我安慰地拍了拍他：「別這樣，反正小樂也是說你帥，喜歡你啊。」

「小孩子果然童言無忌啊，呵呵……」隨風幽幽地笑了起來，一手還磨蹭著自己的薄唇，他看著我，忽然道：「原來非雪也很喜歡孩子。」

「當然啦，小孩子多可愛，尤其是胖胖的孩子，捏起來肉鼓鼓的。」

「那我們也生一個。」

「好。」心瞬即跳了一下，我慌忙改口：「不好！」都怪自己接得太快了。狠狠瞪了邊上已經滿是笑意的隨風一眼，嘟囔道：「飯可以亂吃，話不能亂說！」

雖說……心裡也有那麼一點點掙扎，但我絕對不會在自己沒有變強，沒有向那些欺負我的人「復仇」之前就做隨風的女人，更別說生孩子了。

生孩子……？渾身瞬即出了一身冷汗，臭小子在想什麼？難道他最近這些舉動是為了……天哪，絕不能讓他再碰我！

「怎麼？做我的女人讓妳覺得丟臉嗎！」隨風微帶怒意的臉靠了過來，他一揚手，「啪」一下，就拍在我臉側的車廂上，將我困在他的身下，雙眼灼灼放箭地看著我：「如果妳心裡沒有我，又怎會心甘情願地讓我抱？」他輕輕扣住了我的下巴，邪魅的目光裡，帶著他的囂張。

混蛋！居然就這麼吃定我了！看著他那副踐樣我就不爽，這傢伙還要裝傻裝到什麼時候？於是我乾脆反問道：「那你愛我嗎？」他的眼神忽然閃爍了一下，即刻鬆開對我所有的束縛，坐直身體看著前方嘟囔道：「怎麼可能？皇帝有那麼多女人，哪愛得過來？」

臭小子居然不承認？氣死我了！好！你裝傻，我也裝傻，我雲非雪奉陪到底，看誰先忍不住！於是我淡淡道：「你本就知道我不是這個世界的人，我只是被你的美色所迷，才會變成現在的關係，從今以後，不許你再碰我一下！」

反正我現在也不急，有的是時間跟這個臭小子耗，我就不信他能堅持得住。

「雲非雪。」隨風依舊看著前方，眼中是望不到底的深沉，「我們的關係是不是快結束了……」

「什麼關係？我們從來就沒有關係！」心情不佳，我違心說著。

「對啊，我們沒有半點關係，所以我也不用負責。」他忽然轉過身看著我，半瞇的眼睛裡帶著笑。這臭小子還在死撐，如果真那麼開心，瞇眼睛幹嘛？我於是淡淡地應道：「嗯，本來就是各取所需，如此而已。」

「唉，雲非雪。」隨風用他的胳膊撞了撞我，抬手就勾住了我的脖子，「其實呢，反正我也是要娶很多個老婆，我們又挺合得來，妳不如嫁給我算了。」

「滾！」想都別想，就他現在這個態度，讓我連做他側室的念頭都取消了，真後悔自己居然還一心一意地想變強，然後做一個配得上他的女人，我的腦子一定是進水了。

「別這樣嘛。」他環抱住我，我暈死，他居然朝我撒嬌：「沒有妳我會很無聊的。」

「你無聊關我什麼事？我有聊就行了。」我奸笑起來，開始刺激他：「我又沒人看著，還有斐崳和歐陽緡兩個美男陪著，哎呀，我這日子是多麼逍遙自在啊……」我揚揚得意地笑著。

奇怪，這車廂裡的溫度怎麼有點冷，撇過臉看了看，頓時嚇出一身冷汗，只見隨風下巴枕在我的肩上，正冷冷地盯著我的側臉。

他見我看他，立刻揚起一個天真浪漫的笑，我頓時一哆嗦：「你……你想幹嘛？」

「我只是想……非雪一入幽夢谷，我們幾乎沒有機會見面，妳會餓壞的，看在妳這一路伺候我的份上，本尊大發善心，今晚將妳餵飽飽。」他眼中的慾望和充滿威脅的氣息立刻提醒我今晚將會發生什麼樣的慘事！我慌了，一是對今晚的害怕，二是怕真的懷孕，我當即閃到一邊，怒道：「你這個垃圾，想都別想！」

「噓！」他忽然食指按在我的唇上，嘴角含笑，半彎的眼睛卻是說不出的妖媚，「別喊那麼大聲，難道妳想讓外面的人知道我們之間的關係？」

「你！」我氣得說不出話，只有狠狠瞪著他，警告他不許對我亂來。

「既然妳不肯做我的女人，那就別讓外面的人知道我們的關係。」他緩緩靠近，用他的身體將我壓在車廂的靠座上，威脅的氣息佈滿了他的全身，他附到我的耳邊，幽幽地說著：「因為讓別人知道的話，我會很困擾，他們還以為是我不願負責呢，妳這麼聰明，應該明白吧……」他呼出了一口氣，噴在我的頸項，帶出一陣舒癢。

「妳不是沒睡飽嗎？來，好好休息，晚上只怕妳沒機會睡覺。」他邪魅的聲音帶出他心中的慾望，讓我不禁冷汗奔湧。我僵硬地靠在椅座上，視線渙散，整個人變得空洞，只覺得有人輕輕拍了拍我的臉，然後是他得意的竊笑。

這下慘了！

二、新的家人

哎……我發誓，我那晚抗爭過，真的抗爭過，而且是努力的抗爭！但這沒天良的，居然霸王硬上弓，這實在太讓我鬱悶了。更可惡的是，居然被他連壓了兩天，只因為我第二天要見到斐崳太興奮而一直斐崳斐崳說個不停，結果……他就再次將我推倒！

這兩天，到底是誰餵飽誰！嗚……我可憐的身體，我可憐的小心臟，倍受創傷啊。斐崳……想你難道錯了嗎？他應該知道我只把你當姊姊啊。

於是我就這麼昏昏沉沉地一路打瞌睡到了傳說中的幽國皇城·明火城，甚至都沒看清明火城長什麼樣，就入了幽夢谷。等我再次睜眼的時候，就只看見隨風和斐崳。畫面轉換太快，讓我大腦瞬間停擺，前一刻還在客棧，而下一刻卻看到了斐崳，宛如是空間跳躍，讓我茫然。

隨風握著我的手，心疼而憐惜地看著我：「對不起，都是我不好……」像是道歉，又像是懺悔。

「你這個垃圾！」我甩開他的手，不想看他，「你走！我不想看見你！」將臉埋進被窩，為什麼前一刻是被窩，後一刻還是被窩，還被斐崳看到我的狼狽樣，我的形象從此在斐崳心中被徹底破壞，可惡，都是隨風害的！

「但我會來看妳……」隨風隔著被子擁住了我的身體，在斐崳面前毫無顧忌地吻著我的眉心，烙上他的印記，輕聲道：「不許踏出幽夢谷半步，否則我會給妳懲罰。」

「隨便。」我不耐煩地說著。對我而言，任何懲罰都比被他壓在身下好。鬱悶啊，我到現在都還是手腳發軟。

隨風輕笑著放開了我，然後對斐崳沉聲道：「幫我看住她，在她成為真正的狐族之前，不能讓她與任何男人來往。」

「是……」斐崳淡淡地答著，目送隨風……不，應該是叜天離去。

我拿起了床邊鞋子，就對著叜天離開的方向狠狠扔了出去：「去死吧！誰要你來看！」都不准我出去，我怎麼跟別的男人來往？這臭男人，霸道男！

「呵呵……」床邊傳來斐崳淡淡的輕笑，他疼惜地將我扶起，讓我靠在他的懷裡，說道：「非雪還是沒變呢……」

「還是斐崳你最好了……」聞著他身上淡淡好聞的味道，我昏昏欲睡。

「好好休息吧……非雪，現在……妳安全了……」好聽溫儒，帶有磁性的聲音，將我輕輕推入夢鄉……

「蝴蝶飛……蜻蜓追……」

什麼聲音？我睜開了眼睛，眼前一片昏暗，伸手不見五指，而那淡淡的歌聲，宛如一個女人對世間的哀嘆，輕輕飄入我的耳朵。我站了起來，順著那個聲音緩緩前進。淡淡的光線，從門縫裡擠了進來，我用力打開門，強光瞬即湧入，將我迅速淹沒。猶如被人拽了一把，我坐了起來。

「呼……原來是夢……」我茫然地看著周圍，清漆的木屋，簡潔而素雅，屬於斐崳喜歡的風格，那股淡淡的和斐崳身上一樣好聞的味道，飄散在空中。

我究竟睡了多久？屋子的窗打開著，淡淡的陽光從外面灑了進來，遙遙望去，窗外斑斕的景色宛若夢幻天堂，薄薄的雲霧在綠草紅花間繚繞。奇怪？現在不是冬天嗎？外面為何依舊春意盎然，感覺不到絲毫的寒意？難怪會越睡越熱。

有人漸漸靠近這個屋子……不，是兩個人，還有淡淡的藥香，讓我暖心。門緩緩被推開，白色的身影悠然而入，斐崳依舊那麼飄逸脫俗，長長的頭髮只在尾端束起，整齊飄然的瀏海襯托出他的俊美。

斐崳，一個讓我的心能夠平靜的男人。自從他有了身後的護草使者，那原本冷漠的臉上，現在總是掛著淡淡的笑意，那唇角恰到好處的弧度，更讓他看上去溫暖如春。

「斐崳！」我向他張開懷抱，無視他身後的殺氣，迎接斐崳的到來。

「非雪妳醒了？」斐崳自然而然地坐在我的身後，將我環在懷裡，就像自家的大哥哥疼惜自己的小妹，「到底是誰把我家非雪欺負成這樣？」斐崳淡淡的笑容裡帶著他的狡詐，沒想到他這麼冷性子的人居然也會有八卦的一面。

我嘟囔著：「沒有誰。」心虛地撇過臉，正好看到一臉陰沉的歐陽緡，他今日也是一襲白衫，我從沒想到歐陽緡穿白衫的樣子居然是如此英挺。只見他冷酷的面容，一把高高束起的辮子，如同九天的修仙者，讓人傾慕。

「歐陽，你真帥！」我誠心讚嘆著，他原本充滿怨氣的臉上終於帶出了一絲笑意，幽幽道：

「那小子可真狠，不過也只有這樣才能讓妳老實。」

……可惡！心裡將隨風罵了千百遍，他把我的清譽徹底敗壞，斐崳和歐陽緡這種老古董會怎麼看待我啊？

「緡。」斐崳輕喚了一聲，「別取笑非雪了。」

「是，是……」歐陽緡柔情似水地看著斐崳，這兩個人在我面前肆無忌憚地眉來眼去。

「咳！咳！」我沉下臉，咳嗽幾聲以示警告：「在我面前注意點。」看著斐崳和歐陽緡都紅暈上臉，我問道：「小妖呢？」斐崳似乎想起了什麼，紅暈退去，轉為一臉的嚴肅。而就在這時，門外探出一個銀白的腦袋，牠尖尖的嘴伸進了門檻。

「小妖！」我興奮地張開懷抱，小妖立刻飛奔過來，一蹦上床就撲入我的懷中，親暱地蹭著我的臉。「小妖，可真想死我了，來，親一個。」我親親小妖的臉，小妖用牠的舌頭舔我的臉。

「非雪，有件事必須要跟妳說一下。」斐崳打斷了我和小妖的親熱，坐在我的面前，神情變得認真，就連歐陽緡也漸漸擰緊雙眉。什麼事這麼嚴重？讓他們都變得如此嚴肅？

我緊張地看著斐崳：「什麼事？」

「就是小妖。」斐崳看向小妖，眼中帶著淡淡的憂慮，小妖此刻爬到我的頭上，蜷成一團，成了一頂銀白的帽子。斐崳再次認真地看著我：「小妖是神狐一族，在沒有找到合適的契約人之前，是由我們溟族代為照顧，而神狐一族也有規定，和神狐建立契約的必須是溟族人，因為世上只有擁有神族血統的溟族人才配得上牠們。但小妖為了救妳，和妳定下了血盟，從此你們生死相關，力量共用，但因為妳不是溟族人，所以小妖將會接受懲罰。」

「懲罰？是什麼？」我急了。

斐崳細細的眉毛立刻簇在了一起：「小妖將被褫奪內丹，遣出神狐一族！」

「什麼？不行！沒了內丹，那小妖跟死了有什麼兩樣！」

「所以，妳必須要救小妖。」斐崳撫摸著我頭頂的小妖，擔憂地看著我們，我們兩個都讓他操心了。

「怎麼救？」

「妳一定要通過神狐族長的考驗，成為真正的狐族！」

我愣了一下，自己行嗎？但現在不行也得行！我堅定道：「我一定會努力！」

斐崳皺起的眉結終於打開，露出欣慰的笑容：「那妳現在告訴我妳詳細的身體狀況，我好給妳製定重點訓練。」

我立刻開始回憶：「我的五覺現在都很靈敏。」

「很好，沒想到妳一個凡人居然能這麼快接納小妖的力量，成為靈狐體質，這是最基本的。」

「嗯！」我認真地回答他：「還有，我的血有毒，但我的口水能解毒。」

當我說完這句話，斐崳的雙眼忽然圓睜，驚嘆道：「妳居然在進化！」

進化？當我聽到這個詞時，心裡有一種淡淡的恐慌，但卻又充滿了驚喜，是不是說我將來能夠擁有異能，超越青煙？進化……我到底成了什麼！

看著斐崳驚訝的表情，他微張的嘴顯示著他的震驚，就連他身後的歐陽緡也是一臉驚異。「進化？」我反問斐崳，將他從震驚中喚醒。斐崳眨了眨眼睛，回過了神，認真道：「所謂進化，就是產生新的力量，例如跟火狐結盟的人不畏懼火焰，而小妖原本就是蠱獸，所以妳也相應的產生進化。只是沒想到妳進化得這麼快，有些人甚至要幾年，幾十年才會進化到下一個階段。按照妳現在的速度，絕對能通過神狐族長的考驗。」

「是嗎！」我也興奮起來，終於能為小妖做點事情，「我還能操控烏鴉、狗和狼。」我不好意思地笑著，我以為凡是狐族都能操控動物，卻沒想到斐崳的表情再次變得僵硬。他圓睜著眼，木然地望著遠方。

「斐崳，怎麼了？是不是我能控制的動物太少了，不夠格？」

斐崳緩緩將視線移到我的身上，正色道：「非雪，妳確定妳是控制牠們，而不是牠們跟妳親近？」

「呃……該怎麼說呢，就是牠們能明白我的意思，能幫我做事情。」

「怎麼可能，天哪……」斐崳發出一聲輕嘆：「通常狐族的人的確與動物交好，但也只是和睦共處，卻不能命令動物為他們做事情，非雪妳確定嗎？」

被斐崳這麼一說，我自己也變得心虛，或許是動物覺得我可憐而來幫我呢？於是為了更清楚地了解自己的情況，我便將在闕城用烏鴉退兵，還有在朗撅由狼兄狗弟幫忙挖地道的事情前前後後詳細說了一遍，聽得一旁的歐陽緡咋舌。

「斐崳，這裡面是不是有什麼問題？」我焦急地問著斐崳，我這力量到底是怎麼回事？

斐崳由原來的震驚轉為興奮，他忽然扣住了我的雙肩：「非雪，說不定妳還能高級進化！」

這是我第一次看見冷淡平靜的斐崳，也會出現那種充滿期待的表情。

「高級進化又是什麼？」這些詞總覺得不像這個時代會有的，越聽越像殭屍病變。

斐崳的情緒有點激動，他深吸了幾口氣，漸漸平復自己的情緒，緩緩道：「跟神狐一族結下血盟的人，就稱之為契約者，契約者會變為靈狐體制，也就是初級進化；與神狐之間力量共用之後，會產生與神狐相通的新的力量，就是中級進化，例如現在的非雪妳，就是中級進化。而所謂的高級進化，就是將會得到新的、未知的、更強大的力量。這力量超乎自然，甚至接近神級，誰也不知道那是怎樣的力量？從古至今上千年，也就只有兩個人得到了這樣的力量，他們一個能操控大自然的五種元素，一個能操控人的靈魂，有別於咒術的控制靈魂，而是真正掌控了人的生死。後者也就是幽溟王朝的創始人：魅主！妳的力量和他的近似。非雪，妳能不能現在就試試呼喚動物？」

「現在？」我有點慌亂，「我只能呼喚烏鴉，狗和狼，這裡好像沒有吧。」

「非雪，不用慌，儘管試試。」斐崳拉著我出了門，歐陽緡緊緊跟在我們的身後，小妖從我頭上躍下，歡快地跳了出去。

在踏出房門的那一瞬間，一股淡淡的幽香瞬即將我包裹，我看到了這一生最美的景色，幾乎讓我窒息的景色。眼前是一個如同夢幻一般的平原，儘管此時已經是十二月，但這裡卻依舊溫暖如春，繁花似錦，彩蝶紛飛。星星點點的五彩鮮花在綠草之間隱現，無風的山谷裡，是飄飄渺渺的薄霧，那一絲又一絲如同仙女雲綢的薄霧，彌漫在九天之上，將上空輕輕覆蓋。

我究竟是在深深的谷底，還是在九天之上？這如同仙境一般的地方，讓人的心瞬間變得廣闊，閉上眼的那刻，彷彿看到了仙女在空中飛舞。

我緩緩撐開雙手，向九天的凡鳥發出邀請，邀請牠們來此仙境與我共舞。

我在心中輕輕呼喚，呼喚那山間的百獸，呼喚牠們來此與我共同玩耍。

九天的凡鳥啊，可聽到了我誠心的邀請？

山間的百獸啊，可聽到了我真心的呼喚？

這裡，是我們的天堂，是我們和平共處的人間仙境！在這裡，我們是朋友，是大自然最忠誠的奴僕。天空傳來鳥兒擺動翅膀的聲音，面前傳來窸窸窣窣的腳步聲，我笑了，我放開胸懷的笑了。緩緩睜開雙眼，看著那滿天飛舞的鳥兒，和漸漸靠近的動物，心底莫名變得溫暖，牠們是我最忠誠的朋友，牠們幫助我，守護我，救了我。

鳥兒在上空盤旋著，緩緩落到茂盛墨綠的大樹上，時不時地修整自己的羽毛；白兔在我們三人周圍跳躍，斐崳再次變得沉靜，欣慰地看著我，微笑道：「非雪，妳沒讓我失望。」

「了不起啊！」歐陽緡驚異地看著空中的飛鳥和身邊的兔子、松鼠以及其他小動物。

「看來非雪的力量範圍還很小，只能呼喚谷中的小動物，若是上山，說不定能控制更大的猛獸。」斐崳順手抱起白兔，溫柔撫摸著。白兔在斐崳輕輕的撫摸下，舒服地閉上了眼睛。

我朝動物們揮了揮手，牠們相繼離去，看著牠們離開，我忍不住發出一聲感嘆：「或許牠們信任我，可惜啊……呵呵……」我不好意思地笑著：「我還經常吃牠們，啊哈哈……」尷尬地搔著頭，臉有點紅。「那麼……我要成為狐族，還需要其他什麼訓練嗎？」

「當然有。」斐崳望著因鳥兒的帶動而漸漸散開的雲霧，「首先是妳與小妖的默契，你們必須要心靈相通。」心靈相通？那怎麼練？我疑惑地看著小妖，小妖拉住我的裙擺就爬了上來，我抱住牠，牠舒服地窩在我的懷裡。

「我想……你們之間已經開始有默契了。」斐崳淡淡地笑著，輕柔地撫摸著小妖的身體，小妖懶懶打了個呵欠，將長長的尾巴遮住自己的眼睛。看著小妖這副可愛的樣子，有種衝動想拎住牠的尾巴，把牠拿起來甩，不知是不是小妖察覺到我這恐怖的想法，立刻睜圓眼睛戒備地看著我，我對著牠乾笑了兩下，牠才再次放鬆身體，安然養神。

「看來非雪跟小妖能相處得很好。」歐陽緡看著我和小妖，「這樣非雪就能順利成為狐族，也好讓尊上安心。」

歐陽緡忽然講起了叜天，我就不禁好奇。叜天是一個做任何事都有目的和原因的人，他那麼執著於要讓我成為狐族，難道真的僅僅是為了小妖？我總隱約感覺這其中一定有陰謀。

我即刻問道：「叜天為什麼一定要讓我成為狐族？」

「是啊，尊上如此堅持，一定還有其他原因。」歐陽緡也好奇地問著身邊有點茫然的斐崳，「小斐，你仔細想想，是不是非雪一旦成為狐族，尊上會有什麼好處？」歐陽緡問得倒是直接。是啊，我成為狐族對他到底有什麼好處？我和歐陽緡都疑惑地看著斐崳。

斐崳先是愣了一下，然後微微皺起了眉，沉思了一番。忽然，他恍然大悟般地睜了睜眼睛，釋然地笑了起來：「我明白了，非雪，妳有勇氣嗎？」

「勇氣？」成為狐族跟勇氣又有什麼關係？

斐崳穩了穩稍稍激動的情緒道：「成為真正的狐族就可以向現在作為尊上未婚妻的溟族聖女．青煙挑戰，爭奪國母之位。」

「啊？」我一下子懵住了，挑戰？爭奪國母之位？

「原來如此啊……」歐陽緡也睜大了眼睛道：「難怪尊上會如此來勁……不對啊，他不是被青煙下咒了嗎？」歐陽緡的話帶出了我的疑惑，是啊，他當時明明被下咒了，為何後來恢復了記憶？他的咒是什麼時候解的？

我也疑惑地看著斐崳，斐崳掩面笑了笑，帶出一絲羞怯：「這就要問非雪了。」

「我？」我有點茫然。

只見斐崳淡笑道：「當時青煙遵照妳的命令，給尊上下了忘情咒，這可以讓尊上記得非雪妳，但卻忘記了對妳的愛和執著。這咒的解法，緡自然不知道。」

「那到底怎麼解的？」歐陽緡積極地追問著，斐崳的臉也越來越紅，似乎有點尷尬：「就是……與相愛的人……」

看著斐崳那欲言又止的樣子，我立刻明白如何解咒，慌忙道：「我知道了，斐崳你不必解釋了。」毀天所有的變化都是在樹屋那夜之後，估計忘情咒也就是我們那個什麼的時候解除的，原來那道模糊的藍光是封印解除啊……臭小子那時就全部記起來了，害我還矛盾了好幾天，一直困擾著自己到底該不該和他在一起！

「呼……」斐崳鬆了口氣，露出一絲淡淡的笑容。而一邊的歐陽緡依舊不停地追問著：「喂，小斐，到底是什麼？」

看著斐崳被歐陽緡逼得面紅耳赤，我立刻大聲道：「斐崳，你還沒說完未婚妻挑戰賽呢，那又是怎麼一回事？」斐崳如同獲救一般，立刻看著我，將歐陽緡冷落一邊。

他緩緩道：「幽國的國母向來是從溟族和狐族中選出人選成為候選人，因為國母只能有一人，於是便會舉行一次比賽，勝出者就成為幽國下一任國主的妻子。落敗的女子如果不被國主娶入後宮，也不會被國人看作棄婦，反而更讓國人敬佩。而狐族人數較少，因為狐族族人的子女並不一定會被神狐選中；沒被神狐選中的狐族後裔，就會被遣送回溟族，成為普通的溟族人，所以就限制了狐族的人數。一個新的狐族的誕生，可能是幾天，也有可能是幾百年。因此大多時候都是溟族的族人成為未婚妻候選人，幽國這千百年來，也就舉行過幾次未婚妻大賽。非雪如果妳能順利成為狐族，還得要成為狐族中的精英，這樣狐族族長才會推薦妳成為未婚妻候選人，否則，妳就要自己發出挑戰。但成為狐族已是不易，若要向青煙挑戰就……」斐崳微微低下了臉，他的神情讓我的心漸漸下沉。

斐崳再次看著我，淡淡的擔憂掛在他俊美的臉上：「非雪，我不是說妳不行，可是成功的機率相當小，因為比賽中有武和術兩個項目。武，可以讓緡教妳，但在短時間內妳也不可能打敗青煙，而術就……妳毫無基礎，恐怕……」

心變得有點涼，我努力擠出一個笑容，安慰斐崳也安慰自己：「放心放心，順其自然嘛，我也不過隨便問問，以後的事情以後再說。」

「來不及的，非雪。」

「來不及？」

「尊上在三個月後就將繼位，到時青煙就會跟尊上舉行婚慶大典，所以……非雪，妳只有三個月時間了。」

「三個月！」我嚇得瞪大眼睛，就算我超音速學習也來不及啊！頭忍不住痛了起來，揮手道：

「罷了罷了，只有順其自然了……」

「非雪。」斐崳忽然認真地看著我，像是要囑咐我什麼重要的事情，「今後見到尊上一定要裝作陌生人。」

「為什麼？」沒想到我還沒發問，歐陽緡倒先開口問了。

斐崳淡淡的表情裡參雜著一絲憂慮：「因為只有這樣，尊上才能成為比賽的評審。」原來如此，就是在比賽前不能讓他人看出我和焸天之間的感情。

「我相信非雪妳絕對可以做到。」斐崳放心地笑著：「但我怕尊上會……」

「沒事的。」我笑了：「我會提醒他。再說，他也沒空來不是嗎？」進入幽夢谷這幾天，他就成了斷線的風箏，連個信兒都沒有，如同一下子消失在我的身邊一般。

「斐崳，不如帶我參觀一下幽夢谷啊。」莫名其妙地睡了幾天，都不知道幽夢谷到底什麼樣子。

斐崳狹長的眼睛彎了起來，如同好看的彎月，那溫暖的眼神，總是讓我痴迷不已。

幽夢谷東西北三面環山，都有山路通往山上，而這些山路上造有白色的長廊，即使下雨也不用擔心被雨水淋濕。幽幽的長廊，如同一條白色的巨蟒盤旋而上，依舊隱沒在那一片迷茫的雲霧中。三座大山連成一片，在我眼裡就像是參天的屏障，而那盤山的長廊，就是鐫刻在石柱上的游龍。

幽夢谷的南面也是一座大山，這座大山與其他三座底部相連，在這座山的山頂，就是幽國的皇宮，一條雲梯直通宮殿「後門」，這幽夢谷，便是皇室的後花園。臨崖而立的宮殿，這幽國的建築果然獨樹一格。（不過我後來才知道，我們其實是住在地平線以下的一個盆地裡，所以才會以為四周都是山脈。）

斐崳帶著我站在屋前，據他說這裡是幽夢谷的中心，可以看到四座大山。幽國的地理位置絕對是易守難攻，與各國交界的地方，大多是崇山峻嶺，懸崖峭壁。這情形有點像楚漢時的巴蜀，也是只有一條山道通往巴蜀。與外界相通的除了那條窄窄的夏泯小道，還有就是東面的水路，因為水路開闊，所以並不影響幽國與各國之間的貿易往來。

心不在焉地聽著斐崳的介紹，保持著臉上的微笑，而心卻開始發涼，我真能超越青煙嗎？或許在不久的將來，我可以；但現在卻只給了我三個月的時間，難道註定我要成為叟天的側室？

三個人的關係，三個人的家，將會是什麼模樣？我不敢想，也不想去想。

「我一直在努力，而妳，為了我努力過嗎？」耳邊迴響著隨風在蘆葦邊對我說的話。那時，他希望我努力為他改變，轉化自己一夫一妻的觀念，好和他永遠在一起。而今，他終於找到了能讓我與他廝守的唯一方法，我僅僅要做的，就是為他而努力，而我卻已經開始氣餒。如果他知道我這麼沒自信，一定會再次心碎吧。

是的，在我還沒努力之前，我怎麼可以就開始放棄？我一直都那麼懶散，那麼怕麻煩，現在為了自己的幸福，主動一次又何妨？我應該為隨風而努力！為自己而努力！為我們的將來而努力！

「咕嚕嚕……」腹中唱出了空城計。斐崳在我身邊掩面輕笑，就連小妖都睜大骨碌碌的眼睛，盯著我的肚子瞧，彷彿在好奇那裡怎麼會發出聲音？倒是歐陽緡，他大大方方地取笑道：「妳這肚子唱得可真夠響的！」

嘿嘿，人是鐵，飯是鋼。那麼在努力之前，是不是該把肚子填飽呢？我立刻抱住了斐崳的胳膊，開始無賴地撒嬌：「小斐～有什麼好吃的嗎？」斐崳溫柔地輕撫我的臉龐：「小饞貓。」歐陽緡在斐崳身後陰森森地瞪著我，我無視歐陽緡，繼續貼著斐崳吃他豆腐。

幽夢谷給我帶來了家的溫馨，自此，我便開始了新的生活，和新的訓練。這裡有關懷我的斐崳「姊姊」，有「嚴厲」的歐陽緡老師，還有調皮的小妖，這裡就是我的家，我心中的家。

「這叫一勾……」歐陽緡右手成勾，如同盤蛇一般伸了出去。

「一勾……」我跟著他做。

「這叫一搭……」

「一搭……」

「所以叫勾搭……」

「勾搭……」我頓住了，身體僵在那裡，歐陽緡自顧自繼續比劃著。

「這叫一勾……」

「一勾……」我也繼續。

「這叫一引……」

「一引……」

「這叫勾引……」

「……」

「你到底什麼意思！」我插著腰，瞪著歐陽緡。

歐陽緡一臉的冷峻，低眉道：「不明白？就是這個意思！」

我乾瞪著眼，徹底無語，好小心眼的男人！

這就是斐崳給我做出的訓練日程。每日清早我就要跟著歐陽緡習武，然後是增進跟小妖的默契，最後是練習調息，增加自己的內力。我自然是不得出谷，禁足令是幽國國主和冥聖下的，據斐崳所說，溟族正用他們的力量來掩蓋我的星光，干擾外面術士的視線。也就是說，他們在保護我。

早上剛受完歐陽緡的氣，下午小妖又捉弄了我一番。當時的情況是這樣的，為了跟小妖產生默契，斐崳叫我仔細觀察小妖的肢體動作，而且還要模仿牠，稱之為身歷其境。

於是，我學著小妖也四肢著地，為了成為狐族，我豁出去了，反正也沒人看見嘛。

然後，牠抬起右腿，我也抬起右腿，牠噓噓，我傻眼……

接著，牠爬上了藤，我也跟著爬上了藤，牠抱住藤開始搖擺，我也抱住藤跟著搖擺。牠放開了右前爪，我也放開右前爪……呃！不，是右手……牠忽然放開了左前爪，用嘴咬住藤搖擺，我抱著藤乾瞪眼，不是我不想咬，這藤比較粗，小妖嘴尖咬得住，但我的嘴就……頂多啃下一塊藤皮。

我總算明白了，小妖知道我模仿牠，故意找些高難度的動作，實在可惡之極。

我坐在花叢中，努力平復今天的怒火，一股充滿火力的氣流在丹田裡漲著，漲得我渾身不爽，歐陽緡和小妖聯合起來捉弄我，讓我鬱悶，我要爆發，我要復仇！好好想想，怎麼回敬他們！

小妖此刻四腳八開地趴在我的面前，尾巴高高揚起，得意地在我面前左搖右擺，時不時還撇過臉看看我，然後牠眼珠子滴溜溜轉了轉，就張開了嘴，怎麼看怎麼都像在奸笑。

不好！我心底暗叫一聲，但已經來不及了，我知道這裡面有陰謀，但我沒想到會是這樣！

只聽「噗！」一聲，一股幽幽的氣體立刻迎面撲來，刺激著我敏銳的嗅覺。天哪，有意見你就好好提嘛，放什麼屁！幸好我洞悉先機，及時屏住了呼吸。我怒！心裡翻江倒海，丹田裡的氣一下子衝到胸口，我張開嘴，就對著小妖大叫：「啊——」

震耳欲聾的聲音從我嘴裡宣洩出來，強勁的氣流掀起了面前的花叢，花瓣被氣流捲起，衝向小妖，小妖傻傻地站在氣流當中，渾身上下每一根毛都朝一個方向拉直，包括牠的耳朵和尾巴。

「呼……舒坦。」叫完心裡果然舒坦不少，再看看面前，花瓣從空中慢慢飄落，如同天空下起了花雨一般。而繽紛的花雨下，正站著銀白色的小妖，牠兩眼發直，像人一樣兩腳站立，原本充滿靈氣的眼珠此刻變得空洞，牠木訥的神情就像一個木頭雕像。

「喂！小妖？」我忍不住戳了牠一下，牠隨即僵硬地倒下。

「哎……」我嘆了口氣，抬手撫過牠的眼睛，幽幽道：「你就安息吧。」直到我離去，小妖依舊維持那個僵硬的姿勢倒在地上，沒有動彈。總算出了一口惡氣，頓覺神清氣爽，食慾大增。就在我準備享用斐崳主廚的美食時，小妖灰溜溜地回來了，靠近我的時候還小心翼翼地看著我的臉色，斐崳看著小妖那偷偷摸摸的模樣，淡笑道：「看來非雪終於制住小妖了。」我撇了撇嘴：「嗯，牠不乖，教訓了一下。」既然你給我吃屁，就別怪我震聾你。

小妖賊頭賊腦地叼了桌子上一塊雞，就迅速跳下桌子，以閃電一般的速度，消失在我的眼前。歐陽緡在一邊好笑地咬著筷子，看著小妖逃跑，卻沒想到斐崳抬手就打在了歐陽緡的後腦，冷冷道：「你有好好教非雪武功嗎？」

「嘎崩」一聲，歐陽緡咬斷了筷子，他立刻心虛地低下頭開始扒飯。

「哈哈，斐崳，今晚別讓他進屋。」我幸災樂禍地說著，卻沒想到歐陽緡揚起臉，失落而絕望地望著我：「我從沒在他屋裡睡過。」

「啊？」我差點下巴脫臼，歐陽緡這麼說，難道他們……還是清清白白？不會吧，歐陽緡下手也太慢了吧？一股寒氣迅速在屋裡蔓延，我感覺到了寒氣的源頭，立刻和歐陽緡一起噤聲，乖乖低頭吃飯。

「非雪，緡……」斐崳的聲音有點陰森，「你們吃飽了嗎？」

「飽了，飽了。」我和歐陽緡乖乖地點頭。

「那這些碗？」

「我們洗，我們洗。」主動從寬，抗拒從嚴。

「很好。」斐崳站起了身，搖啊搖地離去，帶走了屋裡的寒氣。

「呼……」我同情地拍了拍歐陽緡的背，他的腦袋幾乎快貼在桌面上，「會好的，會好的……」

「非雪……」歐陽緡低著頭輕聲說著：「以後別再說這種大逆不道的話了，會死人的。」

「我知道…我知道。」

歐陽緡揚起臉，和我對視了一會，我們兩人同時發出一聲長長的哀嘆：「哎……」

之後的日子，歐陽緡變得認真起來，而且出奇的認真，有時甚至半夜將我拉起來進行魔鬼訓練，我開始懷疑他是不是因為那天我的幾句話，將他內心的渴望徹底點燃。幾夜夢迴之時，卻是形單影隻，何以自己的所愛卻不能陪伴在身邊？那股煩悶在訓練我的時候徹底爆發，借由瘋狂的工作來忘卻夜晚對心愛的小斐的慾望。我試圖問歐陽緍何以二人到現在毫無進展，但每每被他「折磨」得疲勞過度而昏睡，之後便忘了這檔事。

小妖在那天被我教訓後，老實了幾天卻很快又恢復脾氣，繼續跟我「禮尚往來」地折騰。

在歐陽緍的強化訓練下，七天之後略有小成，手腳靈活加上我五覺靈敏，閃避越來越快，越來越迅速，只是體力尚不足，下盤輕浮，導致身形不穩，於是歐陽緍便找來了鉛塊綁在我的腿上。

這七天的模擬，七天的訓練，讓我和小妖越發有默契，只要我一個眼神，牠便明白我心裡所想，同理，只要牠一翹尾巴，我就知道牠要使什麼壞主意。另外，我跟著斐崳認識了不少藥材，以前考執業藥師時就學過不少，而今又增進了許多。

是夜，谷裡下起了綿綿細雨，我以為是幽夢谷太深，而使此地的大自然自成一個體系。因為我抬頭總見不到明媚的陽光，只看見那些漂浮在半空的水氣。直到後來出谷才明白，事實並非如此。

我和歐陽緍並排盤腿坐在花叢中，跟著他的呼吸，將自己體內的那一小股內勁進行迴圈，七天下來，這股內力倒也是增進不少。他緩緩吐出了一口濁氣，微閉的雙眼漸漸打開，帶出他的一縷哀愁，冷漠的臉上憑添了幾分滄桑的頹廢。

「非雪有沒有想過輸了會如何？」

我沒想到歐陽緍會突然問我這個問題，我悠然地笑了笑：「輸了就輸了。」

「怎麼妳一點都不看重？妳當初是如此執著於那個名分？妳真能甘願？」

心靜如水，歐陽緡的話帶不起我心底任何波瀾，我淡淡道：「經歷了很多事，想開了。愛就愛了，只要兩個人在一起開心，有些東西不必執著，我如果輸了，就做側室，只是唯一讓我掛心的就是青煙，我無法保證三個人都能幸福，所以我會努力戰勝她，從她的手上堂堂正正地奪走叒天。」

心裡升起了一股火焰，那火焰讓我渾身頓時有了力量，我做的這一切不僅僅為了叒天，也是為了自己！

深知自己的脾氣，就算嫁給叒天我也不會乖乖待在他的身邊。他登基之後想必國務繁忙，自然不能陪我走遍大江南北，如此想來，做個側室也不錯，把國母的職責扔給青煙，自己可以雲遊四海，到時這些本事就可以自保，免得讓叒天和斐崳他們擔心。

慢著，如果這樣，那我還嫁給叒天做什麼？不如想他的時候回來看看他，然後繼續瀟灑人間，也不失為一種快樂生活。但我還是想要一個歸宿啊，想要一個愛我、疼我的男人，在他懷裡撒嬌，在他面前裝柔弱。哎，人就是矛盾。不想了，不想了，走一步算一步。如此三心二意，別說以後，就連眼前的狐族考試都過不了。

「唉……」歐陽緡在我身邊忽然哀嘆了一聲，「想我堂堂男子漢，居然比不過一個女人！非雪，我該怎麼辦？連妳都有自己的目標，知道自己要得到什麼，而我卻依舊止步不前。」

看著面前的歐陽緡，我百感交集。他還是我曾認識的歐陽緡嗎？這個世界在變，周圍的人和事都在變，而歐陽緡也變了，他變得猶豫，變得怯懦。

為什麼人遇到愛情，都變得不再像自己，就連我也是。他的猶豫和怯懦是因為他太愛那個人，怕自己貿然的舉動傷到了他，被他厭惡。是啊，斐崳是那樣的沉靜光潔，如同一朵瑤池的青蓮，讓人不敢觸摸，我想，如果我是歐陽縉，也不敢對他做出獸慾之事。可正是因為愛他，才會想要他，這是人類無可迴避的本能和事實，若歐陽縉說自己對斐崳沒任何非分之想，那我反而鄙視他。

歐陽縉向來沉著冷靜的臉上露出了他長久以來的倦容。曾經，他認為可以隱忍自己的慾望，但我來了，我和旻天的關係徹底刺激了他。他或許會想，就連尊上和非雪都發生了親密的關係，為什麼他就不能？

當然，這是我這幾天從他不甘的神情裡推斷出來的，正是因為這強烈的不敢以及長久的隱忍深深困擾著他，讓他無法入眠，才會在三更半夜拖我出來練功出氣。我看了看身邊呼呼大睡的小妖，好羨慕牠，這沒心沒肺的，沒有感情的煩惱，只知吃喝拉撒。

「蝴蝶飛……蜻蜓追……」

突然一陣縹緲的歌聲飄入我的耳朵，我不禁問道：「歐陽兄，你聽見沒？」

「什麼？」歐陽縉斂氣凝神，聽了聽，「沒有，我什麼都沒聽到。妳的五覺現在比我靈敏，所以聽力也比我好。」

「是嗎……」我再次仔細地聽了聽，空氣裡除了絲絲的蟲鳴，再無其他聲音，「或許我聽錯了。歐陽兄，斐崳那裡你還要主動一點，說不定斐崳也等著你主動呢？」

「可是我怕他會討厭我。」歐陽縉一臉凝重，彷彿與我討論的是什麼攸關生死的大事，我笑著拍了拍他的肩膀，「放心吧，沒有討厭哪來的愛？」就像我跟旻天，我討厭他，但卻也愛得無法自拔。

一隻夜鶯從昏暗的天際落在我的指尖，牠抖了抖身上的殘雪，飛到一邊的小妖懷裡汲取溫暖。

「下雪了啊……」抬眼望去，卻是綿綿細雨。

歐陽緍深沉地望向上方那混沌的天空。我們宛如隔世一般，不知四季，不知時光。茫茫然的，心裡出現一絲出谷的渴望，好想看看那下雪的蒼白天空。

小妖在我身邊豎起了尾巴，另一邊站著斐崳和歐陽縉。

斐崳高高地揚起了手：「預備——跑！」

我和小妖撒開四腳就飛奔……呃，我是兩條腿。今天是我和小妖的比試，作為小妖的契約者，如果連彼此的速度都跟不上，將來更談不上戰鬥。只有天衣無縫的配合，才能不讓彼此受到傷害，成為累贅。

小妖銀白的身影如同飛箭，在花叢中時隱時現，而我利用丹田的內力，讓自己身輕如燕，點地而起，頻頻飛躍。小妖竄上了樹，我雙腿一蹬，就抓住了橫生的枝幹，牠又躍了下去，我的雙手在樹枝上繞了個圈，跟著牠下落。

「碰！」我們一起落地，掀起了滿地的殘葉。

「呼……呼……」我和小妖一同往後倒去，倒在軟軟的樹葉上，揚起的殘葉在我和牠之間飛揚，「怎樣？你甩不掉我了吧。」我側過臉看著小妖，牠小小的爪子放在我手心裡，我們一起仰面躺在草地上，看著那斑斑駁駁的陽光。一絲疑惑讓我漸漸清醒，這裡的空氣有點涼，樹葉有點黃，但這裡的天氣卻是那麼清爽，依稀可見明媚的陽光。

難道……？我出谷了？心驚了一下，某人的聲音立刻在耳邊響起：如果妳踏出幽夢谷半步，我將給妳懲罰。

絲絲的涼風吹起了我面前的瀏海，我疑惑地看著周圍，卻意外看見在不遠處的梧桐樹下，坐著一名美男子。他俊美的樣貌吸引了我的目光，精緻的五官有如瓷器般精雕細琢，細細長長的眉毛下是一雙清澈如泉水的眼睛，提拔秀美的鼻樑下，是含笑的薄唇。及背的長髮整齊地散在身後，只在額邊紮起一束小辮，長長的瀏海遮起了他有點狡黠的眼睛。

他正把玩著手裡一樣物體，津津有味，沉浸其中。身穿和斐崳一樣的白色袍衫，但卻和斐崳截然不同的氣質，若說斐崳是冬天孤傲的白梅，那他就是秋天的紅楓，讓人心暖。

一道光線晃過眼前，以為是他耳環的反光，才發現原來他的耳垂上有一顆紅寶石的耳飾。他靠坐在梧桐樹下，身下鋪著一件黑色的裘皮大氅。橘黃的殘葉、黑色的外氅、白色的衣衫，讓我眼前一亮，強烈的色差，構成了一副唯美的圖畫。

手有點癢，真想馬上畫下來。我站了起來，好奇地向他走去，因為他手中的物體正發出讓我感覺非常熟悉的音樂。此時褲管忽然被拽住，低頭一看，是小妖，牠咬著我的褲管，指著另一邊一塊和牠一般高的石碑，石碑上寫著三個字：幽夢谷。原來我尚未出谷。

「滴滴答答——」好熟悉的音樂，他手上到底拿的是什麼？強烈的好奇心驅使著我向前，那聲音喚起了我思鄉之情，心不免激動地跳躍起來。那到底是什麼？隨風的話猶言在耳，但我還是抬起了腳，跨出了走向懲罰的第一步。

「滴滴答答——」好熟悉，這聲音難道是……我緩步走到美男身邊，他手中的玩物漸漸映入我的眼簾，居然是手機！而且還是上官的手機！

我立刻伸手去搶，美男的動作更為迅速！他腳尖一蹬就站了起來，然後就是一個轉身，髮絲輕輕揚起，再緩緩垂落，他拿著手機的手自然地放在胸前，另一隻手背在身後，眉眼含笑，開口就是一句戲語：「原來天機喜歡搶別人的東西？」

「別人？那本就是我們的。」我看著美男，心裡有點焦急，不禁脫口而出：「上官的手機怎麼會在你的手裡？」美男拿起了手機，看了看，嘟囔了一句：「原來這叫手機。」他抬起眼，好奇地打量了我一番，視線漸漸柔和，問道：「妳就是雲非雪吧。」柔柔的聲音如同清泉一般明朗，這男人的聲音不是一般的好聽。這好聽的聲音讓我愣了一會兒，都忘記要去搶那個手機。

他疑惑地盯著我，忽然抬手點在我的鼻尖：「奇怪，天機怎麼傻傻的？」

太陽穴有點發緊，這傢伙到底在說什麼？我當即沉下了臉，美男又怎樣？惹了我雲非雪照樣扁你沒得商量！

我朝他伸出手，不客氣道：「把手機給我！」這次換美男愣了一下，然後笑了起來，如同和風的笑容讓人心境變得清明，頓時覺得有點不好意思，自責不該對他那麼兇。

「妳會用？」

「嗯。」我也放軟了態度。

他笑著拿到我的面前：「太好了，那妳教我怎麼用吧。」

欸？原來不是還我，而是要我教他怎麼用啊？不過我也不該跟他要回來，當初本就是拿去典當的東西，現在在此人手上，代表他是花錢買了回來，也就是他的東西了。

不過這手機居然到現在還有電，這讓我吃驚了一下。

我接過手機便坐下翻看，美男也跟著坐下，雙手撐在身後看著我擺弄手機。

當我看著手機，才突然回想了起來，上官的手機是太陽能的。

其實光從手機，就能看出我們三人的性格。

上官的手機最花俏，上面貼滿了粉紅的愛心，手機雖然不是什麼名牌，不過這款韓國的手機，卻是太陽能電池板，所以當初她典當的時候，最捨不得。

我的手機嘛，我不注重外觀，講究品質，功能一定要齊全，價格也要實惠，可惜不是太陽能電池板，所以我那手機估計現在已經宣告無用。

思宇則是受到預算的影響，買了過時的手機。她表示只要能打電話、發簡訊就行了，當然如果條件允許，她著重外觀和功能。

打開手機，螢幕桌布是上官大大的笑臉。那有點妖媚的笑臉上，畫著明亮的彩妝。上官，這就是當初的妳嗎？雙眼充滿著魅惑，幾多嫵媚，無限風騷。很不道德的偷窺了一下她手機內的號碼、簡訊和照片，可以斷定她來這裡之前，的確是一個中年男子的情婦。

上官可憐嗎？我無從判斷，畢竟這是她自己選擇的生活，更何況她在那名男子的懷裡，笑得卻是如此甜美。

只要活得開心，就是自己想要的生活，這便是我的人生觀。

「天機，妳到底在看什麼？」身邊的美男等得有點著急。

我隨口道：「照片。」

「照片？」

「就是把人最美的瞬間定格，你要拍嗎？」我拿起手機對準了他的臉，他的臉是好看的橢圓，不大不小，正好。

他明亮的眸子在瀏海下閃耀，橘紅的薄唇微微彎起，帶出一抹富有玩味的笑：「好啊。」

「喀嚓」一聲，將美男定格在上官的手機中。

「你叫什麼名字？」我要保存照片。

「煚陽。」

「煚……陽……」正在輸入名字的我，霎時頓了一下，看著螢幕上的兩個字，「煚？你是……皇室的人？」

「嗯，我是……」叫煚陽的美男笑著點了點頭，瞇起的眼睛無限放電。秋波不斷，柔情似水，他有一雙電眼啊。

我慢慢瞇起了眼睛，皮笑肉不笑道：「帥哥你來幽夢谷幹嘛？」

「找妳。」他吐字清晰，目的明確。我笑了，調侃道：「做朋友？」

「嗯，做朋友。」他很是誠懇地點了點頭，清澈的眼睛閃閃發亮，但總覺得裡面夾雜著一絲狐狸一般的狡黠。

「為什麼？」我幾欲噴笑而出，一個看似純情的美男，居然跑這裡來和一個從沒見過面的女人做朋友，這似乎有點不合情理。

小妖從我身邊掠過，躍在煚陽的大腿上，煚陽有一下沒一下地撫摸牠，小妖吐著舌頭，一臉痴迷。這傢伙，就知道牠好色！

旻陽架起了小妖，緩緩道：「我從斐崳那裡聽說了妳許多偉大事蹟，所以對妳很好奇，想看看天機到底什麼樣子。」他一邊開心地說著，一邊甩著小妖，小妖懸空的兩條腿開始左擺右擺。

「你跟斐崳合得來？」我有點好奇，斐崳那冷性子的人，通常不喜歡與別人多作交流。

旻陽對著我眨巴了兩下眼睛：「嗯，我跟斐崳一起長大。」他開始拋小妖，小妖一上一下地飛躍著，表情還挺開心。

和斐崳一起長大的男人？我脫口而出：「你喜歡男人？」雖然斐崳喜歡歐陽緡並不代表旻陽就非得喜歡男人，但在我的邏輯裡，就是物以類聚。而出乎意料的，旻陽怔住了，於是被他拋到半空的小妖就直直摔落下來，「碰！」一聲，我也沒去接牠，牠暈暈呼呼地在地上打了一個圈，就倒在了我和旻陽之間。

看著旻陽那突然的怔愣，我驚道：「哈！不會真被我說中了吧！你喜歡男人，對象是誰？你姓旻，你跟旻天又是什麼關係？是兄弟？還是同門？」

旻陽驚愕地看著我，兩朵桃花迅速在他的雙頰綻放，水汪汪的眸子裡帶出了羞怯，將原本的狡猾和奸詐全部淹沒，只有那深不見底的情愫。

「我……我們是同門……」旻陽終於有了反應，他撇過臉躲過我的逼視，「被選入國學堂的那一刻，我們就不再有自己的姓氏，入選成為皇族的，就賜皇姓：旻，失敗者，就只有一個代號。」

「哦～原來如此。」我在一邊看著他微紅的側臉壞笑著：「喂，你好像跑題了吧……」

「呵呵，天機不愧是天機。」旻陽忽然轉回臉，臉上洋溢著明朗的微笑，「既有敏銳的觀察能力，又有過人的膽識，在上面可沒人敢像妳這般直呼天的名諱，更不會有人敢與我並肩而談，這次我不虛此行啊。」

「天？」原來旻陽是如此稱呼旻天的，我於是道：「那我以後是不是可以叫你陽？」

旻陽曲腿而坐，下巴枕在膝蓋上，側臉看著我，笑道：「當然，那我是否可以叫妳小雪？」

「小雪……這叫法不錯。」我和他相視而笑，他就那樣注視著我。漸漸的，從他的眼中居然帶出了一絲忌妒？我愣了一下，以為自己看錯了，而當我想仔細捕捉的時候，他卻站了起來，然後朝我伸出了手。我以為他想拉我起來，本想客氣應對，卻沒想到他說道：「可以把手機還我了嗎？」

我看著手機，有點不捨，但最後還是還給了他。我指著螢幕上他的照片：「喏，這就是你的照片，如果你喜歡誰就拍下他，可以長久保存。」

「真的……可以長久保存？」他一下子變得認真。我點了點頭，拍拍身上的落葉準備回去。

「慢著。」他從我背後叫住了我，我莫名其妙地看著他：「手機已經還你了啊，還有什麼事？」

只見旻陽不大不小的雙唇微微揚起，帶出一絲狡詐：「妳出谷了，小雪，妳應該知道妳還在禁足期間，所以，請小雪跟我回去接受懲罰。」他依舊溫柔似水地笑著，只是那笑容不再單純。

旻陽，一個危險的男人。這就是我在看到他天使的笑容後，所做出的結論。

他扣住了我的手腕拖著我前行，沒良心的小妖扭頭就跑，而且還跑得飛快。我知道牠其實是幫我找救兵去了。手腕上的手看似輕柔，卻堅固如鐵鉗，我掙扎、無賴地笑著：「這個……我只是走出來幾步而已，我馬上回去，你就當沒看見。」

「幾步也是離開，更何況小雪已經上山了哦。」他拉著我，我鬱悶得差點吐血。

上山？那是他拉著我上去的好唄，擺明就是陷害我！

我搖搖晃晃地跟在他的身後，周圍的空氣漸漸變冷，我忍不住開始哆嗦，看著癸陽的裘皮外氅格外眼紅。原來山上和谷內的溫差會如此之大。

「哈啾！」我打了一個噴嚏，噴嚏化作霧氣在眼前飄散，外面這麼冷了嗎？谷內溫暖如春，所以我穿的是斐崳給我打點的春裝。白色的衣褲，白色的褂衫，乍一看，還真像一個修武者。

癸陽停下了腳步，回頭看著我，依舊露出他柔美的笑容，他解下外氅，披在了我的身上，笑道：「下次上山記得多穿點。」

「還有下次？你還想讓我接受懲罰？」我懊悔地嘆著氣，轉眼望向身後，卻發現身後的路已經漸漸消失在薄薄的霧氣中。

怎麼回事？難道我們走了很久了嗎？怎麼看不見山谷？

放眼望去，我頓時震驚地無法挪動腳步，只見周圍是一氣呵成的環形山壁，山壁上生長著蔥鬱的雪松。而在這山壁的包圍下，就是我住的地方：幽夢谷。

原來這就是我在下面以為的參天大山？這就是我在下面以為的宏偉山脈？我到底住在一個什麼地方？不就是盆地嗎？只是這個盆地比較深，已經成為凹地，現在從我這個角度望下去，凹地已經被薄霧籠罩，彷彿深不見底。下面溫暖入春，說明這片凹地下有地熱，看這環形的山壁和有著地熱的山谷，難道？我住在死火山口上？

天啊！我居然住火山口啊……

想到自己身處火山，渾身冷不防打了一個寒顫，鼻尖忽然帶來一絲清涼，不禁仰頭望去，蒼茫的天際裡，正飄落著幽幽的白雪，白雪緩緩飄落，在那雲霧裡漸漸融化，原來我所看到的霧氣和谷底的綿綿細雨，都是上下溫差所造成。

「小雪？怎麼了？」翌陽看著我發呆，微笑著問我，眼中帶出他的疑惑。

我看著那一片凹地，或許等春暖花開，上下溫差不大的時候，水氣就會散去，到時就可以將這片凹地看個一覽無遺。

當然，凹地也有可能是隕石墜落造成，就像月球表面，而那墜落的隕石內部還存有熱量，這熱量並不是千百年就能消散的，既然這片凹地如此廣闊，那當初那顆隕石也相當於一顆小行星一般大了。也或許不是隕石，是行星？外太空飛船？誰知道呢，宇宙經常掉東西下來，見怪不怪。

「小雪？」翌陽又叫了我一聲，而我越想越離譜，真佩服自己天馬行空的想像能力。但不管如何，住在這種地方，絲毫沒有安全感。心感覺像懸空一般，忍不住問翌陽：「這裡地震過嗎？」

「地震？」翌陽用奇怪的眼神看著我，「小雪怎會突然問起這個？幽國這千百年來，從未發生過地震，倒是佩蘭和北寒，發生過幾次。」沒發生過地震啊……汗，那更危險啊……

跟在翌陽的身後，天空越來越明朗，雪花越來越繁密，自然天氣也越來越冷，我彷彿在短短的一個時辰內，感受著四季的更替。當到了山頂的時候，我的雙手已凍成了有如紅蘿蔔，即使已經有翌陽的外氅蔽體，依舊擋不住那刺骨的嚴寒。我甚至感覺到鼻涕都已經在鼻腔裡冰凍。

而面前的翌陽依舊紅光滿面，一點也看不出寒冷的樣子。這些武功高手都可以用內力禦寒，我也曾問過歐陽緡，哪知歐陽緡刺激了我一番，他說：「就妳那點內力，能飛離地面就不錯了，還想禦寒？」他間接地指出，我的內力相當弱，用在逃生上也已經相當勉強。

正回想著七日所學，前面的旲陽停了下來，我從外氅的帽沿下看到了前方的兩個侍衛。兩個侍衛守在一扇白玉的石門前，門上依舊雕刻著兩個神官，我想這應該類似於門神之類的作用，就像普通百姓門上貼門神的畫，而幽國就直接刻在門上。

兩個侍衛恭敬地對著旲陽行了個禮，然後打開了石門，旲陽走了進去，我跟在後面，經過那兩個侍衛的時候，我看了他們一眼，兩個人穿得像狗熊，儘管石門上有門簷可以遮風避雨，但卻擋不住這肆虐的雪花。於是這兩個侍衛無疑成了雪人，身上披著一層薄薄的白色外衣，而他們雙腳的周圍有一圈落雪，估計是他們抖落的。

沒想到幽國地處南方，卻有如此大雪紛飛的天氣。

其實以前兒時住在杭州，也看到過一次大雪，只是隨著時間推移，全球暖化，才會在南方越來越少見雪花漫天的景象。

寬敞的石板路，罕見人煙，玄色的樓閣在蒼茫的天際下巍然佇立，我疑惑地看著空空蕩蕩的馬路，上面少有腳印，這若是拓羽的皇宮，一定有不少太監宮女，乃至巡邏的侍衛。而我跟著旲陽走了大半天，也只看見三三兩兩的侍女。

「怎麼人這麼少？」我疑惑地看著那些殿門緊閉的殿閣，門口連個人影都沒，讓我有種進入鬼城的感覺。一隊侍衛迎面走來，他們在看到旲陽時，向他行了個禮，然後繼續前行，才在白雪上留下了一排新的腳印。

「幽國不養米蟲。」旲陽在侍衛離開後，忽然回答了我先前的問題，他的答案讓我怔了一下，心開始發虛，我是米蟲嗎？

「在幽國，就算是尊主的妻子，也必須執行神主的任務，所以幽國沒有米蟲。」

雪開始變得越來越密，迷茫的飛雪下，是昊陽的微笑，飄落在他身邊的雪花消失無蹤，他的身上看不到半點殘雪。

「不過天機對於這個世界有重大的影響，所以即使天機沒什麼本事，我們幽國也會好好保護。」

頭有點發脹，這不是在間接說我一無是處嗎？心裡很是不爽，淡笑道：「或許你會的，我不一定會，但我會的，你絕對不會。」「哦？是什麼？說來聽聽，這天下沒有我學不會的。」昊陽很是自豪地說著。

我嘴角微微揚起，走在了昊陽的前邊，回頭悠然道：「生孩子……」說完，我故意追問了一句：「陽能生嗎？」

昊陽一下子抿起了嘴，雙目瞪大，形成一副有趣的表情，然後一串笑聲從他的嘴中溢出：「哈哈哈哈……天機果然與眾不同。」

我背手而立，笑得狡黠而深沉。茫茫的雪將我全身上下覆蓋，原本黑色的外氅，已經被染成了白色。

昊陽帶著我進入一個別院，別院有著東西北三個入口，我們從東邊的宮門進入，一座玄黑的殿閣佇立在那裡，琉璃的瓦片上，覆蓋著厚厚的白雪。

一樣沒有人站立，一樣罕有腳印，昊陽推門而入。在推開門的那一剎那，北風捲著白雪飄入了

殿閣。這時才發現，原來人都站在殿閣裡面。只見兩個侍女候在門邊，在buggy
殿門，並為我解下了帶著殘雪的外氅。

屋裡比外面暖和了許多，但對我來說依舊寒冷。看了看，原來這殿閣擁有兩層殿門，剛才那扇只是外門，面前的那扇，才是通往裡面的內門，格局有點類似玄關。不過令我疑惑的是，直到現在也只是看見侍女，卻沒看見太監，幽國似乎是沒有男侍。

叟陽再次推開面前的門，我愣了一下，一條迴廊出現在我的面前，這讓我感覺彷彿到了電影裡常見的古代宮殿，也是這樣迴廊套著迴廊，房間套著房間。這種宮殿很容易讓我迷路，倒是拓羽的皇宮，一個院子又一個院子相互隔開，還容易找些。

叟陽依舊在前面帶路。照道理，我現在應該要害怕，因為我將面臨懲罰，一個自己都不知道的懲罰，而我卻悠閒得像在參觀故宮。玄黑的柱子，金漆的窗棱，紗質的窗戶，秀美的女婢，富麗堂皇，氣勢宏偉。

越到裡面，越是暖和，雖然自己的衣衫單薄，但也可以勉強忍受。叟陽最後停在了一扇殿門前，門外的兩名侍女為叟陽打開了門，我跟著他一起進入。這是一間不怎麼大的屋子，但卻精雕細作，無論是衣架、壁燈、柱下的石敦，處處可見工匠巧奪天工的手藝。

叟陽站在我的身前，他高大的身影擋住了我的視線，我站在他身後環顧著周圍，這間屋子大約八十坪吧，因為一層套著一層房屋，所以這間房間很是暖和。

「叟陽見過尊上。」叟陽在我面前彎腰行禮，在他彎下腰的那一刻，一個人的面容瞬間進入我的眼簾，是他！

只見他高坐在桌案後，一身暗紫的長袍上，繡有騰飛的游龍，黑金的絲線在燈光下隱隱閃現。他單手撐在臉龐，一手翻看著桌案上的書帖，懶懶地抬起眼皮，嘴唇張開的那一剎那，他看見了旻陽身後的我，視線交會的瞬間，他皺起了眉。

與此同時，旻陽又慢慢直起了身體，而我的心已開始怦怦跳躍。若說不想他，那是自欺欺人。

四、三星玄機

「你怎麼把她帶來了？」奭天慵懶的聲音裡還帶著尚未退卻的稚聲，讓我覺得很滑稽。

奭陽回頭將我帶出，笑道：「她出谷了，所以帶來請天你做出懲罰。」我有點不服氣，明明就是他硬拖著我出來的。

我看向奭天，他目不轉睛地看著桌案上的帖子，對著奭陽無聊地揮揮手，稚氣的臉上露出不耐煩的神色：「這種小事讓青煙處理，她現在不是替冥聖管理這裡的女人嗎？交給她，我這裡還有一大堆事情要處理，正頭痛呢。」

「天，她是天機，讓青煙來懲罰，不妥吧。」

「那交給冥聖吧。」

我頓時感覺自己像個皮球，被他們踢來踢去，忍不住鼓起了臉，瞇起眼睛，看他們究竟想把我怎麼樣。

「是……」奭陽微笑著應道，然後對我招手，「走吧。」

「哦……」這樣就結束了？心裡小小失落了一把，我跟他只是匆匆對視一眼，然後就再次分別。心裡雖有不捨，但也是無奈，斐崳的告誡迴盪在耳邊：記住，見到他要裝作不認識。

嗯，裝不認識。也好，誰叫這臭小子裝傻裝那麼久，就當他空氣不存在，冷落他。

「慢著。」昊天幽幽的聲音緩緩響起，我和昊陽再次轉身，昊陽微笑著看著昊天，昊天淡淡地看著我，我雙手環胸，如同置身事外地看著他和昊陽，只聽他道：「既然天機來了，就讓她了解一下天將和天粟的情況，然後我會帶她去見冥聖。」

聽罷，我愣了一下，昊天的意思是不是想告訴我上官和思宇的近況？是啊，她們現在過得如何？上官生了嗎？思宇幸福嗎？她們快樂嗎？一個又一個問題讓我心情開始變得激動，卻不覺身邊昊陽的笑容有點僵硬：「是……」他淡淡地應了一聲，轉身離去。在他出門的時候，他意味深長地注視了我一會，我疑惑地看著他，他露出一個公式化的微笑，然後離去。

他的離去帶著一絲失落，我疑惑地看著那慢慢闔上的殿門，和漸漸消失在門縫中昊陽的背影，他在失落什麼？會不會是我看錯了？

「妳看夠了沒？」殿上忽然傳來昊天帶著寒氣的聲音，我轉回臉，漠然地答道：「夠了。」

或許因為我的態度過於冷漠，高高在上的昊天眼裡滑過一絲黯然。捕捉到他的失落，心裡暗喜，想著應該怎麼刺激他，報之前他耍我之仇。

他緩緩放下手中的帖子，雙手交疊在他完美的下巴下，一道寒光瞬即朝我射來，我立刻笑得天真無賴，當然，他深邃的眼睛裡帶著他隱忍的憤怒，和淡淡的殺氣。

「妳還是那麼好色，只是一個昊陽就把妳引出谷了嗎？」

「此言差矣。」我恭敬地略微頷首，「尊上誤會了。」

昊天寒冷的臉上浮出一絲喜色，我立刻補充道：「當然，他也的確是個帥哥。」

一句話，讓昊天的臉青白交加。看著他快要火山爆發的模樣，我不緊不慢道：「但這不是主要原因，是因為看到愳陽手中的手機，才忍不住出谷的。」

「手機？」愳天的臉上的怒氣漸漸消退，蒙上了一層疑惑，然後他雙眼微微睜了睜，似乎想起了什麼，「原來妳看到了他的手機。」

愳天是認得手機的，只是不會用。我淡笑道：「正是，而且他手上的正是上官的手機。」

愳天的臉上滑過一絲淡淡的驚訝，緩緩道：「那是暗使從蒼泯一家當鋪收來的神器，我看是手機便拿了一個給愳陽玩耍，卻沒想到是妳們三人的。」

「那也就是說我的也回收了？」我立刻雙眼發光。

愳天揚了揚眉，輕哼一聲：「妳想都別想。」

一句話將我擊沉，我呆滯地看著他，嘴張著半天吐不出一個字。

他耷拉著眼瞼看了我半天，露出一抹笑意，悠然道：「上前來。」他從桌上的冊子中挑出了幾本隨意拋出，「給妳看個好東西。」我急急上前，那桌案放在高高的石階上，足有一人多高，我從上面撈了那幾本冊子下來細細觀瞧。

「妳手上拿的是天將的報告，那上官柔果真不是一般的將才，幸好妳這天機在我們手上，否則真不知道妳們三人會掀起怎樣的風波。」愳天在上面慵懶地說著。

靜靜的殿堂裡，傳來他「啪啦啪啦」翻帖子的聲音，他似乎心不在焉，因為從他翻帖子的聲音裡，聽出他翻看的速度相當之快，彷彿只是做做樣子。我靠在桌案上看著帖子，裡面彙報的詳盡程度讓我咋舌。

原來上官知道拓羽出宮就是為了接我回蒼泯，而與此同時，她曾向拓羽發出急書，說太后已經知道我的動向，並派遣鬼奴前來刺殺我，看到這裡，我愣了一下，上官的告密是為了救我嗎？

時間可以抹殺一切，就像如今的我，對上官其實已了無恨意，那上官是否也會如此？她或許已經從因為愛上拓羽而瘋狂的狀態中慢慢冷靜，繼而進行她原本的計畫。

上官，就讓我看看妳要如何統領後宮，一統天下。

只見帖子上說上官向拓羽提出諸多國防建設和以兵養兵方案，蒼泯的地域位置特殊，因此加強邊防建設相當重要。上官還提出以國制國的策略，與暮廖、佩蘭和緋夏以外的小國增加聯繫，從沿海大陸擴充地域和邊防，將蒼泯的國界外擴，用那些小國來制約蒼泯的鄰國。

上官此番果然是大手筆，光是國界外擴就要消耗大量國庫，好在蒼泯土壤肥沃，處處是金，加上上官以兵養兵的策略非但節約了大量的人力，更是充分利用了現在閒置的兵力。和平盛事，士兵大多整日練兵，不如一邊下田種地一邊訓練，既可增加糧餉又不影響士兵的素質。

「天將這以兵養兵可真是妙啊。」叟天發出一聲感嘆，我道：「但這必須有兩個條件。」

「什麼？」

「一是適逢太平盛世，鄰國沒有戰爭；二是國內各處土地肥沃，氣候適宜，俗稱種什麼得什麼，這樣才可以讓士兵一邊練兵一邊耕種，毋庸擔心鄰國的滋擾。」

我回過頭望向他，卻接觸到了他灼熱的視線，或許我突然回頭讓他避之不及，他慌忙撇開視線，我也趕緊轉回身。那瞬間的眼神接觸讓我心跳加速，種種往事全湧上心頭，那一夜又一夜的纏綿歷歷在目，讓我臉紅不已。該死，自己怎麼老是想著那些事。

「看來是五國和平共處條約幫了天將的忙。」身後傳來他有點沙啞的聲音。

心跳漸漸恢復，我忍不住笑了，剛才那樣子就好像回到了高中的青澀年代，只是一個對望，就讓彼此臉紅心跳。

「妳笑什麼？」他的聲音已經恢復正常，我看著帖子笑道：「看到上官平安而高興啊。」

「哦？是嗎？我倒是更期待看天將怎麼解決內憂。」

「內憂？你是指水無恨？」對啊……無恨始終是我一塊心病，一段解不開的糾纏，「他們水家到底為何如此痛恨拓家？」

「因為一個女人。」叟天雲淡風輕地說著，我不禁問道：「一個女人？」

「嗯，柳月華。」身後傳來衣衫摩擦的聲音，他似乎靠在了椅背上，「柳月華也是個謎一般的女人，不過既然有妳這個天機星，那有柳月華就不再奇怪，她應該是和妳同一個世界的女人。」

「欸？」

「根據以前的記載，她是突然從空中落到倉月湖裡的，當時拓翼，也就是拓羽的父親，正在倉月湖游湖，水酇也和他在一起，於是熟悉水性的水酇就救下了柳月華。後來柳月華就住在水酇的家中，拓翼也時常前往水家，他們三人成為了莫逆之交。有一次水酇出訪佩蘭，拓翼便將柳月華接入宮中居住，立刻引起了後宮的軒然大波，在水酇回來後，柳月華就嫁給了水酇，卻沒想到即使嫁作人婦，拓翼依舊對她念念不忘，騷擾不斷，讓柳月華憂鬱成疾，直到產下水無恨後，鬱鬱而終。」

聽叟天這麼說，我不禁對柳月華的經歷唏噓不已，不是任何一個穿越女都會一帆風順，獲得幸福，柳月華就是一個悲劇。記得太后提起柳月華名字時的失控，她是多麼的憎恨柳月華，乃至發洩在了我的身上。

紅顏多薄命啊，又是一段讓人糾結的感情。

「那這柳月華到底愛誰？」我忍不住回頭問奰天。

奰天此刻舒服地靠在椅子上，抬了抬眼瞼，淡然道：「這就不得而知了。這水酇對拓翼的恨，多半是因為這個柳月華。」

「柳月華……月華……月光不及美人顏，華床只剩孤獨眠……」這兩句詩的開頭兩個字，不正是月華嗎？我當即怔住，難道……拓翼跟柳月華真的有關係？

「妳怎麼好端端地突然念起詩來？」奰天坐直身體，雙手放在桌案上，一臉疑惑地俯視著我。

我回過神，正經道：「當初我參加拓羽的遊園會時，有一次誤闖一座禁宮，禁宮裡的牆上掛著一副美人圖，圖上提著這兩句詩，也就是說，柳月華當時就住在那座宮殿裡，並且有可能和拓翼睡在一張床上，但到底有沒有發生關係，就不得而知。如果發生，那水無恨說不定就是拓羽的兄弟……天哪！」我倒抽一口冷氣，「這下可熱鬧了。」

「原來如此。」奰天俊美的臉也微微皺了起來，「所以水酇就讓水無恨和拓羽兄弟相殘。」

「萬一水無恨確實是水酇的兒子呢？若柳月華沒有跟拓翼發生任何關係呢？」我想來想去，覺得從我們那裡來的女人不會這麼傻，不會帶著別人的孩子去嫁人，而且也不會嫁給自己不愛的人。所以，我猜柳月華愛的其實是水酇。

「怎麼可能？」奰天忽然口氣肯定的表示：「孤男寡女，共處一室，怎麼可能不發生什麼？」

「這有什麼奇怪？」我立刻反駁：「當初我躺在拓羽寢宮裡的時候，他每晚都睡我邊上，也不是……」心頭驚了一下，慌忙捂嘴收聲，暗罵自己說漏了嘴。

面前的人隱隱透露著殺氣，眼神立刻凛冽起來：「妳怎麼不說下去了？」他上吊著眉角，臉色變得難看。我放下雙手，嘟囔道：「也不是什麼事都沒發生啊……」隨即，我揚起臉反問他：「你難道不知道？」

昃天的臉立刻拉長，不自在地嘀咕起來：「我那時以為妳睡在拓羽的寢宮很安全，所以就沒再多加關注。」

原來那時他沒關注啊，那就怪不得我了。

「但我沒想到會是這樣！」他瞇起了眼睛，生氣地看著我，我咧嘴笑了起來：「你激動什麼，現在說的是水家和拓家的恩怨，看來當初我離開沐陽是正確的，這若是留下，又會加深拓水兩家的恩仇。」

「是啊。某人跟水無恨和拓羽也是糾纏不清哪。」昃天耷拉著眼皮，冷嘲熱諷著。

說到此處，我的確深感內疚，茫茫然地，就跟拓羽和水無恨糾纏在了一起。最後還是不知道他們兩個到底是不是真心喜歡我。不過我現在最好奇的，還是水無恨到底是拓翼的兒子還是水酇的兒子？就現在這情況來看，水酇多半認為水無恨是拓翼的兒子，才會那麼狠心地培養出了一個紅龍，以為母報仇的原因，讓他反了拓家天下。

想到此處，我不免心疼：「無恨真是可憐……」

「怎麼？心疼了？心疼當初就留下幫他報仇啊。」某人依舊陰陽怪氣的說著，醋意濃濃。

懶得理他，我問道：「那關於思宇的呢？」

「在這兒。」他拿起一個帖子，懸在半空。

這桌案本就放在臺階上，足有我一人多高，若帖子放在桌上，我也只是勉強勾到，而現在他惡意地懸在半空，我只有跳起來拿。哪知他嘴角一揚，在我跳起的時候又抬高了手，讓我拿了個空。我怒了，狠狠瞪著他，用眼神表示：你給不給？不給我生氣了！

他笑著放下帖子，推到我的面前，我伸出手，無意間我們的指尖在帖子上相會，那碰觸的瞬間，如同有一股電流貫穿了我的全身，心跳開始加速。

愣了一會兒，我才想起要抽走帖子，就在這時，他忽然伸長了手臂，一下子按住了我拿著帖子的手，心跳漏了一拍，忘記了呼吸，那手掌的溫熱，化開了我手上的冰霜，侵入我的心底……好溫暖的手。

「妳的手怎麼這麼冷？」他臉上的笑意漸漸被憂慮沖淡，心疼地捉著我的手，緊緊包裹，「下次上山記得多穿點衣服，山上和谷中的溫差很大。」

「哦……」我緩緩抽出手拿走了帖子，開始翻看。頭頂是讓我臉紅心跳的灼熱視線，在這樣的注視下，身體漸漸熱了起來，腦子開始渾渾的，無法專注。

「來人。」他喊了一聲，門輕輕地打開，門外的侍女恭敬地垂首，「去拿件襖子和披風來。」

「是。」門再次關上，心裡變得暖洋洋。

「上來。」他輕柔地說道：我揚起臉疑惑地看著他：「上哪兒？」

「到我身邊來，我給妳暖身。」他狹長的丹鳳灼灼放光，那火熱的視線讓我渾身一個激靈，趕緊回絕：「沒關係，過會兒有衣服就暖和了。」

我乾笑著，卻沒想到我的話讓他變得失望，整張臉垮了下來，帶出他長長的嘆息聲。他站起身，暗紫的華袍傳來衣衫摩擦的聲音，我木訥地看著他，他走下了臺階，來到我的面前，板著臉看了我一會兒，忽然他擁住了我，屬於他的氣息瞬間將我包裹，讓我的血液瞬間凝固，大腦一片空白，無法思考。

他擁著我，下巴枕在我的肩上，整個人彷彿掛在我的身上，我承受不了他的重量，順勢靠在了桌案上。「妳不上來，只有我下來……」他用著一種委屈的口吻在我耳邊說著，熱熱的氣息吐在我的耳畔，他將我越擁越緊，緊得我無法喘息。

大腦漸漸清醒，我趕緊提醒道：「別這樣，被人看見不好。」

「現在沒人，我畢竟也是妳幾夜相公，妳怎麼對我如此冷淡？」他將臉貼近我的臉龐，輕輕磨蹭，輕柔的聲音帶著一絲抱怨。

「我……」

「噓……別說話。」他忽然正對我的臉，咫尺之間，是他壞笑的眼睛，「先讓我親一下。」

「欸？」還沒反應過來，兩片滾燙的唇就貼了上來，粗魯的侵入，重重的吮吸。

我怒了，總是被他偷襲、吃豆腐，是我的心軟和猶豫縱容了他。我抬手就準備推他，他卻跳開了，眉眼帶著笑，還在我面前滿足地舔了舔自己的唇，優雅地站在我面前，雙手插入袍袖，一副得逞的模樣。

他這番神情讓我又羞又窘，舉起了手中的帖子欲扔他，他卻道：「那是天粟的帖子。」

對啊，我被他這一提醒才想了起來，趕緊翻開帖子細細觀瞧，將痛扁叟天的事忘得一乾二淨。

「天粟也著實厲害，居然利用佩蘭的水產，賺了不少錢，還利用這筆錢跟柳讕楓做起了生意，擁有了自己的鹽礦，不到半年時間，她就成了【天目宮】的財力支柱。」旲天悠然地坐到一邊的椅子上，架起了二郎腿，一晃一晃。

旲天在一旁說著，我隨著他的話繼續看著帖子。

思宇和韓子尤輾轉到了佩蘭，和韓子尤以水產商的身分做掩護，接掌了【天目宮】在佩蘭的分點，而原本在緋夏的分點就由另外一人接手。當思宇和韓子尤在佩蘭定居後，思宇提出了一個更安全的資訊傳遞方法，就是【點法】。我看了一下帖子對【點法】的形容，說是紙上有不規則的黑點，無字，如同天書一般無法摸透。

我想了想，得意地笑了，思宇用的正是摩爾斯密碼，這可奇了，她居然了解摩爾斯密碼，我也只知其名，卻完全看不懂呢。帖子上還說，思宇將這新型的訊息傳遞法在佩蘭試行，若是推廣到全【天目宮】，可能還需要一些時日。

「呵，妳們這三個女人啊，恐怕只有妳最差勁。」旲天忽然取笑我。

聽著他的話，我有點不服氣：「誰說的，說不定我能比她們做得更好呢？」

正說著，門被輕輕推開，侍女拿著衣服走到我的身邊，為我著裝。看著侍女，我忽然想起來沒看見太監，便問道：「這裡怎麼沒太監？」

「幽國不養米蟲。」還是這句話，跟旲陽說得一樣，難怪當初隨風那麼看不起我。他看著我淡淡道：「幽國的尊主基本上沒有後宮，頂多也只是娶兩三個女人，在這裡，作為幽國國主的妻子，也要完成自己的任務。」

侍女再次退了出去，帶上了門。只聽旲天繼續說道：「所以妻子對國主來說，是夥伴，是愛人，因為幽國的國主不是世襲，所以生出來的孩子，未必能成為下一任國主，因此生子對國主來說不再是任務。」

難怪，古代皇帝擁有後宮，除了男人好色這個原因外，就是為了子嗣。在古代，醫療不怎麼發達，物資也不是很豐富，生子對女人來說，更是一件危險的事，別看古代皇帝子嗣很多，其實這之中死的也不少，更甚者，死的比活下來的還多。

「一般未婚妻都從溟族選出，若是相愛，就是妳那裡的一夫一妻，這也是最美滿的婚姻，若不是，那國主可以再娶一個自己喜愛的女人，但只能作為側室。」他認真地看著我，我略微不解地看著他，他什麼意思？是在跟我解釋嗎？

忽然，他眼神閃爍了一下，側過身體斜靠在椅背上，單手撐在臉側懶懶看著門口。空氣裡，多了許多味道：我拿著帖子的手緊了緊，會是誰？這味道的數量，不止五人。裡面還有一絲熟悉卻又新鮮的味道：我認出了那味道：是煛陽。慢著，還有一絲味道似曾相識，難道是……她？

門外傳來侍女恭敬的聲音：「拜見尊主、聖主、督使、聖女。」

尊主？聖主？督使？聖女？

門緩緩打開，首先進來兩人，左邊的那位我認識，曾在五國會上見過，就是幽國的國主煛浩然。而他身邊的那位，當我看清時，我差點驚呼「人妖」。這是一個何其妖冶的男人，豔麗的彩妝，華美的服飾，若不是他胸部平平，我準以為是女人。

那妖冶男低眸瞥了我一眼，就將視線定格在我的身上：「這就是天機！」他忽然跑到我的面前，從他的聲音，我確定他是男人。

「這麼可愛的小姑娘。」他抬手就捏向我的臉蛋，我頓時傻眼，差點脫口而出：這位阿姨，你不要捏我的臉蛋好不好？

我被人妖摧殘著臉蛋，然後看見熒陽和青煙緩緩跟了進來，熒陽依舊面帶微笑，青煙依然美麗非凡。不知為何，我忽然將面前的「阿姨」和冥聖聯想在了一起，我忍不住訥訥道：「莫非您就是風華絕代的冥聖？」

人妖看著我，眨巴了兩下充滿水波的眼睛，忽然更重地捏著我的臉蛋，嬌嗔道：「討厭~天機真會拍馬屁，雖然我的確風華絕代，但畢竟是垂暮之年，怎能與年輕人相比。」

果然是啊……那麼說……本任幽國國主的妻子，是個男人……難怪斐崳說當初他師傅想將他作為未婚妻候選人，原來是有歷史原因的啊。

幽國國主輕嘆了一聲，裡面似有無奈，又有包容，他似乎略帶同情地看了我一眼，威嚴地坐在了高臺之上，然後問著坐在下面的熒天：「天將和天粟的事給天機看了嗎？」

天機天機，我有名字的好唄，我叫雲非雪！討厭別人用代號來稱呼我！

「天機果然聰慧。」冥聖終於放過了我，忽然他陰下了臉，帶出一絲陰森森的笑，「但絕對沒我可愛的青煙厲害！」

我呆呆地看著冥聖，難道他知道了什麼？或是洞察到了什麼？不過這也是理所當然的事，不是嗎？青煙是他的徒弟，按照青煙那白痴的性格，絕對會向冥聖如實稟報邶城的事，看來熒天為我死去活來，甚至差點想辭職不幹的事已被他們知曉，自然也包括他被施咒的事。

我明白了，他們一定以為我會給熒天解咒，所以，我現在成為了他們的威脅，難怪給我下了禁足令，不准我出谷，是怕我找熯天啊。

「已經給她看了。」熯天依舊踧踧地坐在那裡，淡淡地回答著。熯陽和青煙分別站在國主熯浩然和冥聖的身後，熯陽面帶笑容的看著我，裡面彷彿夾雜著玩意，似乎等著看一場好戲。

我看了看熯陽，然後將視線移到青煙身上，她今天穿著月牙的長袍，湖藍的披風上，是同樣湖藍的圍脖，好一個清麗的可人兒，她秀美的雙眉微蹙，帶出她的憂慮，我笑了笑，她依舊用擔憂的眼神看著我。

此刻我仍然站在桌案前，在大殿裡顯得有點突兀，於是我腳步輕移，打算偷偷換位。

「那天機有何打算？」熯浩然突然問我，我停下腳步，轉身恭敬道：「沒有打算。」

「哦？這倒奇了，本王認識的天機可不是一個胸無打算的人哪。想當初雲非雪攪亂拓家和水家的棋，破壞了誅煞對畬諾雷的刺殺，如此轟轟烈烈，足智多謀，怎麼現在沒打算了？」

我不慌不忙道：「當時只為自保，而這裡有吃有喝，有穿有住，沒有紛爭和煩惱，整日與斐嵛、歐陽緡品茗閒聊，和小妖打打鬧鬧，如此愜意的生活正是小女子所求。不過剛從熯陽公子那裡得知幽國不養米蟲，所以小女子決定今後幫助斐嵛上山採藥，不吃幽國白食。」

「天機言重了，保護天機是我們的責任，因此不讓天機出谷，也是為了讓天機的星光黯淡，避免引起他人的注意。」熯浩然淡淡地笑著，一派長者風範，「只是天將和天粟本就是天機的親友，天機不出手相助嗎？」

我看著熯浩然英氣俊朗的臉，淡笑道：「天將的以兵養兵，已讓水酇不敢妄動；而天粟更是富甲一方，吃穿不愁。天將身體安康，天粟幸福安樂，作為天機的我應該老老實實待在此處，免得給世界帶來紛爭，不是嗎，國主陛下？」

昃浩然微笑著點點頭，倒是一邊的冥聖輕笑道：「是啊是啊，天機若是出谷，各國國主必定爭奪，到時天下大亂，又要辛苦我們來收拾殘局。」

「冥聖說得是，世人愚昧，只為天機二字便爭相搶奪。」昃陽附和了一句，讓我聽著很是不悅，雖然昃陽說的是事實，但總覺得好像是看輕了我。眼角落到一邊，正好瞟到了一旁坐著的昃天，這傢伙倒好，開始進入神遊狀態，一雙眼睛半開半合，單手撐臉，視線不知道飄向何處。

昃浩然看了看身邊的冥聖，悠然道：「冥聖未曾接觸過天機，不知天機的厲害，本王可是見識了天機的謀略，所以，這天機二字，不是誰都能當得了的。」

昃浩然的話，讓我虛榮了一下，我垂下眼眸輕笑爾爾，我既不是無知婦孺，也不是機智謀士，我只是在適當的時候，用了適當的方法，達到了自己的目的，一切都只為自保。現在想想，其實自己也很自私。

「我看未必。」冥聖半抬眼瞼，嘴角帶笑，只是那笑容有點虛假，「那不如現在就讓我看看你口中這個天機的智謀，讓我考考她。」

我愣了一下，這老兩口拌嘴怎麼拖上了我？這若是答上來，就得罪了冥聖，答不上來就得罪了昃浩然，還丟了自己的面子，真是左右為難。偷眼看了看昃天，他一副悠閒的樣子，看來是不打算阻止冥聖的考試。

「天機。」冥聖喚道。我望向他，他身後的青煙對我擠眉弄眼。哎，青煙，我只通動物心思，妳那表情到底是什麼意思啊？沒辦法，只有應了一聲：「冥聖請說。」

冥聖瞟了熒浩然一眼，彷彿在說：你等著看吧。他面帶微笑說道：「天機應該知道幽國每個人都會派出去執行任務，若我這次派天機出去協助蒼氓增強國勢，天機會如何做？」

我看著冥聖，冥聖這題有點毒啊。

「天將以兵養兵的方法已是最佳方法，呼……天機，這回可難倒妳了哦。」熒陽說著同情的話語，但眼裡卻是看好戲的神情，真不明白他何以針對我，我從沒做過得罪他的事情啊。從他誘我出谷，到請來國主冥聖還有青煙，我記得當時熒天明明說會自己帶我去見冥聖，難道……？

嘿！如何協助蒼氓沒有想到，但倒讓我想明白了一件事情，就是這熒陽心裡的那個人是誰。想到熒陽喜歡的人原來是他，我忍不住幽幽地笑了起來，就連思路也變得開闊無比。

「天機這自信的笑容，莫不是已有對策？」熒浩然對我有幾分期待，他似乎很看重我，我淡淡笑道：「天將以兵養兵的確是妙招，但是以蒼氓現在的兵力，若是有外敵滋擾，水酇再起兵，恐怕蒼氓會無法兼顧，到時怕是要與其中一方妥協，受制於其中一方。」

「哦？那若是天機前往，會做如何協助，防止蒼氓內憂外擾的情況發生？」

「阻止是不可能了，但可以拖延幾年，我若此刻前往蒼氓，我會叫拓羽派兵清理夏氓小道，然後增加與幽國的貿易往來。」我的這番話，讓熒浩然等人露出疑惑的神色，就連一旁的熒天也忍不住問道：「增加與我國的貿易？」

「嗯，五國之中，幽國最為神秘，並且只有幽國有千百年的歷史，這在其他幾國中，幽國已給他們造成一定的威脅，所以我要製造與幽國貿易繁茂的假象，傳出幽國國主與蒼氓國主交好的假消息，用幽國的神祕來牽制其他國家，讓他們不敢貿然犯境。與此同時，我會利用這段時間，來研發火槍和火炮，增加其威力和射程，既然蒼泯富庶，就完全有資金用來擴充軍餉。」這個世界的火槍其實是用一個或兩個竹筒裝上火藥，綁縛在長槍槍頭下面，與敵人交戰時，可先發射火焰燒灼敵兵，再用槍頭刺殺。而我說的火槍，其實是金屬轉輪手槍。

「擴充軍餉是一筆不可小看的資金，蒼泯真有能力？」閔陽對我的計畫深表懷疑，我笑了笑，輕描淡寫道：「蒼泯不夠，可以用其他國家的嘛。」

「開玩笑？其他國家怎會白白提供軍餉給你們製造火器？妳當他們都是傻子嗎？」閔陽此番臉上沒了他如同春風的笑容，而是一臉的輕蔑，彷彿我是在吹牛，不能相信。

閔浩然微微皺起了眉，看了看身邊慢慢得意的冥聖，遲疑道：「是啊，天機，這似乎不可行吧。」我看著他們，不慌不忙地繼續說了下去：「我將會用天粟的資源販賣蒼泯的米糧和火器。」在五國中，蒼泯是產米大國，只是販子比較分散，沒有成規模的米商和通路，既然現在思宇已經打通，為何不用思宇的管道？

「賣米糧還可說，那火器既是妳自己研發的，何以還要賣給別人？難道妳不明白自藏私的道理？」閔陽疑惑地看著我。

我笑了，笑得大智若愚：「既然我能研發，自然就能改良。」

「妳是說……」閔陽的臉上滑過一絲驚異，「妳將差的賣給別人，好的留給自己？意即賺了他們的錢，又制約了他們的武器？」我笑著點了點頭，賣軍火，萬惡卻能獲百利。

大殿裡傳出一片唏噓之聲，就連一直神氣的冥聖也變得認真起來。

「好！」閔天忽然拍了一下椅背的扶手，我繼續說道：「讓天粟買賣火器，使蒼泯成為生產先進武器的唯一國家，在買賣的同時，與各國簽訂不犯境條約，使蒼泯即使在戰亂時，也成為中立國，不受戰火干擾。這樣，蒼泯就可擁有相對長久的太平。」

「和天粟合作？讓她成為你們的財力後盾？呵……天機，妳果然善於利用身邊的資源。」昊陽的眼中不再是輕蔑，而是讚賞。

我淡然道：「至於水酇，至少在近期內不敢妄動，他不會想要一個千瘡百孔的蒼泯，所以他必定要與外人聯合，而其他各國都與蒼泯有著千絲萬縷的利益關係，所以水酇得不到任何外援，他的力量就變得薄弱，到時從根部來解決拓水兩家仇恨，除去內憂。」

這也是我目前最想做的事情，不是為了水酇，而是為了水無恨，有時我在想，如果沒有昊天，我愛的人或許就會是水無恨，心裡總是放不下對他的牽掛。

「可是……如此買賣火器……」大殿上忽然傳來青煙的聲音，我驚訝了一下，沒想到她會提出疑問，她疑惑道：「這不是在誘發戰爭嗎？」

「正是。」我沒有絲毫的驚訝，依舊是談笑風生，「我只說拖延蒼泯的內憂外患，可沒說自己能阻止戰爭，不過世界分分合合也是常事，戰爭一起，就勢必統一。五國中，北冥野心最大，他將會和畲諾雷聯合攻打蒼泯，因為蒼泯是戰爭中最大的糧倉和火器倉庫，誰都想要。此時，我一方面會派天將與北寒議和拖延時間，一方面派天粟與佩蘭交涉，說明利害關係，以利誘之，佩蘭便會成為蒼泯的同盟國，除卻後患，便可與北寒和緋夏勢均力敵。此時，面對一觸即發的戰爭，自恃守護世界和平的幽國自然不會袖手旁觀，國主陛下，您會怎樣？」

到最後，我將這問題皮球踢給了昊浩然，是你們將我這個天機派出去的，你們自然要承受這個後果。

昊浩然鎖眉沉思，我見他不語，便笑道：「這便是將我派遣蒼泯所帶來的後果，若是將我派遣到他國，自然會不同，但戰爭是避免不了的，若將我派往北寒，戰爭來得將會更早，而緋夏，畲諾雷本就和北冥軒武是好友，所以結果一樣。去佩蘭的話，柳讕楓雖然還不清楚我就是天機，但天粟在那裡，我多半會協助天粟拓展經營，富甲天下，這手上有了錢，難保我們不會做出什麼事情來。所以我這個天機還是待在這裡最好，萬一把我的野心養大了，我就聯合天將和天粟，難保天下安寧，若真是如此，國主您又會如何？是誅滅我們，還是協助我們？」我睜著明亮的眼睛，燦燦地笑著。是啊，你們幽國究竟會怎麼樣？

「我們自然要阻止戰爭的發生！」昊浩然還在沉思，青煙就正氣凜然地說著。

但她身前的冥聖卻沉聲道：「青兒妳錯了。」冥聖的眼中閃著犀利的光芒，「有時戰爭反而會帶來更長久的和平。」

我深表贊同地點著頭：「所以這就是你們將我們三人分開的原因，上官的野心，思宇的好勝心，我的玩心，只這三顆浮躁的心，就能給這個世界帶來軒然大波，我看，我還是做米蟲這份相當有前途的職業吧。」我笑著，笑得天真爛漫。

或許，他們曾經想過要根除我們，但他們沒這個膽量，因為這是天意，即使他們想殺我們，老天爺也不會讓我們死，就像我被拐出北冥別府，想殺我的人，卻成了狼的晚餐。

「哼……看來我錯了，這天機的確不是誰都能當的。」冥聖忽然發出一聲感慨，順手拾起落在臉邊的一束長髮順在耳後，臉上的神情慢慢變得輕鬆，帶著濃濃玩意的笑容再次浮現在他的臉上。

「這丫頭果然有趣。莫不是在谷裡悶壞了，才跑出了谷？」冥聖秀目微瞇地看著我，我轉眼看了看旲陽，我這個舉動讓旲浩然、冥聖和青煙都露出疑惑之色，旲天的鼻子裡立刻發出一聲輕哼，冥聖納悶道：「這事莫不是跟陽兒有關？」

陽兒？我忽然想起那次【虞美人】隨風跟老頭子的談話，其中就提到了一個陽兒，看來那老頭子多半就是旲浩然，而他們所提的陽兒，便是旲陽。

「正是。」旲陽倒也坦然承認，「是孩兒拿著神器前往幽夢谷找尋天機，記得天說過，寶庫裡的神器天機三星多半會用，所以孩兒才去找尋天機。」

「原來如此……」旲浩然點著頭，「既然是陽兒違反規定在先，那陽兒和天機就都要受到懲罰，冥聖，你看怎樣？」

「說得是。」

旲浩然看了看旲天，旲天點頭表示同意，只是淡淡道：「看在陽是初犯，請尊主從寬。」我埋下臉做了一個鬼臉，這個混蛋居然不替我求情。

「那就讓他們整理天機閣吧。」

「還有！」冥聖忽然說道：「讓天機打掃玄池。」

「這……不好吧……」旲浩然皺起了眉。

「是啊，師父……」青煙面露擔憂。

然而，冥聖卻揚起了一個嫵媚的笑容：「既然是天機，所做的懲罰自然要更為嚴苛。」

「嗯，我覺得冥聖說得對。」旲天忽然說道，我聽了差點吐血，只聽他繼續道：「既然她要去打掃玄池，那順便讓她去取七天聖水，讓她牢記這次出谷的教訓。」

「天！」青煙似乎急了，「讓非雪去取聖水太勉強了，她不是狐族人！」

青煙的話引起我的注意，取聖水與狐族又有何關聯？

就在這時，門外又來了人，那淡淡的香味，我了然的笑了。

五、對戰

殿門大開，一個銀白的身影飛撲而來，後頭跟著面帶憂慮的斐崳。小妖一下子撲到我的懷裡就攀上了我的肩，一副如臨大敵的樣子掃視著周圍。斐崳看了看堂上的人，眼中滑過一絲淡淡的驚訝，隨即，他向叒浩然等人行禮。

「斐崳見過國主，聖主。」

「免了。」還沒等叒浩然說話，冥聖就搶了先：「我的好徒兒，你怎麼上來了？」

「請國主、師父看在非雪是初犯的份上，從輕處罰。」

斐崳果然是好心人哪！知道幫我求情。不像某人，始終處於神遊狀態。

「小斐。」冥聖看著斐崳柔情似水，飽含寵溺，「我們已經做出了決定，讓天機打掃玄池，取聖水，下午整理天機閣，這處罰並不嚴厲。」

還不嚴厲？把我整天的時間都安排滿了，以前上班也才八小時工作制，我要控告你們違反勞動基準法啦。

「打掃玄池和取聖水？師父，非雪還不是真正的狐族，這些事對她來說太危險，也太勉強。」

斐崳向來淡然的表情上出現了焦急，看著他急切的眼神，我心裡充滿了幸福，就算全天下男人都負了我，我還有斐崳，儘管……他愛的是男人，但至少可以阿Q一下嘛。

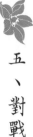

「哦？」冥聖的嘴角揚起，喉嚨裡拖了一個長長的尾音，「天機不是成為小妖的契約者了嗎？這次的懲罰就作為她成為狐族之前的歷練吧。狐族考試向來嚴苛，就算族人也無法在短期內完成，所以天機要過關，還需多多歷練。」

「歷練是好事。」斐崳有點激動了，「但這樣就影響了徒兒對非雪的訓練。」

「徒兒為何如此焦急？」冥聖打斷了斐崳，溫柔的目光中帶出一道寒光，「成為狐族也不是一天兩天的事，慢慢練習才能勝算更大，是吧，天機？」冥聖微笑看著我，我淡笑道：「是啊，不急不急。」

「既然天機如此說，就這麼定了。青煙，妳帶天機去玄池熟悉環境，我們還有要事相談。」冥聖揮了揮手，明顯是趕我們走了。肩上的小妖喉嚨裡發出輕微的咕嚕聲，表示著牠的不滿。

斐崳微蹙雙眉嘆了口氣，他看著我，我對他笑了笑，斐崳的目光變得不解，彷彿在說：妳怎麼就一點都不急？

青煙從冥聖身後走了下來，帶著我離開，我掃了一眼依舊保持神遊的叟天，我就是不急，看你急不急，急死你！

心裡憋著一股氣，畢竟要我跟別人搶男人也是大姑娘上花轎頭一遭，我就是要急急他，等他有所表示，我再找個臺階下。沒辦法，女人有時也很看重面子。

我們出去了以後，斐崳就一臉憂慮地走在我的身旁。在走廊上，斐崳一直用奇怪的眼神看著我，我淡淡地笑著，讓大家猜不透我的心思。

「師父這次……有點過分了……」良久，青煙忽然輕聲說道。身邊的斐崳點著頭，擔憂地看著我：「非雪，進入玄殿千萬小心，妳知道為何只有狐族人能取聖水和打掃玄池？」

我疑惑地看著他，此時已經到了門口，兩旁的侍女為我們打開大門，肆虐的雪花瞬即湧入，凜冽的寒風帶出了我的顫慄。小妖一下子在我的脖頸上蜷成了一個圈，倒是成了我圍巾。侍女們取過外氅，為我們三人披上，我翻上了帽子，將整個人包裹在裘皮的外氅裡。斐崳邊走邊說道：「因為裡面有異獸……哎，所以只能是狐族人進入。」

「對不起……非雪。」青煙忽然跟我道歉，讓我有點摸不著頭腦，只見她眼眸低垂，輕咬下唇，「若不是我施咒，天也不會如此對你。」我愣了一下，看著內疚的青煙妹子，差點就忍不住說出了實情，斐崳忽然拉住了我的胳膊，對我正色道：「這幾天妳在上面自己小心。」

「師兄，你放心，我會看著非雪。」

怎麼？我這幾天就住上面了？

「好……」斐崳露出淡淡的放心的笑容，然後看著我，清明的眸子裡是他的憂慮，「師父對妳有偏見，原因妳也清楚，所以我怕這七天他還會找妳麻煩。」

我看著斐崳，露出讓他放心的笑容：「我會留心的。」

斐崳再次看了我一眼才下山，看著他漸漸消失在白雪裡，我忽然想到了歐陽緡。隨口問道：「冥聖知道歐陽緡嗎？」

青煙看了我一眼，抿了抿唇：「知道。」

「那他同意斐崳跟歐陽緡在一起嗎？」

「不同意，但師兄堅持，師父也沒有辦法。」

果然如此，看來這冥聖相當排外。

跟在青煙的身後，茂密的白雪在我和她之間形成一道薄薄的屏障，儘管我已經儘量放鬆自己，但依舊無法忽視青煙給我帶來的一股沉沉的壓力，是自卑讓我在她面前抬不起頭。

「非雪真厲害！」沒想到青煙忽然回到我的身邊，發出一聲讚嘆。她水眸盈盈地看著我，我倒被她看得不好意思起來。

青煙輕咬下唇，水波流轉，似乎在思考什麼。她微抿雙唇，一臉的悵然：「難怪神主從不派任務給我，我果然歷練不夠，我怎麼就想不到那些治國的方法。」

「這個……」我乾笑著看著她，「這些好像不用我們女人操心吧。」

「非雪不能這麼說，其實，國主和國母經常要以玄使的身分，幫助其他國家治國。」

「玄使？」我疑惑地看著青煙，她說的話，我怎麼都聽不懂？說到底是火星和地球的差別？

青煙慌忙捂住了自己的嘴，倒吸了口冷氣，有點慌亂地看著我，我立刻明白她定是說了什麼不該說的話，於是我笑道：「這裡離玄池還有多遠？」

青煙見我帶開了話題，絕美的臉上露出一抹羞澀的笑容：「還遠呢，非雪最近過得可好？」青煙看著我，她的眼裡充滿了對我的好奇，我無奈地笑了笑，青煙也實在是我見過的女人中，算得上極品了，不是指她的容貌極品，而是這心性。若她跟我耍陰謀、使奸計，那我還覺得自在點，而現在，我倒覺得自己是壞女人。

「很好，在谷裡很開心。」我笑著，笑得有點僵，背上也是冷汗涔涔，面對她，總覺得有種無形的壓力讓我喘不上氣。

「非雪騙人！」青煙忽然停下了腳步，睜圓了眼睛，一臉的嚴肅認真。我愣了一下，我的確很開心啊，怎說我騙人？

只見青煙緩緩揚起臉，望著那飄然的白雪，帶出一絲深深的哀傷，「心愛的人就在身邊，卻無法靠近，而他又忘記了那份感情，非雪怎會不傷心？青煙痛過，青煙知道那是怎樣的痛，所以非雪妳一定是強顏歡笑吧。」青煙滿是哀傷地看著我，看得我罪惡感越來越深。

我僵笑道：「其實……經歷那麼多事情，我想開了，所以，我這裡……」我指了指自己的心，「不痛，一點都不痛，只要不愛，就不會痛。青煙，妳是個好姑娘，別太自責了。」我的話似乎並沒讓青煙好轉，她反而更加垂下了臉，轉過身，一步一拖地往前走著。

洋洋灑灑的白雪漸漸覆蓋她纖弱的白色身影，顯得那樣的渺小，那樣的孤立。一絲莫名的心疼帶出了我的哀嘆。懷裡鑽出了小妖的腦袋，牠看著青煙的背影，發出了一聲：「咕嚕嚕……」的聲音，彷彿也在為她哀嘆。

青煙，一個始終將天擺在首位的善良女人。

「非雪！」青煙忽然再次停下，她今天怎麼了？是因為很久沒見我而激動嗎？

她轉過身緊緊地盯著我，那絕美的臉上，出現了從未有過的認真。

我疑惑地看著她，微笑道：「怎麼了，青煙？」細密的白雪在我和她之間飄揚，形成了一道難以逾越的屏障。青煙微微簇了簇眉，彷彿在做什麼決定，她忽然正色道：「我們決鬥吧。」

「啊？」又是一句我聽不懂的話。

「非雪，我要挑戰妳！」青煙鄭重地重申著：「我愛天，我無法將他讓給任何人，但非雪妳卻讓天忘記妳來成全我，妳這樣做，是在看輕我，妳明白嗎？非雪！」

茫茫的大雪下，站著一黑一白兩個身影，宛如天界的白翼天使和黑翼天使，我自然就是那個叛逆天界的黑天使。我黑色的外氅上，再次堆積了薄薄的殘雪，看著青煙認真的神情，我忽然覺得她搶了我的台詞。

「所以非雪，讓我們決鬥吧，我要贏妳，堂堂正正地得到天！」

一陣風捲起了我和她的衣擺，衣擺在飛雪中飄揚，清洗著我的大腦，這個青煙果然是火星人，而我這個地球壞人，已經欺騙了她。她的天，其實已經全部記起，並等著我去「搶」他。

「妳……為什麼要這麼做？」我疑惑地看著她，「妳為什麼要挑戰我？妳應該知道我無論武功還是咒術都比不上妳，妳完全有必勝的把握，難道妳只是想透過這場比賽，讓妳的心獲得安寧？」我實在想不通青煙為何要向我發起挑戰，我明明是這麼弱的一個對手。

「妳錯了，非雪！」青煙外氅裡的雙手揪緊了自己的衣擺，「非雪很強，有很多地方青煙都比不上，在幽國，並不是看妳的功夫和咒術，而是妳的辦事能力。非雪，妳知道嗎？按道理，我作為天的未婚妻，應該要接受任務，出使各國，但沒有！我從未被神主委以任務。」青煙的身體在風中顫抖，似乎在隱忍著什麼，她揪緊衣擺的手漸漸鬆開，無力地垂落著。

「在這裡，如果不被委以任務，就說明不值得被信任，不值得被提起，非雪總說自己是米蟲，其實我才是。非雪，我真的不知道該怎麼辦？我覺得我配不上天，我只是一個擺放在他身邊的花瓶。我……我……」青煙的聲音開始顫抖，埋下的臉落下了一滴又一滴晶瑩的淚珠，滴落在地上的白雪上，化成了一個又一個白點。

我理解她的想法，她在這裡不被人認可，不被人看重，只是一個眾天身邊的擺設，幫不上自己愛人任何忙，這種無力而無助的痛苦，讓她產生了強烈的自卑。她只想證明自己也是幽國的一分子，而不是一個花瓶。就像我們在工作中懷才不遇，冷落一旁。而我只是剛來幽國，便被眾浩然看重，我的存在讓她開始恐慌，恐慌自己越加被人忽視、輕看。再加上她天性善良單純，又執著於正義，覺得用咒術縛住眾天卑劣無恥，也顯出她更為弱勢，所以我成了她競爭的目標，一個無論是事業上，還是情場上的對手。

「我明白了。」我認真地說著，對於挑戰者，我要尊重她。

青煙一下子揚起了臉，眼角還掛著晶瑩的淚珠，我正色道：「我願意接受妳的挑戰，和妳公平競爭。」

「真的？」青煙胡亂地擦了擦眼淚，「那我們怎麼比？妳來說啊，現在就開始嗎？」

看青煙那焦急的樣子，我笑了：「三個月後吧，三個月後我會跟妳進行國母爭奪賽，就在那時一決高下吧。」

「國母大賽？」青煙震驚地說道：「那對妳相當不利啊，這對妳不公平！」

我笑道：「那我們私下比賽，妳輸了就退出？好像也不行吧。」青煙看著我的眼睛睜了睜，然後無力地垂下了臉，輕聲道：「是啊，我為什麼總是沒有想到後果。」

「這未婚妻不是妳想退就能退的，到時就算我贏了妳，也名不正言不順。」看著青煙一副擔心我輸的樣子，我笑道：「別說了，就這麼定了，我可不想大冬天站在這裡跟妳討論搶男人的話題。」

青煙眨巴了一下眼睛，彷彿才明白我們現在站在大雪紛飛的廣場上，她不好意思地笑了笑，開始前行。我半開玩笑半認真道：「三個月後我未必就比妳弱，所以妳還是好好練習吧，免得到時別人說妳故意讓給我。」

「是嗎……」青煙側過臉看著我自信滿滿的笑容，眼神中滑過一絲驚訝。

雪漸漸停了下來，天空變得明朗，就像我臉上的笑一樣清澈。我拍了拍身上的積雪，看著再次一動不動的青煙，笑道：「雪停了，我們走吧。」

「哎……」青煙彷彿回過了神，「好的……」

或許，這場比賽我真的未必會輸。

究竟走了多久，我已無心去計算，只覺得走了好遠好遠，腳心傳來隱隱的痛，讓我無法再堅持下去。

踩在積雪上，發出「咯吱咯吱」的聲音，在我和青煙的身後，留下了兩排長長的腳印。青煙在一旁始終沉默不語，她有時會好奇地偷眼瞟我，然後抿起唇，彷彿我的身上有許多讓她無法明白的東西。也是，若不是我慢慢明白她是一個無比單純的女人，我還真無法理解她。說實話，我真是適應了好久，才接受了她這個火星人。

從昊天的殿閣裡出來，我們就一直往東走，明顯感覺路面往下傾斜，看來這皇宮確實是緊貼那環形山而造，為了證實自己的想法，我特地讓青煙帶我到高處的樓閣眺望，原來這坡地的弧度並不高，所以我住的幽夢谷應該處於地平線以下，這樣的地形更接近於環形坑地。那我住的就可能不是火山口，而是隕石坑穴。青煙帶著我繼續往東，感覺似乎出了皇宮，但白色的長廊，依舊代表著我們並未離開的皇宮，白色的長廊上纏繞著枯萎的藤蔓，想來其他三季，這長廊一定格外的幽美。

出了長廊，是一座巍然而立的大山，面前是一扇石門，奇特的是，這石門嵌在面前的山壁上，彷彿一座宮殿造在大山的內心。石門外站著兩個侍衛，侍衛向青煙行了個禮後，打開了石門。

青煙對兩個侍衛說了句今後七天由我來取聖水後，便將我領進了石門。進入石門的那一剎那，我感覺到一股熱氣迎面撲來，裡面相當暖和。在這個溫暖的地方，懷裡的小妖卻忽然哆嗦了一下，彷彿這裡面有讓牠害怕的東西。牠死命地往我懷裡鑽，兩隻前爪抱住了我的胳膊，抱得死緊。

我整個身體開始進入戒備狀態，既然是小妖害怕的，絕對不是什麼好獸。看著面前經過悉心打造過的內壁，倒使這石窟成了一座天然的宮殿。上面是光怪陸離的鐘乳石，腳下是打磨平整的大理石板地面，精美的壁燈，將洞內照得富麗堂皇。越往裡面走越暖和，漸漸面前出現了一條通道，而通道的盡頭是兩扇石門，門前各有侍衛守護。

「右邊的就是玄池，左邊的就是聖泉。只有狐族才能打掃天池和取聖水，因為裡面有異獸守護，所以師父讓非雪來做這樣的事，實在……可是天為什麼也讓非雪涉險？」青煙在一邊自言自語，百思不解。

我淡淡的笑了，她師父是明顯是刁難我，而叟天就是打算磨練我了，這裡面到底什麼玩意，讓小妖這麼害怕？

「這聖水取來給誰？」我問著，到現在我都不知道究竟為什麼要讓我取聖水。

「是給天。」青煙揮了揮手，守在聖泉門口的侍衛就按下了石壁上的某個機關，石門在我們面前打開，裡面依舊是一條通道。我跟著青煙進入，石門在我們身後關上。

青煙一邊走一邊詳細地說著：「因為天被師父，也就是聖主扔進了幽冥神泉，所以才會返老還童，但他畢竟是幽國的繼承人，沒有這麼多時間等他再次長到十八歲，所以就用聖泉的水解除在他身上幽冥神泉的效力，但作用很緩慢。不過再三個月，天就能恢復到十八歲，可以接替國主之位了。」

原來如此，難怪每次見到臭小子總覺得他又大了一圈，當時我還在想這傢伙吃什麼飼料，怎麼能長那麼快。

「好了，我只能走到這裡，再裡面就是守護聖泉的異獸，非雪要小心。」說著青煙便站在通道裡不再前行，我往裡面看了看，通道的盡頭是一扇白玉石門。

我只有繼續前行，青煙不再說話，通道裡就變得異常寧靜，詭異的味道從那扇門後溢出，讓懷裡的小妖抖得越發厲害。我一邊安撫著小妖，一邊按住了石門邊的機關。

「嘩啦啦！」石門打開，就帶出了一聲咆哮：「吼！」

「叮叮噹噹」的鎖鏈聲在面前的石室裡迴響，我居然看到一隻巨大的三頭犬在我面前張牙舞爪，雖然沒有小說《哈利波特》裡面那隻那麼大，這隻看來犬身約一人多高，有著三顆大大的狗頭，要說品種的話，八成是洛威拿犬！

我靜靜看著眼前的三頭洛威拿，自己都驚訝這異乎尋常的平靜，或許以為自己是在做夢，又或者是已經驚訝得大腦停擺。三頭洛威拿在一陣囂叫後停了下來，用其中一顆腦袋緊緊盯著我，口水掉了一灘。牠被鎖鏈鎖著，所以我站在門口，牠根本搆不到我，但那聖泉的入口就在牠的身後。

「哎……」我長嘆了一口氣，算了，還是放棄吧，這種又累人又危險的活兒，誰愛呢。

「汪！汪！汪！」三頭洛威拿又開始叫了，突然牠大嘴一張：「啾！」就是一個噴嚏，我就眼睜睜看著牠的一坨口水朝我射來！你說這若是小狗，被噴也就罷了，畢竟以前被狗狗噴嚏噴到也是常有的事，但這可是一隻一人高的三頭洛威拿啊，這若是被淋到……我今天就不用洗澡了。

那坨口水迎面撲來，下意識側身，口水擦著我的臉飛速而過，還帶來一陣腐臭味。我想我午飯是吃不下去了。

在這個噴嚏之前，原本我是打算放棄，然後回去向叒浩然求饒，換別種懲罰，例如掃掃雪什麼的，畢竟我一路上走了半天連半個掃雪的人都沒看見。但這隻賤狗居然噴我口水？我心裡極度不爽，唯一那麼點兒食慾也沒了，我瞪著三頭洛威拿，牠又開始朝我叫喚：「汪！汪！汪！無聊！」無聊？我愣了一下，對於腦中突然滑過的這兩個字不甚其解。而懷裡的小妖已經嚇得幾乎把爪子嵌到我手臂的肉裡去了。

好吧，既然你無聊，就送你個東西玩玩。

我伸手將小妖從懷裡拽了出來，小妖死命地抱住我的胳膊，我這一用力，當即一條袖子被小妖撕成了碎片。皺了皺眉，這可是親愛的叒天給我的衣服！

我拎起小妖放到三頭洛威拿面前：「這下你有聊了吧。」

讓我沒想到的是，方才還在大聲叫囂的洛威拿，一下子就靜了下來，三個腦袋都看向顫抖的小妖，舌頭吐出，三臉興奮，還發出焦急的「呵呵」聲，而那些口水順著牠的三條舌頭，滴答滴答又流了一灘。

「坐下！」我大喝一聲，三頭洛威拿當即坐下，不停「呵呵呵呵」興奮地看著我。我點點頭，

「很好！別欺負牠！」說著，我就將小妖扔了出去。隱約中，我看見小妖的眼裡閃著淚花。再見了，小妖。

三頭洛威拿立刻開心地躍起，一個腦袋輕輕叼住了小妖，旁邊兩個腦袋就猛舔小妖，看著牠白色的身影漸漸淹沒在三頭洛威拿身下，我暗自為牠默哀：「小妖，你就犧牲一下你的色相吧。」

大搖大擺地走到三頭洛威拿身後，打開了石門，裡面水氣瀰漫，圓形的水池上是一塊又一塊可讓人行走的圓石。走到盡頭就是石壁，石壁上是一個三頭犬的雕像，而那三頭犬的狗嘴裡，正流淌著三道清泉，我明白了，昊天就是喝狗的口水長大的。心裡想像了一下，嘻嘻而笑，便退出了石門。

走到外面的時候，才想起被我丟棄的小妖，於是轉過身，從三頭犬的嘴下提出了小妖……我的天呀，幾乎沒有我可以下手的地方，小妖全身都是三頭犬的口水。

「我明天再帶牠來陪你們玩。」我隔著衣服提起了小妖，小妖雙爪抱胸，渾身的殺氣。

「嗚……嗚……」三頭犬哀怨地看著我，我象徵性地拍了拍牠的身體，牠們趴下，哀傷的眸子裡全是對小妖的不捨。

出來的時候，青煙正擔憂地在通道裡徘徊。見我安然無恙，她鬆了口氣。接著她帶我去了天機閣，那是一座很高的閣樓，反正這個皇城裡基本都是這樣的閣樓，所以我也沒進去，大致認了認路後，就跟著青煙回去。

果不其然，我不得回谷睡覺，可讓我意外的是，我居然被安排在昊天的殿閣裡，也就是早上那座殿閣，叫天閣。幽國人真懶，誰住的房子叫誰的名字，原來昊天辦公休息都在那裡。

我的房間在旻天的隔壁，據說還是冥聖安排的，對此安排讓我哭笑不得，也不知他是在試探我，還是在試探旻天。而當我再次站在旻天面前的時候，他的鼻子裡只發出了一聲輕笑，當著青煙的面冷聲道：「既然妳睡在這裡，那晚上就幫我暖床。」

我瞪大了眼睛，張大的嘴可以塞進一個雞蛋，因為他在說這話時，不僅青煙在場，就連那個旻陽也在，旻陽在聽完旻天所說之後，還笑著補充一句：「那就連我的也暖了吧。」

本以為旻天會反對，但他卻點頭了，我差點暈倒。我自然不會自作多情，旻天說過，家裡有人暖床，而大凡貴族家裡，都有專門的丫環幫助暖床，這個行為很單純，不包含任何其他歧義。

一天走下來幾乎快斷了腿，而晚上我還要去旻陽的殿閣幫他暖床，心裡鬱悶得掉渣，而那個心裡不知在想些什麼的傢伙，還特地交代我說旻陽向來早睡，叫我先替旻陽暖床，然後再回來暖他的床。若不是青煙在場，我的眼睛準瞪得掉出眼眶。

在青煙離開的時候，她那顆簡單過頭的腦袋似乎總算開了點竅，說我們比賽的事情應該保密，怕她師父冥聖刁難我。

晚上的雪又開始大了起來，奇怪的是，雖然見不到掃雪人，但路上的積雪卻已經被清理到一邊，心裡再次感嘆幽國的神秘，越來越覺得這不只是一個國家那麼簡單。而與他國最不同的是，這裡的侍女不但會武功，而且一律面無表情，她們不會三三兩兩聚在一起八卦是非，也不會偷眼瞟瞟我這個新來的外人。我的出現，在這裡掀不起半絲波瀾。

到旻陽房間的時候，他正坐在房間的圓桌邊看書。旻陽的房間是裡外兩間，中間由琥珀色的琉璃珠簾相隔，外面擺著一張書桌和一個簡單的書架。

昊陽看見我，臉上立刻揚起了燦燦的笑容，我看著他的笑容，心裡開始戒備，這天使的面容下到底又有著什麼詭計？

「天機，妳這麼早來了？」昊陽就像迎接客人一樣迎接我進屋。

「嗯，尊上說你睡得早，讓我先來給你暖被。」我自顧自地進了裡間，拉開被子坐了進去，然後，看著被子發呆。畢竟這是一種相當尷尬的處境，若我平時一直幫人暖被，自然不會覺得尷尬，但這可是第一次啊，還是在一個才認識一天的男人房間裡，儘管知道他喜歡的是男人，但心裡還是覺得怪怪的。

昊陽手執書卷走到床邊並彎下了腰，他此刻穿的是銀灰色的長袍，在燈光下帶出了一層暖色，在他彎腰的時候，他鬢邊的小辮和長髮垂落下來，碰觸到了床沿。就在這時，我懷裡的小妖鑽了出來，大剌剌地躺在了被子上。

「小妖，你睡的可是我的床。」昊陽略帶不滿地說著，但口氣裡卻是寵溺。

小妖四腳八叉地趴在我腿上，晃著尾巴，悠閒無比。我看看小妖，有牠在，氣氛就沒那麼尷尬，昊陽無奈地搖了搖頭，然後坐在床沿用他明亮亮的眼睛盯著我。額頭有點發緊，任何人也受不了這樣明目張膽地盯視，我揚起了臉，頂著冷汗微笑道：「陽有什麼事嗎？」

昊陽忽然笑了：「妳終於說話了？我只是對妳很好奇。」

「呃？」

昊陽拿著書卷的手自然地撐在了床上，壓住了床尾的被子，他傾身與我平視，睜大著他如墨一般的眸子，仔細地看著我，我被他看得冷汗直冒，乾笑道：「陽幹嘛這樣看著我？」

「原來天喜歡這樣的。」

「啊？」

叕陽的臉上帶著微笑，依舊圓睜著眼睛將我渾身上下掃描，他似乎看得還不夠真切，更是往前挪了挪，抬手就朝我伸來，我下意識往後退了退，戒備地看著他。

「能讓我摸摸嗎？」

「啥？」看著叕陽那清澈的眼睛，聽著這富有歧義的話，我差點噴血，我乾笑道：「陽，我不是怪物，你別以為天機就是外星人或是什麼的，我和你一樣，是人，更和青煙一樣，是女人。所以……這個……男女授受不親……」正說著，臉頰就被人捧在手中，我當即怔住，看著面前的叕陽，心跳開始加速。

這個嘛……我檢討，女人也是好色的，雖然我愛叕天，但不表示我就不喜歡別的美男，更何況還是一個喜歡男人的美男。對於這類男人，我向來沒戒心。

叕陽好奇地看著我，用他修長的手指在我的臉龐輕輕撫摸，突然他手指滑落，撫摸著我的下巴，彷彿在做什麼確認。我皺起了眉，扣住了他的手鬱悶道：「陽，我是人！」

「果然是人。」叕陽的話幾度讓我氣結，他抽回手，笑著：「當我第一次見到妳的時候，認為一定是青煙搞錯了，天怎麼會喜歡妳這麼普通的女子。說實話，妳的長相跟青煙差太多了。」

我怒！這個就不用再重申了。

「可是當妳在殿前大談治國之策時，我想我終於明白了，何以天會如此喜歡妳，小雪的確與眾不同。」

我輕笑一聲：「其實是你們沒有好好關注身邊的女人吧。」

「不是。」熒陽微笑著搖了搖頭，他的笑容很美，只是稍稍揚起嘴角，就能吸引任何人的眼光，「我和天一起入選國學堂，入選國學堂的不僅僅是男人，還有女人，可她們不是像青煙那樣沉默寡言，就是吵吵鬧鬧，所以我和天都不喜歡她們。但小雪不一樣，既沉靜又活潑，還相當的頑皮，所以小雪讓我耳目一新，原來這世上還有這樣奇特的女子，起初我還以為小雪也是男人呢。」

「……」難怪這傢伙摸我下巴，敢情是想看看我是不是有鬍子。

我終於忍不住笑了，此番是打從心底笑出來的，人變得輕鬆，舉止也就放開，我一掌拍在熒陽的肩上，熒陽愣了一下，看著我大笑。

「陽，你實在……哈哈哈……太可愛了……哈哈哈……居然以為我是男人，哈哈哈……」我笑得前仰後合，眼淚迸濺，熒陽也不好意思地抿唇笑著。

「我明白了，其實是因為這裡的女人都比不上熒天吧。」我脫口而出，正笑著的熒陽怔了一下，笑容慢慢收起，視線落在了地上：「是啊，天是最優秀的，他就像我的大哥一般照顧我，關懷我，所以我對天喜歡的女人，很是好奇。」我看著熒陽柔美的側臉，如果用色彩來比喻他和熒天，那他就是暖色，而熒天就是冷色。

「我一直很疑惑，為何天機知道天以前的樣子？」他揚起臉好奇地看著我，我不解地看著他，他繼續道：「天帶回天書的時候，同時也帶回了一幅畫，那畫上就是天原來的樣子，小雪是從何得知的？」

經熒陽這一提醒，我想了起來，他說的應該就是我當初在【虞美人】畫的那副隨風的「大哥」，我笑道：「那是根據煚天當時的樣子畫出來的，我也沒想到會是他。」

煚陽淡淡地點了點頭。我見被子差不多暖和了，便起身離開。

「小雪不喜歡天嗎？」煚天忽然在我身邊問道。正穿鞋的我愣了一下，緩緩坐直身體看著身邊的煚陽。

此刻的場景很是曖昧，床沿邊並排坐著我和煚陽，他柔情似水的眼睛裡帶著一絲奇怪的情愫，我清澈的眸子裡全是疑惑，四目相對的時候，我彷彿聽到了他的心聲：「煚天如此愛妳，為何妳卻這麼冷淡？」

我笑了：「有時喜歡不一定要表現出來，不是嗎，陽？」

煚陽的眼神然閃爍了一下，臉上的笑容也漸漸變淡。床上的小妖站了起來，抖了抖毛，就躍到了我的身上。看著發愣的煚陽，色心頓起，一直覺得他髮型很好看，於是忍不住輕輕提起他臉龐的小辮，我冰涼的手指不小心碰觸到了他溫熱的臉龐，他倏地揚起臉瞪大了明亮的眼睛。

「你的辮子很有趣，陽這樣很帥呢。」說著，我扯了扯這個小辮，那又長又軟，帶著淡淡的銀灰色的頭髮，讓煚陽更顯俊美。

煚陽的臉騰一下紅了起來，像煮熟的螃蟹，我有點驚訝，一直以為煚陽會是一個花花大少，因為他總是掛著狡猾的笑容，可是卻沒想到，我只是不小心碰到了他的臉，他就紅成這樣，莫非煚陽還是個童子雞？哇塞！幽國可真是一個處男國啊。

我放開了他的小辮，順手輕撫他背後如絲般滑潤的長髮，羨慕道：「陽的頭髮也跟斐崳的一樣柔軟，從沒想過男人會擁有如此美麗的長髮。」

感覺到手下的身體有點發硬的趨勢，我放過他，笑道：「明天給你換個髮型啊，我先走了。」本想臨走前親他一下，但考慮到昊陽比較純情，還是別惡搞他比較好，免得他晚上睡不著覺，以後不敢見我，那我豈不是沒得玩了。嘿嘿，細水長流，留著他也可以解悶。

出門的時候，還看見昊陽坐在床邊，一手掬著自己的長髮發呆，那神情完全沒了他早上的狡點，反而更像一個純潔的少年。

邊走邊尋思著怎麼把昊陽帶壞，懷裡的小妖就躍到了地面。牠尾巴高高豎起，一臉戒備地看著門口。

我收緊了披風的領口，戴上了帽子，門外北風呼嘯，這種情況，我很難捕捉到人的氣息。在長期的適應中，我發現我的鼻子也不是萬能的，例如在空氣流動劇烈，也就是風大的時候，就無法準確捕捉人的氣息，也就不知道危險的存在。還有就是鬧市，以及水下，如果壞人藏在水裡，我也是感覺不到的。此番看著小妖緊張的神情，我明白外面一定有什麼異狀。

侍女打開了門，黑漆漆的夜捲進了一陣狂風，我抬腳踏出房門，凜冽的北風就掀起了我的外氅。小妖一步步緊緊跟在我的身旁，我站在空曠的大道上，從帽沿下看著周圍。掛在樓閣上的燈籠隨風搖曳，燈光忽明忽暗搖擺不定。

「出來吧，別鬼鬼祟祟的。」我冷聲說道。身披黑色外氅的我，站在夜下，就像一個地域的幽靈。呼嘯的北風裡感覺不到任何氣息，忽然間小妖白色的身影躍向了我的右邊，我也跟著躍起，這就是我七天的訓練成果，和小妖同步的默契。

就在我躍起的瞬間，一道綠光赫然劃破黑夜落在了我原來站的地方，轟一下，就是一圈火焰燒了起來。我心驚地看著那火焰，身體緩緩飄落在地上，如果我沒猜錯的話，應該是有人在使用咒術。

誰？青煙？不可能，她那種近乎極端的正義，決不會做出這種偷襲的事情。

靜靜的夜裡傳來一聲低咒：「該死！沒打中！」我聞聲看向路邊一顆孤立的枯樹，在樹枝上，正蹲著一個小小的綠色身影。

「小妖！」我大喝一聲。小妖銀白的身影瞬即順著那棵樹攀爬直上。自從訓練開始，我的腿上就綁著鉛塊，這一天下來，我的腳幾乎癱瘓，已經沒有半點力氣親自去抓那小丫頭。

「啊！」一聲驚呼，那綠色的身影慌亂地跌落在地面，而我也看到了她的樣貌，黑漆漆的夜裡，看不大清楚，但可以肯定，是一個十五六歲的黃毛丫頭。小丫頭梳著兩個圓圓的小髻，上面纏繞著綠色的絨毛，在北風下飄舞。她鼓鼓的小臉，顯示著她此刻的憤怒。

「居然偷襲！就知道妳不是好人！」小丫頭銀鈴一般的聲音在夜空下響起，清澈而動聽。看著她一副大義凜然的樣子，我忍不住笑了，大大的帽沿恰到好處地擋住了我的笑容。

「小丫頭大半夜不睡覺，爬到樹上受凍就是為了迎接我？」我從帽沿下看著她，揶揄地調笑著，不知為何，我很想戲弄她。

「接妳？呸！我問妳，妳是誰？為什麼會從陽哥哥房間裡出來！」小丫頭單手叉腰，一手指著我，一臉的怒氣。原來是陽的粉絲，呵，不過陽的確很帥，而且又是溫柔中帶著狡猾。

玩心頓起，我壞壞地說道：「煛陽是個成年男子，我又是一個成年女子，小姑娘妳說說，為何我會從他房裡出來？」

「妳！妳！不要臉！」小ㄚ頭急了，伸手就甩出不知什麼玩意，讓我防不甚防。

雖然我受了七天的訓練，但畢竟我沒有實戰過，所以沒有經驗。我呆立在原地，看著那薄薄的看上去像是符紙的東西朝我飄來。就在它們要打到我的時候，忽然從身側刮起了一陣狂風，狂風掀起了地上的積雪，將面前的符紙吹走。

「該死！」小姑娘氣得跳腳，「都怪我力度不夠。」

心裡鬆了口氣，便繼續捉弄小ㄚ頭：「喂，小ㄚ頭，妳叫什麼？」

「幽幽。」叫幽幽的小姑娘趕緊捂嘴，然後又自言自語地罵道：「我怎麼告訴她了，真是白痴！」

小姑娘到底年紀小，容易套話，看著她還在懊惱，我立刻躍到她的身前，把她嚇了一跳，抬手就捏出一窟符紙，喝道：「妳想幹嘛？」

我迅速扣住了她的手腕，拉到身前，一手攬住了她的纖腰，她的臉瞬即紅得滴血，我在帽沿下依舊偷笑著，努力穩住氣息，沉聲道：「妳喜歡陽？」幽幽頓時愣住了，珍珠般的水眸不停地眨巴著：「我我我…沒…沒……」她一下子變得語無倫次，最後，她忽然大吼了一聲：「陽是妳叫的嗎？」我在帽沿下燦笑連連：「呵呵呵呵，如果我不能叫他陽，那為何他讓我隨意進出他的房間？」

「陽哥哥的房間？」幽幽雙眼立刻拉直，紅得不能再紅的臉上，出現了嫉妒的表情，「妳胡說，妳只是進了他的陽殿，沒進去他的房間……是嗎……」話鋒漸弱，幽幽幾乎無力的問我。心情大好，我放開了她，扔下了一句話：「如果想知道我們的關係，明天下午來天機閣。」

看著站在風裡又氣又惱的幽幽，成就感油然而生。這樣的對手才讓我心情開闊，想到自己的對手是青煙，就忍不住鬱悶。現在忽然有了這麼一個有趣的「情敵」，怎能放過，看來最近要好好利用利用哭陽了。

回到天殿的時候，哭天不在房裡，這讓我鬆了口氣，起先我也很緊張，不知該怎麼面對他，又是孤男寡女，而且還在房間裡，這實在太曖昧，也太尷尬。

就在我開始打瞌睡，連小妖都鼾聲四起的時候，有人進來了。我有一下沒一下地點著頭，朦朧中感覺有人靠近。一個激靈，睜開了迷濛的眼睛，然後就看見了哭天。

睡眼惺松，只看見了他一個模模糊糊的輪廓：「你來了，那睡吧。」我掀開被子下了床，腦袋還有點昏昏沉沉。

「啪！」在我站起身準備離去的時候，他忽然握住了我的手，我疑惑地回頭看他，當我接觸到他火熱的視線時，我的大腦徹底清醒。

冷靜啊！親愛的！如果我留下來過夜那外面的侍女就知道了啊！

他握住我的手越來越緊，眼中是他赤裸的慾望和強烈的掙扎。

「咕嘟。」我嚥了口口水，心裡開始怦怦直跳。終於，他放開了我，撇過臉淡淡道：「妳太不乖了，上來就惹事。」

我眨巴著我清純無辜的大眼睛，我哪裡不乖，哪裡惹事了？

「妳不該刺激幽幽，這丫頭十個咒術九個搞錯，沒有章法，很危險。」原來他知道我跟幽幽的事，難道剛才那股強風……「剛才你在？」我有點激動地看著他。想來定是北風掩蓋了他的氣息，讓我察覺不到他的存在。他依舊撇著臉，盯著面前的被子，沉聲說道：「嗯，下次小心，不熟悉咒術的法師才最危險，妳……」

「謝謝！」我一下子撲到他身上，他渾身狀態變得僵硬，連話都哽在了嘴裡，我彎下腰就給他一個大親親，「就知道你在乎我。」我把他抱在懷裡，他的臉就勢必靠在我的胸前，我因為高興而沒注意到危機，依舊自顧自疑惑著：「既然你這麼在乎我，怎麼又讓我替叟陽暖被？奇怪啊，難道你知道他喜歡……啊！」身體忽然被人抱緊，一轉眼就癱到了床上，一個黑色的身影立刻壓了上來，扣住了我的雙手，壓在我的臉側。

「妳難道不知道妳現在的處境很危險嗎？」叟天幽深的眸子裡是熊熊的火焰，那火熱的視線正燒烤著我的全身，讓我的身體也熱了起來。心跳立刻加速，我屏住呼吸用力地點頭。

「那還不快走！」叟天緊緊扣著我的手腕，眼中是他的糾結與忍耐。我掙了掙，沒掙脫，只有無助地看著他，對著他眨巴著眼睛，暗示他抓得太緊，我走不了。手腕的手鬆了鬆，我立刻抽身抱起了床上的小妖，迅速離去。

呼……好險……或許冥聖將我安排在叟天的身邊是想試探我，讓我痛苦；但他卻不知道，現在最痛苦的無疑就是叟天，我房間隔壁的那個男人。

第二天天還沒亮，我就拿著水瓶前往取聖水，來到這個世界第一次起那麼早，所以我是一路打著呵欠前行。路漫漫，風颼颼，腿上的鉛塊重悠悠，身體還是無法適應這樣的勞動強度，讓我回來的時候都提不起腳。即使我已經提前起床，可趕到叟天殿閣的時候，他也已經起床等著我的聖水。

我慌忙一路小跑步到他的房間，這之間還繞錯了路，這種迴廊的結構，房間大多相同。門前的兩個侍女見我來了，立刻給我打開了門，在琉璃珠簾的後面，熤天正由侍女服侍著更衣。我抱著水瓶走了進去，見他還在更衣，便垂首站在一旁。

「妳們出去吧。」熤天對著兩名侍女說了一聲，侍女垂首離去，她們的腳步很輕，都有著一定的功夫底子。我抱著水瓶看著她們，看似她們的武功不弱。

「快過來給我更衣。」裡面傳來一聲命令，我疑惑地看著周圍，然後就看見熤天有點鬱悶的表情。我一手抱著水瓶，一手指著自己，看著熤天沉著臉點頭，我慢慢走了進去。

他的臉上帶出了欣喜的笑意，但我卻沒給他好臉色，我天未亮爬起來就是為他去取那該死的聖水，接下來還要回去打掃那個什麼玄池，而他卻不讓那兩個侍女給他穿完衣服，偏偏命令我，難道不知道我很忙嗎？我沒好氣地將瓶子塞給他：「快喝了！」然後開始給他繫衣帶。

他將瓶子裡的聖水一口飲下，忽然，他攬住了我的腰將我貼近他的身體，我還沒反應過來，他的吻就襲上我的唇，順便還將某些神秘液體塞入我口中。我慌了，一股內力從中而生，一把推開他，我摳著喉嚨：「你…你這個變態給我喝什麼？」

「聖水啊，妳不知道嗎？」熤天抱著瓶子好笑地看著我。

我急了，那玩意能隨便喝嗎？我慌亂地摸著身體：「完了完了，不會變男人吧？」熤天忽然躍到我的面前，再次將我抱在身前，貼近我的臉，輕聲道：「是男人我也要。」

「你大清早發什麼騷！」我真的生氣了，「不知道那東西不能隨便喝嗎？我又沒變小！」

「但我想讓妳內力增加啊。」他緊緊抱著我，隱隱的熱力從他的胸膛傳遞過來，他倏地握住了我的手，雙眉就微微蹙起：「妳的手還是那麼冰涼，我幫妳暖身吧。」說著，他越發緊緊地抱住我，將他身上的溫暖傳遞給我。

原來那玩意能增加內力，不過心裡還是毛毛的，將身上的八爪魚推開：「小妖還在門外呢，我還要去打掃玄池，我很忙的，別來煩我！」說完，我甩頭就走，出門的時候還聽見旲天陰沉沉的笑聲，越來越覺得還是早日結束受罰比較好。胃部抽搐了一下，那聖水不會有什麼副作用吧。

前往玄池的時候，小妖始終在一旁瞪著我，牠心裡一直記恨我利用牠的美色討好三頭犬，可那也正說明牠魅力大啊。這次到了玄池門口，牠堅決與我保持距離，一雙玻璃彈珠般的眼睛閃閃發光，時刻戒備著我的偷襲。

「哎……」我長嘆一聲，將帽沿放下，一身黑色長袍的我，此刻拎著一把掃帚，怎麼看怎麼像《哈利波特》裡的學院制服。

和聖泉一樣的構造，在打開石門的那一剎那，一條猩紅的物體就朝我飛速而來，我下意識地拿起掃帚就擋住那物體的攻擊，那猩紅的東西一下子就纏繞在掃帚之上，用力一抽，就抽走了我的掃帚，而也就在這時，我看清了面前的東西，居然是一條白色大蟒。看到大蟒的那一瞬間，我渾身顫抖起來，是的，看到三頭洛威拿不害怕的我，此刻卻對大蟒感到害怕。蛇一類的軟體動物，始終讓我恐懼。

我嚇得僵立在那裡，心跳差點停止，看著大蟒捲走我的掃帚，然後腦袋一甩，就將掃帚摔在崖壁上，「啪」一聲，掃帚無力地掉落在地上。我彷彿看到自己的下場，被捲走然後摔個稀巴爛。

大蟒的腦袋慢慢下沉到我的面前，用牠那金燦燦的眸子打量著我，猩紅的舌頭吐著，時不時地碰觸在我的臉上，麻麻的，有點刺痛。

「嗨……」我哆嗦著跟大白蟒打著招呼：「我…我…我認識你同族白娘子，嘿嘿……」

自己也不知道在說什麼，大蟒挪動著牠巨大的身體，捲過我的身邊，將我圍在牠雪白的身軀裡，我知道……只要牠一收緊，我就玩完，牠要捏碎我就好比我捏碎一隻螞蟻那麼容易。

我向小妖呼救，哪知那傢伙明顯就是幸災樂禍，更是在報復我用牠來討好三頭洛威拿，只見牠趴在門口，晃著毛茸茸的大尾巴，一臉的奸詐。

沒戲唱了……閉上眼睛，等死。

一分鐘，兩分鐘，N分鐘過去了，發現白蟒沒有捏碎我，我緩緩睜開了眼睛，正對上牠鵝蛋一樣的琥珀眸子。不知是不是錯覺，在那一瞬間，我居然感覺到了白蟒的恐慌。

視線相交，我和白蟒都愣住了，牠的鵝蛋眼對著我的小眼，我們大眼瞪小眼了一會兒後，牠忽然抽身離去，閃電般地蜷縮在角落裡，恐懼地看著我。

咦？有點奇怪耶，牠怎麼好像很怕我？見牠縮在角落，我不免膽子就大了，我舉步向牠靠近，眼中柔情似水：「乖，別怕……」用自己認為最溫柔的聲音對白蟒說著話。

白蟒似乎好了一些，就在牠試探著伸出脖子靠近我的時候，我突然做了個鬼臉，大喊一聲：「哇！」又將白蟒嚇回了角落。嘿嘿嘿嘿，其實自己有時也挺壞的，明顯欺善怕惡。

對於白蟒怎麼會害怕，我還是想不通，不過既然牠讓了路，那我就毫不客氣地進入玄池。

撿起掃帚，朝著小妖神氣地哼了一聲，打開了通往玄池的大門。

玄，意即高深莫測。所謂天玄地黃，就是指天高不可測，所以當我見到面前那一池黑水時，並沒覺得有多意外。水自然是清的，只因為太深才讓這池水變成墨綠色。我好奇地看著面前的池水，這是不是那幽冥神泉？如果不是，那這池水有何作用？

好奇地想觸摸，但最後還是害怕有負面影響而縮了回來，老老實實地掃著池邊，這讓我想起了以前被老師罰掃廁所的場景，好在這池水不臭。

玄池真夠大，足有一個四十坪的房間那麼大，池邊有著白玉石的桌子，我疑惑地看著那些桌案，怎麼在池邊放這些東西。正掃著，外面傳來一個人的呼喊，那清澈，如溫玉一般的聲音飄入了我的耳朵：「小雪——」

是煚陽，他怎麼來了？我提著掃帚走了出去，看見煚陽小心地站在石門外的通道裡，還擠眉弄眼地提醒著我：「小心，白龍。」

白龍？難道就是那條破蛇？我轉眼看著此刻已經回到正中，並戒備地看著煚陽的白蟒，大聲道：「沒事，牠膽小。」果然，那白蟒感覺到我的存在，立刻縮成一團，盤成了一個圈，像蒲團一般一動不動，兩隻黃燦燦的眸子，從身體裡探出，緊張地看著我。

白蟒詭異的行為讓煚陽大吃一驚：「妳怎麼做到的？」

「我也不知道。」我走到白蟒身邊，踩著牠的身體，如同走臺階一般走到最上面，看著腳下白蟒的腦袋，「牠很怕我，我也不明白。」我彎下腰，白蟒一下就將腦袋鑽進了身體，躲藏起來，現在牠真成了一個白色的石墩。我索性坐在牠身上，向煚陽招手：「陽進來嗎？裡面的玄池你見過嗎？」

煚陽依舊站在門外，一對漂亮的眸子瞪得老大，我這才發覺，今天他臉龐的兩側都梳了一串小辮。「我從沒見過玄池，聽說那是冥聖沐浴的地方。」

「啊?搞了老半天我給他打掃浴池啊!」莫非玄池能美容?冥聖那老妖怪看上去只有二十七八歲,「原來如此,不行,我也要洗。」

「啊?」昊陽把眼睛瞪得更大了,臉上還滑過一絲紅暈,「小雪,這樣不好吧。」

「這有什麼不好?反正這裡也沒人敢進來,陽要不要洗?」我向昊陽發出邀請,看著他一臉尷尬的樣子我還補充一句:「我幫你看門,不會讓人偷看你洗澡的。」

「呃……」昊陽的臉越發紅了,「小雪在……我不好意思……」

昊陽真有趣,說話很坦率。我跳下了白蟒,摸了摸牠,牠的鱗片立刻豎起,如臨大敵。

「那陽來找我做什麼?」

「小雪不餓嗎?」

對喔,我好像掃了很久。昊陽臉上的紅潮漸漸退卻,揚起了一個狡猾的笑容:「我帶妳去吃好吃的。」「嗯!」有吃的還不走?我當即扔下掃帚,跟在昊陽的身後,就連小妖也是一蹦一跳地緊緊跟隨。

昊陽回頭看著我和小妖,臉上笑意更濃:「小雪和小妖的動作怎麼一樣?」

是嗎?嘿嘿,我笑了起來,不知不覺又跟小妖同步了。

昊陽的午膳很豐盛,我和昊陽就像單獨約會,只有兩個人吃飯,後來才知道,幽國不流行集體用餐,尤其是冬天,大家大多自己在自己的殿閣吃飯,那麼昊天也只是一個人吃。

小妖吃飯的時候最不老實,還發出咂吧咂吧不雅的聲音,引來昊陽的取笑,昊陽笑起來真的很好看,尤其那雙帶電的眼睛,在長長的睫毛下一閃一閃,秋波無限。

忽然發現這次懲罰也不錯，口福眼福都有了，心底快樂無比。

下午的時候，熨陽就和我一起去【天機閣】受罰，小妖被留在了熨陽的殿閣裡，因為【天機閣】不准動物進入。昨天青煙已帶我去過，【天機閣】就是幽國的資訊集中地。

當時我也就在外面看看，反正和其他的殿閣差不多。但當我跟著熨陽進去的時候，我大吃一驚，只見這殿閣的每間房間裡都是一排又一排的書架，而地上更是鋪滿了紙張，在這裡，我彷彿看到了幾日都沒見到的人。

這些人都是頭戴方巾的男子，身穿青衣藍衫，忙著將地上的紙張整理歸類，他們就那樣坐在地上，然後一張一張撿紙，而我來的時候，正巧有人推著車子進來，噹啷一下，又是一車子紙。原來幽國的資訊資料這麼繁多。

「看來我們有得忙了，小雪來撿，我來歸類，如何？」

我點頭同意，畢竟我對這裡怎麼將資訊歸類不是很熟悉。

隨意找了一塊地坐下，這裡的人就如那些侍女，對我和熨陽的出現並未表現出半點驚訝，他們只是抬眼看了看我們，然後繼續埋頭工作。

「我進這裡受罰不是一次兩次了。」熨陽坐在我身邊笑著，我立刻明白何以那些人都不奇怪我們的出現。自己果然沒見過世面，總是大驚小怪。

我撿起了紙，交給熨陽，熨陽略微掃了掃，就在面前分開堆放。我們就這樣，我撿，他放，忙碌的工作讓我們沒有半絲停歇，自然也沒功夫聊天磨牙。

漸漸的，腰開始發痠，身邊的熨陽微笑道：「我們休息一下吧。」

「可以嗎？」

昊陽的視線瞟了瞟，笑道：「他們也休息了。」

我看了看，果然，大家都躺在地上，閉目養神，有的坐在一起小聲說話。

「呼……終於可以休息了。」我捶著自己的腰。

「督使，你怎麼又進來了，這次是為什麼？」那邊有人喊了過來，房間裡的男子都朝這邊望來，臉上帶著友好的微笑，「難道你又偷偷溜出去看女人？」

「哈哈哈，一定是的，大家看，督使還把她帶來了呢。」於是一群男人笑翻天，從他們對昊陽的態度就知道昊陽人緣很好。我也不明所以地笑著，笑得有點傻呼呼。

「不是的。」昊陽笑著略微低下了頭，然後看著我，彷彿在向眾人介紹，「這次我偷偷跑去看天機了，結果把她也連累了，呵呵……」昊陽明朗的笑容裡帶出了他的歉意。

我依舊咧嘴傻笑著，卻沒發現房間裡瞬間安靜下來，並傳來輕聲的驚呼：「天機！原來就長這模樣啊！」

「原來她就是天機，挺可愛的一個小姑娘，看不出來啊。」

「喂，天機，聽說妳很厲害！」忽然有人叫我，我才從傻笑中回神，木訥地看著眾人，他們的眼中帶出了疑惑：「怎麼天機傻呼呼的？」

「哈哈哈……」昊陽忽然朗聲笑了起來，好聽的聲音如同奔騰的泉水，「我一開始見她，她也是這樣傻呼呼的，但她可厲害呢！」說著，他抬起手，放在我的頭頂。我愣愣地看著大家，不好意思地笑笑：「我沒陽說的那麼厲害。」

「喂，天機。」那些人圍坐上來，「我們是資訊署的，關於妳的報告可看了不少，妳怎麼知道誅煞要刺殺畬諾雷？」我眨巴了兩下眼睛，陽的手依舊重重的按在我的頭頂，我耷拉著腦袋笑道：「我碰巧聽見的，當時紅龍正好跟夜叉談話。」

「什麼！他怎麼沒發現妳？」

一下子，我成了眾人的焦點，原來男人也挺八卦。當然，也有例外的，有幾人就依舊躺在地上，閉目養神。我笑道：「運氣好吧，天機嘛，有時運氣好點。」

「但妳是怎麼知道他的身分？妳沒有幫妳收集資訊的人，就連尊上都要靠我們，而妳卻比我們還要快得知，難道妳真的能未卜先知？」

見他們眼中帶著好奇，我不覺輕笑，我該怎麼說？說我感覺出來的？說紅龍綁了我、抱了我，我不小心碰到他腰間的相思玉佩，便知道了他的身分？

我不想讓他們知道，這是我一個人的祕密，唯一留給水無恨的祕密。想起無恨，心中滑過一絲痛，他還在執著嗎？我的逃跑怕是傷透了他的心吧。

「好了好了，這是你們能知道的嗎？」昊陽終於把手從我的頭頂挪開，「如果連你們隱使都查不到的事，就一定是高度機密了。」

昊陽幫我解了圍，我再次傻笑起來，那些年輕男子撇撇嘴，眼中帶出一絲曖昧，有人立刻打趣：「陽主子護著天機呢，天機的魅力果然大，連討厭女人的陽主子都喜歡。」

「你們是不是皮癢了？」昊陽的聲音瞬即變冷，但他的臉上依舊帶著笑，那笑容更似索命的閻王，帶著一絲猙獰和血腥。隱使們立刻笑著回到原位，開始繼續工作。

我也開始埋頭幹活，一片紙滑過眼前，上面天將兩個字立刻引起了我的注意，上面說天將前些日子摔了一跤，險些小產。心立刻提起，這跤是意外還是人為？著實為她捏了一把冷汗，忍不住苦嘆：「後宮果然不是女人待的地方。」

「怎麼了？小雪？」哭陽關切的看著我，我隱約覺得那些不安分的視線再次向我們這邊集中。

當大家不知道我是天機前，都安分守己，而在知道我是天機後，都會偷偷瞟我，莫非這就是名人效應？我忽略那些好奇的目光，嘆道：「後宮就是女人的煉獄，為了爭寵奇招百出，甚至心狠手辣，所以幽國沒有後宮，國主就不用費神女人的爭鬥了。」

「可是，女人為何如此？在宮裡吃穿不愁，何爭之有？」

「何爭之有？爭的可多了，地位、權力、男人的愛、帝王的心，有多少女人死在這些爭奪裡。所以我提倡男愛，是非也少點。」我將手上的資訊交給了兀自發愣的哭陽，繼續撿起下一張。

只見上面說的是水酇出使暮廖，他到達後和北冥軒武在書房裡密談三個時辰之久，我忍不住輕笑：「哼……想借北冥的手來剷除拓羽，水酇啊水酇，你現在實力不夠啊，不，應該說讓北冥幫你，北冥所得的好處還沒幫拓羽剷除你來得多。」

「對啊，小雪跟北冥也有過接觸，他是怎樣一個男人？」

我看著哭陽認真的眼睛，道：「他是一個過河拆橋的男人，如果陽遇到他，要小心，尤其要小心孤崖子，這個死老頭自以為讀了幾卷兵法就了不起。」

哭陽聽了點點頭，我拿起了下一張，早上整理的時候從未關注裡面的內容，自從看了上官那張，就忍不住多瞟兩眼。這張說的是柳讕楓宴請東邊島國的使節，使節送了許多美人給他，哼，這傢伙還是死性不改。再拿起下一張，卻是關於畬諾雷的，說畬諾雷取消了選秀，后位懸空，急煞了滿朝大臣。怎麼，畬諾雷對思宇依舊念念不忘嗎？他若再見到我，一定會恨我恨得咬牙切齒吧。

一張又一張的訊息，迅速進入我的大腦，外面的世界依舊紛爭不斷，真是感激叟天，將我帶來了這裡，宛如世外桃源，避開了那些風浪。最後看到思宇懷孕的消息，我忍不住哭了，我也不明白自己為何會哭，把身邊的叟陽嚇了一跳，他不知所措地扣住我的肩：「小雪妳怎麼哭了？」

「沒事沒事，我開心。」我胡亂地擦了擦眼淚，眼裡滿溢著幸福的淚水，「看到她們過得都好，我就放心了，我們三個來到這裡，無親無故，相依為命，現在她們都有了歸宿，我就為她們高興。」一時之間，自己宛如年邁的老人，喋喋不休地說著來到這裡的辛酸。

「天機也會有好歸宿的。」也不知是誰忽然喊了一聲，我笑了道：「承你吉言。」

大家再次笑了起來，還不停地曖昧地對叟陽拋著媚眼。我也不去解釋，就讓叟陽在一邊尷尬地接受媚眼攻勢，誰叫他當初誘我出谷？就在大家歡笑之際，門外的侍女跑了進來，直接走到我的面前：「天機，幽幽找妳。」

「幽幽！」我忍不住嘴角上揚，「來得好。」我立刻站起身，一旁的叟陽揚起臉疑惑道：「妳何時惹上幽幽了？她可是個難纏的丫頭。」

「想看好戲嗎？」我不答他，反而對著他神祕地笑著：「想看就跟我來。」我拉起了還在發愣的叟陽，跑出了殿閣，其他人全都偷偷跟在後面想湊熱鬧。

外面依舊寒風刺骨，但有著明媚的陽光，所以也相當暖心。我拉著陽跨出了門檻，就看見站在門口那個綠色的身影，還沒看清她的樣貌，就感覺到了她身上強烈的殺氣。

昨晚沒看清幽幽這小丫頭的樣子，今日看清了，也是驚豔了一番，因為見過青煙那樣的絕色女子，所以現在對美人都免疫。儘管幽幽不如青煙那般絕美，但也是個小美人胚子。

一雙滴溜溜的眼睛秋水盈盈，粉嫩的小臉一看就是鵝蛋的雛形，小巧的鼻子下，是微翹的櫻唇，粉嫩嫩的可人兒，千嬌百媚。她此刻雖然是生氣的表情，但卻依舊風情無限，讓人心生憐愛。

我清晰地感覺到她的視線此刻正牢牢瞅著我那牽著炅陽的手，看她幾欲噴火的樣子，我就忍不住笑了，笑容裡自然帶著挑釁，可憐一旁的炅陽還搞不清狀況。

幽幽的手忽然動了，經過昨晚的較量，我明白她是要出招，只見她忽然一甩，我立刻就放開炅陽躍到一邊，心裡也著實高興，正好這幾天就利用幽幽來積累實戰經驗。

一束綠光射向我站的地方，炅陽的臉色陡然一變，怒道：「幽幽休要胡鬧！」

幽幽咬住了下唇，一臉委屈地看著炅陽，那水汪汪的眼睛更是動人心弦。

「幽幽沒胡鬧！」幽幽大聲叫著，我卻對幽幽挑釁道：「幽幽，剛才又打偏了哦。」

「可惡！妳這個壞女人！」

我終於把這隻可愛的小白兔惹毛了，這下就算炅陽再喊，也阻止不了幽幽。

幽幽一道又一道綠光射出，我身形百轉千回，越來越放開，越來越順手，得空順便給幽幽一個鬼臉，看得邊上的人笑聲連連。人嘛，都喜歡看熱鬧。

原來咒術師真的和遊戲裡的法師一樣，在出招的時候都有間隙，只要看準間隙，就能輕鬆躲過。我連蹦帶跳，前躍後翻，倒也沒被打著。可邊上的積雪就成了可憐的靶子，一個又一個窟窿在地上形成。我腳尖一點，就翻上了房檐，手一揮，就有一隻飛鷹從天而降，直撲幽幽。

「嗷！」一聲，飛鷹朝幽幽撲去，幽幽嚇得抱住了腦袋就蹲下身體，我打了一個手勢，飛鷹在關鍵時刻收了勢，飛回我的身邊，落在我的肩頭。我還抱雙手，站在風裡，俯視著幽幽，揚起邪邪的笑容：「小丫頭，還打不？」

「討厭討厭！壞女人欺負人！」幽幽忽然站了起來，在下面氣得跺腳，「昨天是狐狸，今天是老鷹，妳偷襲我，不算！」此刻翾陽已經走出了門，站在下面抬頭望向我，在看到我的那一刻，他發起了愣，視線牢牢鎖在我身上，不再移開。我嘴角掛著狡黠的笑：「小丫頭，妳怎麼不親自問問妳的陽哥哥，我和他是什麼關係？」幽幽水汪汪的眼睛眨了眨，還真跑到看著我發愣的翾陽身邊，抱著他的胳膊：「陽哥哥陽哥哥，你說，你和她是什麼關係？」

翾陽依舊痴痴地看著我，我笑道：「陽，你怎麼了？」然後我跳下房檐，落到他的身前，他的視線隨著我的移動而移動。

「好像……」他輕喃了一句：「妳剛才跟天好像……」

我回想了一番，當時我還抱雙手，一臉臭屁地站在那裡，原來如此，呵……的確跟那臭小子很像，於是我隨意道：「近墨者黑嘛，喂，你還沒回答人家小姑娘的問題呢。」幽幽立刻在一旁點頭，但眼中對我的敵意依舊沒有半點消除。

翾陽恍然大悟一般地回過了神，溫柔地揚起他天使般的笑容，當即看痴了邊上的幽幽，再加上此刻翾陽用柔情似水的眼睛看著她，更是讓她連問題都忘了，整張小臉紅通通的，小嘴半開，一看就知道小姑娘已經暈了。

我忍不住抬手捏著她的臉蛋：「我喜歡她。」幽幽忽然醒轉過來，躲在翾陽的身後，鼓起臉道：「我不喜歡女人。」她那天真可愛的神情，讓我和炅陽以及看熱鬧的男人們都笑了起來，炅陽溫柔地拍了拍幽幽的腦袋，小姑娘再次被炅陽迷暈，迷失在他的溫柔裡：「幽幽別再胡鬧了，她是天機。」

「天機！」幽幽立刻瞪出了眼珠子，直盯著我，我再次對著她拋了個媚眼：「妳贏了我就把某人讓給妳。」

「好！」幽幽此番連想都沒想就站了出來，抬手就是一張符紙。

就在她要甩出的時候，立刻被炅陽扣住：「幽幽，別胡鬧了，我和天機還有事。」說著，沒收了她的符紙，然後對著我柔聲道：「小雪，妳該餓了吧，我帶妳去吃好吃的。」

哈！有趣，這炅陽彷彿知道我喜歡吃東西，總用美食引誘我去他的殿閣。

「幽幽也要去！」幽幽立刻抱住了炅陽的胳膊，炅陽沉下了臉，一臉的責備，但眼中卻是無限寵溺：「幽幽又要胡鬧了，還不回去訓練？妳那亂七八糟的咒術總是傷到別人。」

幽幽一張臉瞬即垮了下來，失望地看著炅陽撫去了自己抱住他胳膊的手，我朝著對我瞪眼的幽幽道：「歡迎來偷襲。」隨即，我揚起一個狡詐的笑。

「哼！」幽幽朝我做了一個鬼臉，甩出一團煙霧，便消失在其中。

忽然發覺這裡所謂的咒術和忍術極為相近。

看熱鬧的男人們見主角離去，便也散了場，我心裡暗道：今天的這場風波不知傳到冥聖和炅天那裡又會帶來怎樣的後果。不過，算了，反正這禍也惹了，倒不如先跟著炅陽填飽肚子，享受美食再說，以後的事就讓以後的我去煩惱吧。

懲罰的日子一天一天地過著，原本以為會是度日如年。但自從有了昃陽的陪伴，和幽幽的對戰，倒也變得充實忙碌。幾天下來，腿力漸長，身體也漸漸適應了勞動強度，一天工作下來也不覺得疲憊，原本取聖水要走上一個時辰，現在也只要半個時辰。

而玄池的白龍，自從我出現後，變得越來越傻，今天碰到牠的時候，牠就躺在地上，如同一條死蛇，我差點以為牠掛了，準備給牠燒紙。

白龍的病情引起了冥聖的重視，聽說他會請來狐族的神醫前來醫治，他以為白龍是消化不良或是換皮，卻不知是被我嚇傻的。

自從昃天第一天逼我喝聖水，之後的幾天我都是將聖水放下就走，那東西喝了會促進身體成長，我才不要為了增加內力而變老，我寧可選擇艱苦一點的方法。

我也曾想過去玄池洗澡，但因為池水冰涼刺骨，而且那又是冥聖沐浴的地方，誰知道他會不會和昃浩然在裡面鴛鴦戲水，這讓我浮想聯篇，最後還是望池生嘆。

為了增強自己的腿力，我打算在原先的鉛塊裡加上沙袋，增加原有的重量。

轉眼就是四天，懲罰也即將接近尾聲。此刻房間裡鴉雀無聲，這種套房式的結構有一個好處，就是聽不到外面呼嘯的北風，宛如被完全隔離。

我在燈光下縫製著沙袋，這些天一定把昃天急壞了。他總是有意無意地跑到天機閣看我跟昃陽在做什麼。他終於注意了嗎？當我和昃陽歡笑連連的時候，他一定氣得跳腳，認為我又在不務正業，調戲美男。呵呵，他一定是這麼想的，所以剛才才會對我不理不睬，眼裡是深深的憤懣，恨我不成鋼吧，有了玩樂，就把他給忘了。

哎，隨風啊隨風，你怎知我這些時日的辛苦啊，腿上可是綁著快五斤的東西啊。早上要訓練三頭洛威拿，下午要跟幽幽比鬥，你要知道，直接跟咒術師交戰對我才有最佳的幫助啊。而你，肯定以為我又在玩吧，才會說讓我別再逗幽幽的話吧。

男人有時就像個孩子，不知我的苦心。對了，他就是個孩子，而且無庸置疑，就算他喝聖水發育怎樣？三個月後，還是只是個十八歲的小屁孩。心底忍不住笑了出來，將沙袋灌好和鉛塊綁在了一起。活動了一下腿腳，沒有了鉛塊果然輕快得如同鴻毛，心底開心了一下，熄燈睡覺。

話說回來，最近的確和叟陽接觸頻繁了一點，幾乎一天到晚都和他在一起。他有時上午也會來玄池幫我打掃，對於白龍怕我這點，他也總是一臉疑惑，既然他都不清楚原因，我就更不明白了。

不過叟陽的確是個很和善的男人，他不像斐崳那般冷冰冰的，怎麼說呢，他很好擺弄。比如說頭髮，對了，我剛才給他梳了個女人雲髻。最近都拿他的頭髮來練習梳辮了，這若是斐崳，早把我趕出門，哪容我那樣折騰他的頭髮？

叟陽梳女人的髮型很好看，更甚於青煙，有時當梳髮失敗的時候，他會頂著那個亂七八糟的髮型跟我一起探討，然後把正確的髮型梳出來。叟陽真是個好人，因為他任我擺佈。

睡意漸漸襲來，如果叟天和隨風都這麼乖就好了……

「蝴蝶飛……蜻蜓追……」又是這個聲音，我疑惑地站起身，下了床，打開面前的門，卻是一片翠綠的草地，草地的對面是幽深的樹林。

「蝴蝶飛……蜻蜓追……兩情相悅比翼飛……」好美的歌聲，是誰？這是一個柔柔的女聲，那婉若空谷泉水般清澈的嗓音，把我深深吸引。我不禁往前走去，腳下軟軟的，如同踩在厚實的地毯上。翠綠的草地漸漸浮現出了一絲絲寒氣，面前的樹林透露著詭異的陰森，黑漆漆的宛如要把我深深吸入。

那歌聲飄飄渺渺地從那樹林深處傳來，眼前忽然移過一個身影，一張陰森森的臉突然出現在我的面前，居然是叟天。

「啊！」我當即嚇醒，背後冒出了密密麻麻的冷汗，該死的傢伙，到夢裡嚇我。

「呼……呼……」我半閉眼眸喘著氣，撫平心中的餘悸。

「呼——」我長吁一口氣，睜開了眼睛，可就在我睜眼的那一刹那，我嚇得不敢隨便動彈。在我的床邊，我眼角的餘光好像瞟到了什麼東西，黑呼呼的一團，就那樣無聲無息地站在邊上。

我趕緊閉上眼睛，天哪！難道我還沒醒，他怎麼還在？呼吸，用力地呼吸，鼻尖全是他的氣息，他那淡淡的，好聞的味道證明了他的存在。

我再次睜開眼睛，緩緩側過臉，他就那樣陰森森地站著，臉微微低垂，沒有束起的長髮散落在兩邊，雙手垂落在身體的兩側，整個人直挺挺地站在我的床邊。

「妳要對我負責……」他忽然嘟囔了一句，我氣結地說不出話來，看他那樣子，似乎在夢遊。

小妖似乎也感覺到異狀，醒了過來，從我的被子裡鑽出，探著腦袋四處張望，就在牠看見叟天的時候，牠渾身哆嗦了一下，縮到了角落。我用手在叟天低垂的臉前晃了晃，他果然毫無反應。

這傢伙怎麼會夢遊！對了，他曾經似乎也夢遊過……我無語，有病就要看嘛，不知道人嚇人會嚇死人嘛！

「妳看了我……」他依舊垂著臉低喃著：「摸了我，親了我，要了我，妳就要對我負責……」

我一下子愣在床上，不知所措，我聽說夢遊的人不能打擾，否則，輕則嚇壞心臟，重則直接嚇死，所以我只有坐著，看著他，聽他抱怨，心想他抱怨完了就會走了。

可是，他是怎麼進我房間的呢？他如果進進出出，門口的侍女一定會知道啊，但門口怎麼好像沒什麼動靜呢？正想著，忽然眼前寒光一閃，立刻嚇了我一跳，只見罠天的手裡不知何時多出了一把匕首。

他忽然朝我刺來，我當即嚇得閃到一邊，緊緊貼著床裡的內牆，他的匕首順勢刺向了躲在我邊上的小妖，小妖也躍到一側，雙腿站立和我一樣緊緊貼著內牆，驚恐地看著他。

我的天啊地啊，罠天你夢遊就夢遊，玩什麼刀嘛！

「如果妳不想辦法帶我出去，我現在就殺了妳！」罠天的匕首架在我床頭的枕頭上，惡狠狠地說著。我看得心驚肉跳，大氣不敢呼一聲，不知他到底怎麼了，不過他那句話讓我覺得很是耳熟，彷彿曾幾何時，他也是這樣拿著刀子架在我脖子上，要我帶他離開……我想起來了，是【梨花月】那個晚上。

原來他沉浸在往事裡……忽然，他彷彿推開「我」一般推開了枕頭，站起了身體：「別靠近我，我被下了藥。」此番又是【天樂坊】了。看著他一個人在那裡自說自話，我的回憶也被他帶起，我和他的幾次相遇都是在妓院裡，第一次相遇，讓我們成了共同進退的朋友；第二次相遇，讓我們擁有了刻骨銘心的愛情。

隨風的愛真摯而大膽，讓我徹底陷入其中。心中滿溢著對他的愛，看著他痛苦的臉，心中宛如被他的匕首滑過，帶出了一絲痛。

「妳是愛我的，我知道妳是愛我的！」罠天抱住了我的被子，晃著說道：「為什麼妳要讓我忘記妳，為什麼！妳明明知道我願意為妳捨棄一切，跟妳在一起，而妳卻那麼殘忍，讓我忘記妳，這是為什麼！」

他哽咽的聲音如同一把把利劍刺進了我的心，痛得讓我無法呼吸。

「對不起……」我下意識地說著，我除了這三個字，什麼都無法給他。

「不用說對不起，真的，不用說，我明白，我知道妳的苦心……」熒天依然抱著我的被子，將它深深地嵌入自己的身體，「妳是為我好，我知道，如果不是妳的成全，我們三個人都會痛苦，我很自私，我從沒考慮到青煙的感受，現在我明白了那種痛，那種心愛的人近在眼前，卻無法觸摸的痛，原來我傷害了青煙這麼多年，我卻還要繼續傷害她……」熒天緩緩放下了被子，低垂的面容被長髮深深遮起，但卻依然能感受到他臉上的痛苦：「但是我真的不能沒有妳，非雪……求妳別再離開我，求妳對我負責……」

心中湧起了無盡的苦澀，我讓隨風忘記我，何嘗不是一種自私？而現在，他記起了一切，卻依舊無法找到十全十美的方法，只有讓我通過國母爭奪大賽來成全三個人的幸福，讓青煙從我們三者之間解脫。但這難道就不是自私嗎？成全了我們，卻犧牲了青煙。

他頹然地站起身，緩緩離去，耳邊傳來一陣奇怪的移門聲音，我趕緊爬出床，赫然發現西面的架子移開了，我萬萬沒想到，我跟熒天的房間居然有暗道！那豈不是……天哪！原來他一直可以堂而皇之地進入我的房間！心頭震了一下，原本還在為以前的事而內疚的心情立刻被一股怒火替代，熒天到底瞞了我多少事情！這樣實在太不尊重我的隱私了！

因為被熒天這一嚇，幾乎整晚都是驚醒狀態，到第二天，我精神萎靡，就連小妖也是瞌睡連連，這下我們和那條死蛇倒成了夥伴，我趁機偷懶，和死蛇躺在一起，補充睡眠。原以為當晚可以安然入睡，可萬萬沒想到，在半夜三更時刻，他又來了。

依舊是長髮披肩，一臉的陰沉，眼眸半闔，在我床邊傻笑：「呵呵呵……」陰森恐怖的笑聲，讓我發寒。

「非雪，我們剛才喝過交杯酒就是夫妻了，我們洞房吧……」他掀開我的被子就鑽了進來。我嚇得跳起，和醒了的小妖一起緊緊貼在內牆上。

天哪，就不能讓我安心過完最後三天嘛！

叟天躺在我的床上，一臉的滿足，還拉好被子，裹住了自己的身體，簡直就是鳩占鵲巢。然後他側過了身，看向一邊的「我」，撫摸著枕頭：「非雪，妳睡著了嗎？剛才真是對不起，我不知道自己被下藥了，可是……我真的好想……」他的手環了過來，那姿勢似是在環抱枕頭下「我」的身體。

我的心怦怦直跳，他好像又回到了【天樂坊】的那個晚上。我看著他的手，身體緊繃著，因為此刻我雖然貼近內牆，但這床並不大，他的手揮了過來，不知會不會碰到我。

再次往內牆靠了靠，他的手在我面前滑落，差點碰到了我的胸，我深吸了一口氣，他擦著我胸前的衣襟滑過，在我暗自鬆氣的時候，「啪」一下，他的手碰到了我盤起的大腿。汗毛立刻豎遍全身，因為這屋子並不寒冷，所以我穿的是侍女為我準備的綢緞裏衣，絲滑單薄的綢褲立刻讓我感覺到了叟天那手掌不尋常的溫度。他那不安分又滾燙的手，就放在我的大腿上，我緊張地一動不動。

「非雪……我自己也不知道怎麼了，回到家裡就開始想妳，很奇怪的感覺，阻止不了自己想妳，想到妳我就很開心，眼前總是妳傻呼呼的樣子，知道嗎？我每天都會夢到妳，呵呵……妳真的很有趣。」

鬱悶，我就這麼有趣嗎？

「我想，是斐喻說對了，當我離開妳的時候，才明白了自己的心，我想我應該生病了，呵呵……這種病，就是愛……」

心口好似被什麼重重撞擊了一下，鼻頭一酸，女人喜歡甜言蜜語就像飛蛾撲火，即使我再冷酷也還是中招了。心頭泛起了甜蜜的感動，差點掉出了眼淚。

「因為愛妳，所以想要妳，我不知道我還能堅持多久不碰妳，非雪……我真的好想緊緊地擁抱妳，讓妳成為我的人，永遠只屬於我一個人……」他的熱掌開始輕柔地撫摸著我的大腿，癢癢的觸感敲響了警鐘，「非雪……我可以吻妳嗎……」直覺告訴我，這個男人現在很危險！

我偷偷瞄了瞄右邊，小妖不知何時已經跑到床下。我悄悄往右邊挪動，卻未料到炅天忽然坐了起來，撫摸我大腿的手緊緊捏住了我的小腿，我趕緊屏住了呼吸，加速移動。

悄悄的，慢慢的往外移，然後掰開他的手，逃出生天，我是這麼打算的。可是我沒想到，他忽然轉過了身體，那宛如僵屍轉身的僵硬動作，讓整個房間的氣氛變得更加陰沉。

他僵硬地抬起了雙手，呼一下就撐在了我的兩邊，這下我哪兒也去不了了，他撐在我臉邊的手如同圈住我的牢籠，讓我無法逃脫。

「非雪，知道嗎……我剛才就好想吻妳，我是真的想吻妳，不是為了解毒而吻妳，我控制不住自己想吻妳，妳的唇，好甜，好軟……」他緩緩壓了下來，我眼睜睜地看著他，一點一點地靠近，最後，他那滾燙的唇覆在了我的唇上。

時間立刻停滯，整個世界宛如只剩下我和他，靜靜的空氣裡，是我和他同步的呼吸聲。沒有掠奪，沒有多餘的動作，他只是壓在我的唇上，環繞在我們彼此之間的呼吸，已經糾纏在了一起，融為一體。奇怪的是，我的心跳卻越來越快，「怦怦怦怦」宛如少女的初吻，讓我臉紅心跳。

我呆滯地靠著已經漸漸被我溫熱的牆，雙唇間的親密接觸，讓我更加清晰地感覺到他的熱度，好熱，為什麼？為什麼我也冒汗了？細密的汗珠在鼻尖形成，身體如同置身火焰，開始燃燒。

忽然，他伸出了舌頭，又細又輕的舔著我的唇線，瞬間我渾身血液凝固，簡直無法呼吸。

「好甜，果然好甜……」他再次壓了上來，用他的唇輕輕地貼在我的唇上，依舊沒有任何進一步的舉動，只是那樣靜靜地壓在我的唇上，我感覺到他唇線的變化，他在笑，他的嘴角上揚，他彷彿因為滿足而喜悅。

我現在該怎麼辦？就這樣被他吻著？還是趁機占他便宜？正猶豫間，撐在我右邊的手放開了，我用餘光時刻注意著那隻手的動向，它緩緩移到了我的腰側，撤掉那裡的衣結。心頭一驚，這傢伙該不是想……天哪！我怎麼可以被一個夢遊的人○○××？那也太冤了！第二天他醒來，還以為是做春夢呢！

胸前的衣襟被他撩開，涼意瞬即沖淡了身體的熱度，我鬱悶得想扁人，這傢伙越來越過分了！正想著要用什麼比較溫柔的手段將他推開，他的唇卻離開了，在他的唇離開的那一剎那，心底帶起了一絲淡淡的失落。鬱悶，我居然對他產生了期待？

他緩緩俯下了臉，靠在我的肩膀上，我聽到了他吸氣的聲音，彷彿在聞什麼好聞的東西。

「好香……」暗啞的聲音飄盪在我的耳邊，他嘴裡的氣息吐在了我的頸項上，帶來一片酥癢，

「非雪每次喝酒都會有好聞的酒香，妳知道嗎，上次在【虞美人】我差點就把持不住了，那時的非雪……好迷人……」一個火熱的印記落在了我的肩胛上，那異常的燙度帶出了我遙遠的回憶……

曾經，某人也是在夢遊的時候，脫了我的衣服，烙下了他的印記……難道現在就是那晚的他？肩胛傳來一下刺痛，他在吮吸，重重的吮吸，弄痛了我的肌膚。但隨即他又用輕柔的親吻撫平那一陣灼痛，他扣住了我的肩，「看」著我：「可是我知道妳現在不愛我，我該怎麼辦？非雪……愛我好嗎？求妳，愛我……」

他垂下了臉，長髮再次將他的表情藏起，我卻感覺到那股深深的哀傷。那股哀傷彌漫在空氣裡，沁入我的心底，帶出了我的苦楚，他那時就處在深深的痛苦中嗎？而我卻什麼都不知道，只會差遣他，怒罵他……

他就那樣扣住我的肩膀，靜靜地坐著，不再說話。

風，對不起，讓你痛苦了……我情不自禁抬起手，想撫摸他的臉頰。

他忽然揚起了臉：「對不起，非雪，我昨晚真的不知道對妳做了什麼？對不起！」

他朝我努力地解釋著，回憶再次被帶回，那是我在【天樂坊】醒來的第二天，看見自己被隨風吃了豆腐而暴跳如雷。

「沒用的，妳一定不會原諒我的……」叟天頹然地放開了我，下了床，「妳不會原諒我的，我居然做了這麼下流的事……我怎麼可以這樣對妳……」他一邊自責，一邊走到了昨晚的牆邊。

「喀啦喀啦」密道再次打開，他消失在那一片黑暗中……而我，卻處在深深的內疚中……

第二天，我的眼上就是兩個重重的黑眼圈，虧得叟天見到我的時候，還問我是不是做惡夢了，我當時真想一腳把他踢飛，無奈眼睛沉重得如同壓了千斤巨石，連瞪他的力氣都沒有。

昏沉沉地躺在死蛇邊上，可憐的小妖也被叟天的夢遊折磨得不成狐形。靜靜的石窟裡，傳來我和小妖的呼嚕聲。

「呼……」「嚕……」

本來應該還有那條死蛇的呼吸，可牠現在明顯已經處於歸西狀態，毫無聲響。

朦朧中有人靠近，熟悉的味道，是那股好聞的氣味。

「小雪……」好聽的聲音從遙遠的山谷傳來：「小雪……」

「嗯……」幾番掙扎，才從半夢半醒的狀態中甦醒，感覺自己靠在一個溫暖而舒服的懷抱裡，實在太舒服，就又陷入了沉睡。

「醒醒……這樣睡會感冒的……」

「呼……」深吸了一口氣，終於醒轉過來，一睜眼就看見如同陽光般溫暖的叟陽。他將我圈在懷裡，擔憂地看著我：「妳晚上沒睡好嗎？」

「陽！」我立刻揪住了他的衣領，哭喪著臉，由於我用力過猛，叟陽當即失去了平衡朝我撲來，他的臉上滑過一絲驚慌，下一刻，我就躺在了地上，他趴在我的上方，衣襟就握在我的手中。

「陽！」我認真地看著他，也沒注意現在的姿勢有多麼曖昧，「你告訴我，叟天是不是有夢遊的毛病？」

叟陽半張著嘴，臉變得通紅，一雙烏黑的眸子裡秋水蕩漾，變得複雜，似有驚慌，又有疑惑，還夾雜著一點情愫。我見他不說話，還整張臉變得通紅，疑惑道：「你怎麼了？」

「我……小……小雪……妳……」他的視線變得迷濛，緩緩抬起了一隻手，按在我那握住他衣襟的手上。

肌膚的接觸讓我清醒，終於發現我和他的姿勢相當不雅，趕緊抽回手，撐起了自己迅速退到一邊：「對不起，對不起，我沒發現，呵呵……」我不好意思地笑著，感覺是自己吃了他的豆腐。

滿臉迷茫的冥陽，眼中滑過一絲失落，臉上的紅潮漸漸退去，換上了他春風般的微笑：「天是有夢遊的毛病。」他坐直了身體，微笑著看著我。

「真的有！太可怕了！」

「是啊，我那時被他嚇得睡不著覺呢。」冥陽宛如陷入了美好的回憶，眼睛變成了半月，笑容也變得溫和，「記得那時我才十一歲，天十三歲，他有一次看中了一把精巧的匕首，我也十分喜歡，可是只有一把，他便讓給了我，我當時真的好開心，感覺天對我真好。」冥陽晶瑩的眸子裡，帶出了他的感嘆，對天的感嘆。

「可是，我怎麼也沒想到，他居然……」冥陽臉上的笑容頓逝，深深地嘆了口氣，「他居然披頭散髮地半夜跑到我的房間，對著我陰森森地笑著，不停地說：那匕首我真喜歡……我當時真的嚇壞了，但因為他在夢遊，所以我也不知道該怎麼辦？」心裡立刻產生同病相憐的感覺，原來冥天以前就不老實。

「那後來呢？」我好奇地追問。

「後來？後來他每晚都來，害得我一週不敢睡覺，直到我看到書上說，夢遊者有的是因為沒有了卻心願才會對某物或某事念念不忘，導致夢遊。所以我試著第二天將匕首還給了天，雖然他強烈推辭，但我以死相逼，總算了卻了他的心願，他就再沒夢遊到我的房間。」

原來他以前就這麼變態！我同情地拍了拍沮喪的旻陽：「事情過去了……」

「是啊，過去了……」旻陽發出一聲感慨，彷彿這件事給他造成了相當大的心理陰影，他看著我，問道：「小雪忽然問起這個，是不是旻天也夢遊到妳房裡了？」

「沒有！」我立刻否決，鄭重道：「只是以前碰到過，好奇，好奇而已。」

「哦，原來如此。我想呢，如果天夢遊，侍女們肯定知道，呵呵……」旻陽的笑容裡帶著狡詐，看得我有點心虛，不過我決定今晚就要來了卻旻天的心願，讓我在這裡可以安然地度過最後一個晚上。

「對了，小雪，明天妳就要下山了吧。」旻陽忽然說道，將還在沉思今晚怎麼應對旻天的我拉回現實，我看向他，他的眼裡滿是不捨，我笑了：「陽好像挺捨不得我。」

「嗯，我捨不得。」旻陽總是如此直接，這也是我欣賞他的原因，他執起了我的手包裹在自己的掌心，「小雪下山，我會變得無聊，我會想妳。」

我想了想，笑道：「陽不是有手機嗎？給我拍張照啊，想我的時候就看看，不就行了？」旻陽立刻揚起了燦爛的笑容：「對啊，我怎麼沒想到。」他立刻在衣襟裡摸索，可隨即變得愁眉苦臉，「我忘記帶了。」

「沒關係，晚上拍。」

「好，那小雪……」他的臉上露出猶疑的神情，眼裡帶出了某種期盼，「小雪會想我嗎？」

「當然！」我像朋友一般抱住了他，「陽是我的好朋友，我一定會想你的。」

「好朋友……呵……和斐崳一樣是嗎？」他的口氣裡隱約帶出了一絲失落，我不明白他在失落什麼，或許是在乎他和斐崳在我心裡究竟誰更重要。

「嗯，和斐崳一樣。」我放開他笑著，一視同仁，都是姊妹。

叒陽忽然靠了過來，我下意識地往後傾斜，他一手撐在了我的身邊，我疑惑地看向他，可接觸到他視線的那一刻，我愣住了，第一次，我在叒陽一向清澈溫柔的眼睛裡看見了濃濃的深情，我疑惑，他這一汪深情為何是對著我？

「難道……我就不能和……」他越發靠近，我退無可退，只有看著他貼近了我的鼻尖，咫尺的距離，我越加清晰地吸入屬於他的氣息，他深深地看著我，雙眉微微蹙起，帶著他從未有過的哀傷，「難道我就不能和天一樣？」

「轟」一下，我的腦子炸開了花。玩笑？還是戲弄？他是叒陽，他喜歡天！他是個同性戀，怎麼可能對我產生感情？我下意識地脫口而出：「你不是喜歡天嗎？」

「那我就不可以喜歡妳嗎？」他反問一句，順手攬住了我的腰，我越加不解：「這不合邏輯。」

「可我覺得合情合理。」叒陽說得認真而大膽，讓我不得不相信他真的喜歡上了我，可心裡始終無法抹殺以前對他性向的認定，一下子不禁噴笑而出：「哈哈哈……陽，你真是……我……」我一下子不知該說什麼，整件事覺得非常好笑。

我的笑讓叒陽的臉變得陰沉，他放開了我，一臉的失落：「我就知道妳不會相信。」那口氣是和天一樣的孩子氣。我忽然在想，他是不是因為天喜歡我，所以也跟著喜歡我？笑著笑著，覺得有點不尊重陽，於是半開玩笑道：「沒辦法，你來晚了，如果你願意做我小老公我也不會介意。」

「真的？」叒陽居然雙眼發光了，我暈死，這點他跟青煙倒很像，哪有男人肯跟別的男人分享同一個女人的，又不是在影月國。我無奈地搖了搖頭：「陽，我開玩笑呢，做朋友不好嗎？可以天天在一起。」

叒陽漂亮的眼睛眨了眨，長長的睫毛閃了閃，笑了起來：「也對，現在我跟妳在一起的時間比天多太多了，說不定哪天妳會改變心意。」他的話讓我無語，如果真那麼容易改變心意，就不是愛了。

面對叒陽的表白，我出乎意料地平靜，宛如是一個小孩在說我愛妳，帶著特殊的童趣，因此我也就沒把他的話放在心上。

夜半三更時分，靜謐的沒有半點聲音的房間裡，是伸手不見五指的黑暗。我坐在床上，抱著枕頭，瞪大眼睛，等著某人的夢遊，今晚一定要搞定這件事！

小妖緊張地站在房間的中央，盯著那密門的方向。

「喀啦啦……」輕輕的，宛如風飄過樹葉般輕輕滑過的聲音，來了！

他幽幽地從黑暗中而來，我立刻站起身迎了上去，就像說好了一般，我們在黑夜裡碰頭。

他往我床的方向走去，我擋在了他的面前，扣住了他的身體，道：「聽著，我知道你讓我成為狐族的苦心，我知道你已經想起了一切，我會努力，對你負責，你聽見了嗎？我說，我會對你負責，所以，請你耐心等待。」

我一口氣將話說完，緊張地看著他，他微閉的雙眼顫了顫，嘴巴張了張，卻未說出任何話語，他靜靜地站在那裡一動不動。

看著他沒有離開的意思，我咬了咬唇，深吸了一口氣，道：「好吧，我愛你，除了爸爸媽媽，外公外婆，爺爺奶奶，我就愛你，對了，還有哥哥妹妹，未婚夫……」想到這裡，心裡一痛，愛過，始終無法完全放下。

「未婚夫？」他終於有了反應，沉聲問著，感覺到他身體的緊繃，他揚起了微微蒼白的臉。

我暗自懊悔了一下，雖然他是夢遊，明天醒來他就會什麼都忘記，但現在的殺氣絕對不容忽視，這小子在夢遊的時候比醒著更危險。

我立刻解釋道：「那已經過去了，而且你也有未婚妻，所以我們扯平了，但在這個世界，我只愛你，我愛的也只有你，你把我對爸爸媽媽，外公外婆，爺爺奶奶，哥哥妹妹的愛都集中在你一個人身上，難道還不夠嗎？」

「那未婚夫呢？」嘖，這小子醋勁真大。

「他……已經忽略不計了……」對不起了，老公，現在面前這個比你重要，如果萬一我有幸再穿越回去，我對你絕對不會有異心。

感覺到自己三心二意，突然覺得有點對不住哭天，心虛了一下，不過事已至此，就要硬撐到底，於是我理直氣壯道：「難道你還要在乎一個在我心裡已經什麼都不是的男人？」

他「看」著我，張了張嘴，良久，露出一個燦爛的笑容，轉過身往回走去，消失在那密門的背後。呼……終於解決了。解決歸解決，可心裡卻依舊有股無名火燒著，這傢伙害我一連三天都無法安心入眠，處於惶惶驚恐的狀態，難道我就這麼容易放過他？這也太便宜他了！我連大老公都捨棄了！想我每天都在為他努力，而他卻半夜夢遊到我這裡向我抱怨，我的苦心他非但不知曉，更誤以為我在貪玩。

俗話說：有恩不報不算差，有仇不報是人渣！所以，我不能做人渣，我也要去折騰折騰他！越想越鬱悶，越想越火大，豁出去了，明天就要下山，今日不報仇就沒機會了！把之前他耍我的份一起算上！

抬起腳就直接走向密門，找到機關就穿了過去，直奔他的床。

黑漆漆的房間裡，是他均勻的呼吸，哼！他睡得還真香，而我卻頂了兩天的熊貓眼！一股怒火上升，我跳了起來，重重地落在他的胃部。

「噗！」他肺裡的空氣直接被我壓出，人當即就彈坐了起來，直接被我坐醒。我環抱著雙手，斜睨著他，心裡是積蓄已久的怨氣，他在看到我的那一剎那，驚得瞪大了眼睛，半張著嘴，半天才回過了神，一下子扣住了我的手臂，壓低聲音道：「妳怎麼進來的？」

「那裡！」我非常跩地指著密門的方向，他抓住我手臂的手緊了緊，驚訝道：「妳怎麼知道那裡有密門？」

「我怎麼知道？」我幾乎快氣結了，抬手就揪住了他絲綢的內襟，「你問我怎麼知道？你有沒有搞錯啊，你已經連續三天從那裡到我房間來上演午夜凶鈴，你知不知道！」我氣得扯著他的內襟，前後用力搖晃著他，他好好的衣襟硬是被我扯鬆，胸前露出了一大片白淨的肌膚。

叟天張大了嘴，顯然被我說的話怔住。我一把將還在發愣的他推倒，努力地克制自己的嗓音：

「你怎麼可以這樣！有夢遊的毛病你就早點打招呼嘛，你知不知道人嚇人是會嚇死人的嗎？我都已經三天沒睡好覺了，虧你還問得出為什麼？還不都是因為你！你這樣太不厚道了，我為了你努力成為狐族，而你卻嚴重騷擾我的睡眠，對我不滿你就直說，整什麼夢遊嚇我，我都快精神崩潰了！你一定要對這件事負責！」我瞪著他，希望他能給我做出一個交代，而他卻說出了一句讓我更加鬱悶的話：「我夢遊了？」

「廢話！不然我怎麼知道那扇密門？」

閔天躺在床上摸著自己的下巴，滴溜溜地轉著眼珠，陷入了沉思，他忽然定定地看著我：「那我有沒有對妳……」他用一種充滿邪氣的視線瞟著我的全身，當他的手忽然圈住我的腰的時候，我立刻明白過來。

黑暗掩飾著我的臉紅，渾身的氣焰在被他觸碰時滅了下去，我嘟囔道：「那倒沒有……」

「哎……」他忽然嘆了口氣，扶住我腰部的手開始緩緩上撫，「太可惜了……」

「可惜？」我差點暈倒，「你難道想在那種情況下……你……那我不是很虧？太可惡了，如果我是男人，我就把你壓在身下，壓得你下不了床！」我也是氣急了，脫口而出，不經大腦。黑暗裡傳來他幽幽的笑聲：「妳已經在上面了。」

對啊，我已經在上面了，接下去該怎樣？攻他？氣死我了，總是被他壓在下面。腦子一熱，就做出了自己都無法相信的事情。

我開始扯他的衣服，絲綢的內襟很好解決，只是輕輕一扯，他赤裸的上身就暴露在我的面前，我心裡帶著氣，俯下身就在他的肩膀狠狠咬住。

「嘶！」他吃痛的輕吼一聲，雙手環過我的身體，緊緊按在了我的後背，熱燙的溫度透過我的衣衫，傳遞到我後背的肌膚上。

「妳咬我幹什麼？」

「這幾天鬱悶壞了，我就是咬你！」我咬著他的肩膀含糊地說著。

「原來妳在上面不過如此。」他的語氣裡帶著輕蔑，居然挑釁我，我最恨別人挑釁我，二話不說就放開了他的肩膀，吻住了他的唇。

重重地含住他的唇，吸取他嘴裡所有的空氣，用力地捲起他口中的波浪，吮吸著他的下唇，這一切依舊無法發洩我這七天的積怨，我開始向他的耳垂進攻，手指輕輕滑過他赤裸的前胸，帶起了他的粗喘。

「雪！」他熱燙的雙手在我的後背遊移，找到了我的衣帶。聽著他情不自禁發出的低吼，我惡意地咬住了他的耳垂，在他耳邊低語：「如果我是男人，天肯定就是我的受……」

感受到他身體倏地繃緊，我忍不住輕笑起來，手指輕輕滑過他的腰際，他立刻變得癱軟，這裡是他的死穴之一。

大腦裡浮現無數ＢＬ場面，自己都覺得有點淫蕩，不好意思地紅起了臉。

有人開始撕扯我的衣帶，焦急的熱掌急於探入我的衣襟。下身忽然坐到了一個硬物，那小東西正在被子裡蠢蠢欲動。腦子一下子清醒，自己出軌了……

都是被這個壞蛋挑釁的，心裡檢討了一下，千萬不能在成為狐族之前出任何差錯。

我離開了他的身體，在他沒回神之前，跳下了床。

他對我突然停止的表現顯現極為不解，眼裡是洶湧的慾火，卻努力隱忍著撐起身體對我露出微笑，他朝我伸出了手，衣衫滑落，幾近赤裸，性感的身軀挑戰著我的理智。我看著看著心中蕩漾了一下，最後還是穩住了心神，有多少次自己被他色誘成功，所以絕不能再犯。

「別鬧了，快上來，外面冷，我這裡暖和。」他柔聲哄騙，魅惑的笑容開始透露著邪氣。

我搖了搖頭，往後退了一步。他的臉上瞬即佈滿黑線，抽搐的眉角顯示著他忍受著慾望的折磨：「乖，回來讓我抱……」果然，男人的腦子裡除了○○××，還是○○××。

毅然轉身離開，不鳥他，為什麼男人就不用擔心懷孕？

優哉游哉地回到自己的房間，為自己已經能抵制美色的誘惑而自豪，女人跟男人不同，沒那麼容易被衝動洗腦，這也是我能及時收住的原因。就是要讓他難受，他害我三天睡不好覺，讓他難受一晚上不過分吧。要怪就怪他自己，愛上了我這個執業藥師兼言情寫手，對男人無論是心理還是生理都瞭若指掌。

哼！知道我厲害了吧，憋死你！

越想越開心，越想越興奮，居然反而睡不著覺了，在床上翻來覆去，被小妖狠狠拍了兩巴掌，以示警告。安靜地躺著，不再影響小妖的休息，可心裡那股喜悅，卻越來越活躍。

「喀啦啦……」怎麼了？難道是他來尋仇？

人未到，味道就先到了，我的第六感告訴我，來者不善！

「磅磅磅」昊天直接衝到我的床前。

不妙！腦子裡當即閃現出兩個字，正準備奮力抵抗，他的手一下子就掀開了我的被子，將正要起身的我，重重扣在了床上。

他的臉上帶著怒氣，我小心翼翼地看著他，卻發現他被我解開的衣衫依舊敞開，白色的肌膚在黑夜裡顯得惹眼，臉立刻燒了起來，我不好意思地垂下眼眸，卻看到了更讓我心驚的景象，他絲綢的睡褲，正頂著小帳篷。

「天……你……」我還沒說完，他就跨坐在我的身上，低吼道：「雲非雪，妳把我惹火了！」他沉沉的聲音裡帶著不可侵犯的霸氣，「我今天就告訴妳！就算妳是男人，也只能是下面的那個！」說著，他就開始撕扯我的衣襟。

我慌了，在他身下掙扎：「放開我！我不想跟你偷情。」

「是嗎？那妳就該老實點，否則妳死得更快！」他用他的膝蓋嵌入我的兩腿之間，強行分開，心頭震驚一下，慌道：「天，別這樣，我不想懷孕，真的，我不能在比賽前出任何差錯。」

我這一急，急出了眼淚，搥打他的前胸，我抱怨著：「你怎麼能這樣……你既然要讓我參加比賽，你就不能再忍忍嗎……嗚……我是那麼努力，你應該知道我根本不是青煙的對手，為了你，我故意挑釁幽幽，希望能在跟幽幽的戰鬥裡累積經驗，而你……卻以為我在玩……嗚……你到底有沒有良心啊……」幾日的積怨讓我成了一個怨婦，在哭天身下抽泣著，這傢伙太沒良心了。

「對不起……」耳邊傳來哭天沙啞的聲音，他俯下身體，撫摸著我的臉龐，溫柔地親吻著我滴落的淚水：「我誤會了，我以為妳……對不起，雪……」

「嗚……你知道就好……」我擦著眼淚，他輕輕扣住了我的手腕，仔細地親吻著我手背上的淚水。「其實……我已經知道了……我會努力成為狐族……向青煙發出挑戰的……」我哽咽著：「就算輸了，我也會和你在一起的……」

「雪……」叟天深深環抱住我，讓我貼近他的胸前，我環抱住他的後背，認真道：「所以你就再忍忍，好嗎？」

他緩緩撐起身體，深沉地看著我，他的臉漸漸變得認真，視線定格在某處，似乎在算計什麼，我不知道他在算計什麼，但心裡毛毛的感覺讓我有種不祥的預感。

忽然，他揚起了笑容，看得我渾身一哆嗦。他的手忽然放到我的腰間，扯去了那裡的衣結，我急了：「你怎麼就不明白呢，你們男人不怕，但我怕。」

「妳怕什麼？」他壞笑著，被子裡的手開始不安分地撩開了我的衣衫，觸摸我的肌膚。我扣住了他的手，疑惑地看著他，他強行突破我的鉗制，在我耳邊低語：「我算過了，妳最近是安全期……」

「啊！」我頓時怔愣地無法動彈，如同一個人偶，任他擺佈。他剛才那片刻的認真原來是在算這個！無語啊……我自己都糊裡糊塗，而他卻如此清楚！

「雪……我好難受，就一次，我保證……」他近似催眠地在我耳邊輕聲哀求，那沙啞又魅惑的聲音撫弄著我的神經，讓我漸漸沉淪，最後迷失在他的愛撫中……

是誰說只有一次的？是哪個混蛋！快站出來！讓我××〇〇外加SM！

我淒慘地趴在床上，後背上壓著某人，他緊緊地抱住我的身體，不讓我離開床。

嗚……我下次一定要在上面！我要做女王攻！我要讓他在我下面苦苦哀求，求我饒命！為什麼同樣是人，女人就跟男人的力氣就差這麼多！

我用盡最後的力氣才翻過身，推開身上的重物，他倒落在一旁就攬住了我的身體，還發出了一聲抗議：「妳今天又不用取聖水，這麼早起來幹嘛？」

「你騙人，你欺負我，明明說好只有一次的。」

「小傻瓜，沒聽說過明日覆明日嗎？我自然是一次又一次，一次何其多……」他嘟囔著說道，話語裡帶著他的疲憊，始終沒有睜開的眼睛在眼皮下輕微地跳動。

氣死我了！

「好了……別生氣了……」他緩緩掰過我的臉，睜開眼微笑著看著我，「下次讓妳在上面。」他討好地對我說著，當我看到他溫柔的眼睛時，心中的怨氣立刻煙消雲散。

我果然是垃圾，只是被他溫柔地看著，就臣服了。

他抱緊我，讓我枕在他的頸窩：「從今天開始，又不知有多少天不能見面了，對不起，為了成全我的自私，讓妳累到了。」他輕撫著我放在他胸前的手，輕吻著我的額頭。

一時間，我沉浸在他的柔情和寵溺裡，第一次，那麼清晰地感覺到他的存在、他的身體、他的溫度、他的聲音、他的味道。一切都是那麼地真實，他確確實實就在我的身邊，愛我、親吻我、擁抱我。我忍不住抱緊了他，好捨不得離開他，今天就要下山了，不能再久一點嗎？如果每天都能這樣睡在他的身邊，枕在他的手臂上入眠，一定好溫暖，一定能擁有一個好夢吧。

「怎麼了？」他輕柔地問著，捧起了我埋在他頸窩的臉。

我躲了起來，忽然覺得有點不好意思。

「雪？怎麼了？生氣了？」他有點急了，使上了力，想將我的臉強行挖出。

「嗯～人家捨不得你……」我越發躲了起來，真是不好意思，第一次對他說這麼肉麻的話。

「雪！」他好像有點激動，更加擁緊了我的身體，「我好高興，妳能這麼說，我真的好高興！」我覺得奇怪，難得我主動一點，值得讓他那麼激動嗎？

「一直以來，妳總是對我忽冷忽熱，我真的猜不透妳的心思，心裡好怕再次失去妳……」他抱住我，在我的耳邊吐露心聲：「我好怕妳知道我恢復了記憶就會再次離去。我想，只要裝作失憶，裝作不愛妳，就能讓妳留在我的身邊，可是我又忍不住想要妳，我一次又一次地強迫妳，可是每次醒來我都很後悔，也更加害怕失去妳，我無法想像失去妳，我的世界將會變成怎樣！雪……妳知道嗎？我甚至愚蠢到希望能用自己的身體來留住妳，只要妳喜歡我的身體，就夠了……」

天哪，他居然會有這種想法，心裡泛出了酸楚，他原來是這樣地愛我，需要我……

「我好傻是嗎？像個女人……自己都因為這樣的想法而覺得無助和無奈。雪，太好了，原來妳什麼都知道，雪……如果妳這次輸了，我就會跟妳離開這裡……」

「什麼？」我揚起了臉，看到他堅定的神情有點生氣，「不行！我這麼做就是為了讓你繼承幽國的王位，你怎麼可以輕易放棄！我說了，就算我輸了我也不會離開，我可以連名分都不要跟你在一起。」當然，前提是你允許我四處遊歷，就怕這小子不放我，所以我索性連名分也不要了，沒有名分，毘天就管不到我，嘿嘿嘿嘿。

「不行！」毘天當即拒絕，心虛了一下，不知是不是他猜到了我的心思，只見他嚴峻道：「那青煙呢，這對她公平嗎？」我沉默了，如果我輸了，青煙就要和昊天成親，而天的心裡根本沒有青煙，這對青煙無疑是一種折磨。

成全了我們，卻犧牲了青煙一生的幸福，為何兩全其美是如此困難……

在起床的時候，我綁上了沙袋，叟天看著沙袋，顯得很是驚訝：「妳一直都帶著這個？」眼裡帶出了他的心疼，算他還有良心。

我笑著：「這是最能提升腳力的方法。」說完，我還在他面前跳了跳，「現在我綁著五斤的東西都不覺得重了呢。」我很是驕傲地看著他，就像一個小孩子在炫耀自己有多麼多麼厲害。奇怪的是，他的神情卻漸漸黯淡下去，還將我緊緊擁在懷中：「對不起，我一直不知道妳這麼努力。」聽他這麼一說，我反而不好意思起來，便一扭掙脫他的懷抱，然後做了個鬼臉：「呃……我先走了，別讓別人發現你哦。」彷彿是不可告人的地下情，我將他趕回自己的房間後才安心離開。不過在離開這裡前，我有幾件事要做，就是去跟三頭洛威拿和白蛇告別。

其實比起我，三頭犬更捨不得的自然是小妖，小妖早已將三頭犬玩弄於自己的股掌之間，不會再出現被三頭犬壓在身下的局面，而是高高地站在三頭犬的頭頂，發號施令。

至於白蛇就慘了點，當然，在這裡大家都叫牠白龍。我去的時候，正好冥聖帶著一個白衣中年男子進入玄門，我躲在門外，探出腦袋往裡面偷偷觀瞧。

只見白衣中年男子的肩上站著一隻湖綠色的狐狸。我覺得奇怪，這狐狸的毛怎麼是綠色的，難道是染上去的？

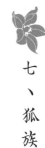

我下意識看了看小妖，心想狐狸染毛可能是這裡的時尚，要不也給牠染染？

小妖似乎沒意識到我想把牠染成七彩的邪惡念頭，兩隻黑豆般的眼睛緊緊盯著那隻綠狐狸，一種挑戰的慾望在我的心裡油然而生，這慾望自然不是我的，應該是小妖的，看來牠跟這隻綠狐狸似有什麼瓜葛。

「白龍的狀況很讓人憂慮，牠已經不會再蛻皮，之前的飲食也很正常，何以現在會變成這樣？」白衣的中年男子唉聲嘆氣，儘管他是為白龍看病，但靠近白龍的時候，卻是小心翼翼。

「是啊，怎麼會變成這樣。」冥聖站在一米之外，納悶地看著白龍，忽然他眼中閃過一絲疑惑，「難道是她？」

「誰？」

「天機，自從她來了，白龍就變成這樣，難道她給牠吃了什麼？」

嘖！居然懷疑我下毒！我才沒那麼無聊呢。

心裡有點火，正巧冥聖回眸的時候，視線掃向門外，與我對了個正著，他立刻沉聲道：「天機，妳到底對白龍做了什麼！」

他一聲質問，引起了邊上神醫的注意，他也朝我這邊望來，用一種審視的目光看著我。我不慌不忙地走了出來，小妖也緊緊跟在我的身後，而就在這時，我發現那個神醫的臉上帶出了驚訝，而且他身上的那隻綠狐狸立刻露出了鄙夷的神情。自從跟小妖在一起，對狐狸的表情瞭若指掌。

「妳就是小妖的契約者？」神醫看著我，詢問著。

我點了點頭，大剌剌走到白龍身邊，踢了踢牠，這個我七天一直做的動作，卻讓一旁的神醫和冥聖都倒抽了一口冷氣。他們害怕的反應讓我覺得奇怪，我臭屁道：「你們在怕什麼？牠不過是條膽小的蛇。」

「蛇？」冥聖幾乎是喊了出來，「妳居然以為牠是蛇？牠可是異獸白龍！」

「龍！」我也嗓門大了起來：「你當我文盲還是瞎眼啊，龍有腿的好嗎！至少四腳蛇也比牠更像龍！」我今天就像吃了火藥，不再啞忍冥聖連日的囂張，給以反擊。

一道火花在我和冥聖之間爆裂，臭老頭，我忍你很久了！

「哈哈哈……」在我和冥聖大眼瞪小眼的時候，神醫居然笑了：「小妖的契約者果然與眾不同，那請妳告訴我，牠為何現在變得如此？」

對於白蛇，我也頗感內疚，看著奄奄一息的牠，我輕輕地走到牠的身邊，在牠的「耳朵」邊上溫柔低語：「小白，我今天就走了，其實我不是真的要嚇唬你，我是因為喜歡你，才想跟你鬧著玩的。」小白的眼中漸漸有了光彩，琥珀的眸子裡漸漸出現了那條黑黑的細線。

「我不知道你會這麼膽小，下次我不會再嚇你了，也沒下次了，再見，我會想你的。」小白漸漸蜷起了身體，看得邊上的冥聖和神醫都大吃一驚。

「妳跟牠說了什麼？」神醫疑惑地問道，我笑了笑：「祕密。」

其實我也沒想到，自己不過是跟小白誠心道歉，就喚回了牠往日的風采。小妖也得意洋洋地站在立起的白蛇上，看得那隻綠色的狐狸驚訝無比。

如此看來，小妖在狐族裡可能處於下階，是不被看好的狐狸，否則綠狐狸也不會在一開始看見牠時，露出輕蔑的神態。與此同時，冥聖看我的眼神也變得漸漸深沉。他終於正視我了嗎？

神醫的好奇心很重，直到我離開他都一直跟著我，他是個俊雅的男子，看起來也就三十五歲左右，不過相對於這個十六歲就成熟的年代，說他是中年男子也不為過。但在我們那個世界，這個年紀正是男人味最吸引人的時候，可說是搶手貨。

我下山，他也跟著下山，我疑惑地看著他，他對著我微笑。小妖昂首挺胸走在我們後頭，那隻綠色的狐狸恭恭敬敬地跟在牠的身後。

終於，我忍不住停下腳步，歪著腦袋看他：「大叔，你為何要跟著我？」

那男子愣了一下，似乎對我稱呼他為大叔有點不開心，他露出一個淡淡的笑容：「姑娘走的是與我同一條路，我並未跟著姑娘。」

「是嗎？」根據我的記憶，去幽夢谷只有一條路，他跟著我，難道也去幽夢谷？我於是問道：「大叔也去幽夢谷？」這回換大叔的臉上變得疑惑：「幽夢谷？這是去狐族聖地的路啊。」

「啊！」我大吃一驚，看了看，貌似……好像……可能……是我走錯了門。

剛才從玄池出來的時候，我憑著上來的印象尋找下山的門，沒想到走錯了門，也就走錯了路。黑線畫滿臉，想要回去嘛，但又想既然走錯了，就不如去狐族看看。於是我乾脆笑了：「那我就去看看狐族，大叔，不如你帶路啊。」帥帥的大叔笑了笑，走在了前面。

剛出門的時候，尚未發現路不對，現在越走就越發覺和去幽夢谷的路不相同。

幽夢谷在地平線以下，上下的溫差導致了水氣的形成，但這裡只有一段下山的路，之後便是平坦的草地，廣闊的天際是清晰可見的白雲，兩旁是常青的松林，滿地的綠草已經變得枯黃，上面沾著殘雪，斑斑駁駁倒也有種荒蕪的美麗。

不知為何，越走越有種熟悉的感覺，草坪的路也越來越窄，形成了一條夾在兩邊樹林之間的草路。當面前出現一座巍峨的大山時，神醫停下了，他指著自己左邊的一片樹林道：「那裡就是狐族聖地了。」我看了看，此處有不少衣著鮮豔但卻是一色的人走來走去，身邊都跟隨著一隻狐狸。

狐狸的顏色也是繽紛奪目，越來越覺得小妖的銀白很是單調。此刻，正有狐族人不斷地從樹林裡湧出，走向對面，神醫疑惑地嘟囔道：「怎麼今天這麼奇怪？」正說著，有人看見了神醫，上來連忙打招呼：「你可回來了，出事了！」

「出事？」

「哎！又是那個幽幽，這小丫頭今天居然闖進禁林了。」說著，他就指向對面，我也順著他的手望去，在看見他所說的禁林那一刻，我瞬即怔住。

只見那樹林陰暗晦澀，薄薄的詭異霧氣繚繞在樹林之間，陰森的氣息不斷湧入我的脖頸，讓我渾身戰慄。

突然，一切變得寂靜，整個世界彷彿只剩下我一個人，獨自站在那片神秘的樹林之前。

「啊——」一聲尖銳的女人的尖叫劃破了我的耳膜，帶出了耳鳴。

我慌忙捂住了耳朵，冷汗從額頭冒出。周圍再次恢復喧鬧，身邊是神醫漸漸清晰的呼喊：「天機！天機！天機妳沒事吧！」胸口猛然收緊，緊得無法呼吸，沉悶的心跳震破了我的心肺，我晃了晃腦袋，努力保持自己的清醒：「我沒事……」

這種感覺很強烈，強烈得讓我情不自禁地想進去探個究竟，那塊神秘的禁地到底隱藏了什麼祕密！我深吸一口氣，看著那昏暗的樹林，問神醫：「幽幽在裡面？」

「嗯，怎麼妳們認識？」我點了點頭：「有人去救她了嗎？」

神醫眉頭緊皺：「那裡是禁地，不是族長誰都不能進。」我和神醫邊走邊談，「而且，那裡面很危險，基本上都是有去無回。」心頭一緊，為裡面的幽幽捏了一把冷汗。

轉眼就到了樹林的面前。此番我與樹林只有幾步之隔，強烈的熟悉感驅使著我想進去的欲望，這地方，不就是我幾次夢到的地方嗎？

蝴蝶飛，蜻蜓追，兩情相悅比翼飛……我還記得在夢裡，有個女人是這麼唱的。

「來了，族長來了！」人群開始散開，原本的騷動也漸漸停止。

在人和狐狸散到兩旁的時候，有個白鬍拖地的老者，拄著一根狐頭拐杖走了過來，在他的肩上是一隻金色的狐狸，這隻狐狸渾身金色，就連眼睛都是金燦燦的琥珀色，霸氣而威嚴的站著，威風凜凜。而老頭的身旁是一個銀髮青年，青年銀髮過腰，飄然地隨著他的走動而輕舞，在他的右肩上是一隻銀白色的狐狸，我下意識地看向小妖，卻見牠慌忙躲到了我的身後，牠在害怕，牠在怕什麼？那個應該是族長的老者走到林前，邊上的族人立刻都行禮，齊聲道：「族長！」

「嗯！幽幽是不是進去了！」

「是，族長。」神醫站了出去。

「聶綸，你回來了？」

「是的，族長，幽幽的事最好在冥聖知道前解決。」

「嗯，正是。」族長愁眉不展，一臉的皺紋都變得明顯。

「父親。」那銀髮男子站了出來，「就讓孩兒進去救聖女吧。」

聖女？難道幽幽是下一屆聖女？我在【天機閣】看過，溟族選出的聖女成為幽國的未婚妻後，就已經不再是聖女的身分，所以溟族會選出新的聖女。

天機閣不僅僅是消息集中地，也是各國的資料庫，可惜日子太短，又太忙碌，我沒能好好了解。

「不行，糜塗，你不能涉險，你是下一任族長，絕對不能有任何意外！」

「父親，沒有比我更合適的人選……」

看著他們父子情深，七嘴八舌，我輕輕拍了一下身邊的神醫，淡淡道：「我去吧。」神醫驚愕地看著我，沒等他阻止就閃身飄進了樹林。

小妖躍到了我肩上，昂著腦袋在空氣裡嗅著。

「怎麼？找幽幽？」小妖點了點頭，繼續嗅著。

我提鼻子聞了聞，這空氣裡帶著淡淡的香味，這香味很熟悉，好似在哪裡聞過，卻又一時想不起來。但我可以肯定，這看似簡單的香味裡參雜著有毒物質，我想這應該是他們不敢貿然進來的原因，因為這樹林裡，有毒霧！長期的適應，已讓我不會再碰到毒物的時候就反胃嘔吐。

我戴上了斗篷的帽子，黑色的連帽斗篷，讓我看上去更像個巫師，小妖忽然躍到了地上開始奔跑，我緊緊跟隨，在嗅覺上，我依舊不如小妖。

白茫茫的霧裡辨不清方向，小妖白色的身影在霧氣裡更是難以分辨，若不是我緊緊跟著小妖的氣味，只怕早已失散。

腳下突然絆倒了一樣東西，我撲倒在地，地上的石子瞬間擦破了我的皮，有點疼。小妖站在我的身邊，指著一旁，霧氣漸漸散開，我看見了倒在地上的幽幽。

「幽幽！」我慌忙扶起她，給她塞入了解藥（在幽夢谷做了好幾瓶）。

「幽幽，醒醒！」我晃著她，她漸漸有了反應。

她的腦袋搖了一下，緩緩睜開眼睛：「我……怎麼是妳！」她瞪大了眼睛，一臉的不可思議。

「我是來救妳的。」

「妳來救我？」她推開了我，戒備道：「妳有什麼目的？想討好我？」

這小丫頭，真是狗咬呂洞賓，不識好人心。不過我不怪她，先前是我一直故意挑釁她，她現在這樣的反應也在情理之中。

我立刻認真道：「我跟陽沒關係，之前是故意逗妳，想跟妳打架。」

幽幽眨巴著水汪汪的大眼睛，少了戒備，多了疑惑：「為什麼想跟我打架？妳好奇怪哦。」

「妳難道不覺得在跟我比試後，咒術有所增長嗎？」

「好像……是啊，我明白了，要實戰才有所進步，原來妳是在幫我！」幽幽變得興奮起來，還握住了我的手。看來這誤會大了，也罷，一時也解釋不清，忙道：「這裡危險，我先帶妳出去。」

我拉起她就走，一路上幽幽總是瞟著我拉著她的手，有時我也會感覺到她在我身後偷偷看我，然後她就會走近我身邊，一臉崇拜地看著我，連珠炮一般問著：「妳怎麼找到我的？妳怎麼沒中毒？這裡這麼多霧，妳怎麼知道出口在哪裡……」

當她問完的時候，我們的面前也已經是出口，我沒有回答她任何問題，只是道：「妳出去後就告訴他們不用救我，我進去還有事。」

「什麼事？」幽幽兩眼發光，一副打死都要跟著我的賴皮樣。

我立刻沉下臉：「私事，如果妳不乖乖出去，我就不告訴妳陽喜歡什麼。」這招果然管用，在好奇和愛情的面前，單純的幽幽選擇了後者，她嘟著嘴，萬分不情願地走了出去，然後我就聽到一片驚呼聲。

「出來了！出來了！」

「怎麼只有妳一個人！」

「非雪姊姊說她還要辦點事情，晚點出來。」

「那姑娘還在裡面！」這聲音是族長，「這太危險了！」

「一點都不危險。」幽幽驕傲地說著：「非雪姊姊可厲害了，一點都不怕毒霧，給我吃了解藥，我就醒了，連我也不怕了，而且她在裡面都不會迷路，像自己家一樣。」幽幽讚賞的話讓我一陣得意，但心想還是搞清楚那個夢比較重要，後面的談話也就沒聽。

越走越深，憑著感覺往裡面深入。

四周變得安靜，靜得只有我踩在草地上發出的沙沙聲，漸漸連那沙沙聲也不復存在。

腳下變得一片潮濕，我好像踩在了水裡，可奇怪的是，我並未覺得寒冷，那水彷彿沒有任何溫度，只給了我濕濕的感覺，好像存在，又好像不存在。

小妖躍到了我的肩膀上，牠和我一樣被眼前的白茫茫的世界所疑惑。霧漸漸散開，眼前變得豁然開朗。但就在我看清楚眼前的大湖時，我驚訝地僵立在原地，我看到的，居然是倉月湖。

我訝異地看著面前的倉月湖，周圍的世界變得真實，我甚至可以清晰地感覺到倉月湖暖暖的湖風，四周的空氣變得溫暖，就連遠處畫舫上的絲竹都清晰可聞。

就在我大惑不解的時候，突然眼前從上而下滑過一個人影，「碰！」一聲，就墜落在我面前的湖裡，濺起了高高的水花。我下意識地舉起了手，擋住水花，可奇怪的是，我絲毫沒有被濺濕，確切的說，沒有一滴水落到我的身上，這實在太詭異了。

仔細地看了看周圍，才發現自己居然就站立在湖面上，而清澈的湖水裡，正有一個女人在拚命掙扎。她似乎不熟悉水性，姿勢難看地向上揮舞了一陣子，又咕咚咕咚的吐了幾個泡泡沉了下去。

這個女子很漂亮，即使她的五官因為害怕而扭曲，但也扭曲得十分美麗，不像有些人，不扭曲也能嚇死人。

她身上穿著十九世紀中葉流行的洋裙，頭髮燙了捲，藍色的髮帶將瀏海與長髮分離，看上去像個精緻的洋娃娃。

我一下子懵住了，這到底怎麼回事？難道是我的幻覺？正想著，前方的畫舫上突然躍下一個男人，他正朝這邊游來。那男人穿著深藍的長衫，在淡藍的湖水裡顯得尤其顯眼。他很快游到了女人的身邊，一手勾住了她的脖子，開始往回拖。

這個場景說不出的熟悉，但一下子想不起來在哪裡見過，為何會如此熟悉？

忽然腰間彷彿被人拽住，被拖了起來，我被用力地拖著，跟在那一男一女的後面，他們上了船，我也跟著飛上了船，然後站定在甲板上，我就像一個靈魂，沒有人察覺我的存在，我就那樣看著別人穿過我的身體，忙前忙後。

一時間，我被這種穿透術迷住了，很有趣，我就站在那些人的面前，然後他們穿過了我的身體，我甚至沒有任何感覺，我想，我應該是進入了幻境，那片樹林裡可能有的不僅僅是毒物，還有高深的幻術。陷入幻術的人，除非找到出口，否則將永遠困在裡面，直到死去。

想到這裡，方才那份玩心已經全無，危機感讓我渾身冒出了冷汗，我必須找到出口，離開幻境。可這個環境到底為了說明什麼？我不妨再看看。

只見畫舫上的人忙忙碌碌，在那些忙碌的身影中，只有一個人靜立在甲板上，白色藍邊的長袍，腰間的藍色絲帶隨著湖風輕輕飄揚。我走到這人的面前，頓時被他的五官所吸引，他的眉宇間是說不出的熟悉，總覺得在哪裡見過。

正想著，一個青衣男子走到他的身邊，一邊整理著衣衫，一邊道：「你眼睛真尖，我都沒看見有人落水。」

我看著這個青衣男人，正是方才救那個女人的男子，此刻他已經換上了乾淨的衣服。方才時間太緊，也沒仔細觀瞧，而此番走近一看，又很熟悉。心裡總覺得怪怪的，總覺得這兩個男人，和那個女人，以及方才的場景，都覺得在哪裡見過。

佇立在甲板上的男子輕搖摺扇，露出一抹諧趣的笑容：「你猜她是從哪兒來的？」

「不知道，服裝很奇怪，不像是我們這裡的。」青衣男子蹙眉深思，眼中帶出一絲憐惜，「可憐的姑娘，差點就淹死了。」

「奇怪？」

「她真的可憐嗎？水酇，你不覺得奇怪嗎？」

「水酇！」我驚呼出口，這個青衣男子居然是水酇！現在我再看他，越看越覺得和水無恨相像，既然他是水酇，那麼剛才那英雄救美的美人，難道是——柳月華！天哪，那我面前這個眼熟的男人就是拓羽的老爹：拓翼！

頓覺天旋地轉，這到底怎麼回事？無論是電視裡還是書裡，幻境都是根據本人的潛意識或是記憶製造出來的攻擊其自身心理弱點的幻覺，絕不可能出現穿越時空這種現象。

我呆立在他們二人之間，兩人的對話清晰地飄入我的耳朵。

「你不覺得可疑嗎？她墜落的地方既無懸崖又無水岸，甚至連船隻畫舫也無，那她到底是如何，又是從哪裡掉下來的？」

「是啊。」水酇擰緊了雙眉，英俊的臉上佈滿疑雲，「除非……是從天上，但這怎麼可能？」

水酇不由得笑了起來，那笑容裡，帶著幾分自嘲。

「哈哈哈……」拓翼大聲笑了起來，拍了拍身邊的水酇，「你啊，一點想像力都沒有，為何不可以是從天上掉下來的？你看她的服飾與我們完全不同，說不定真是天上的神女呢？」

「神女……她的確很美……」水酇的雙頰迅速飛過兩朵紅雲，被身邊的拓翼當即捕捉，揶揄道：「怎麼，那神女讓我的冷面大將軍也動了心？」

「皇上……」

「呵呵呵，不說了不說了，我們去看看那神女吧。」

說著，拓翼笑著輕搖摺扇走在了前面，後面跟著已經紅透了的水酇。

嘿，有趣，我怎麼也沒想到那個老奸巨猾的水酇年輕的時候也這麼純情，到底是幾時成了那個令我害怕的水酇？現在看上去，他似乎跟拓翼關係不錯，說話時候的語氣也像是朋友，看來問題的關鍵，還是在柳月華身上。

正想跟著他們，突然身旁的景色變換，居然變成了一個花園，花園裡飄著清新芬芳的香味，我聞出來了，就是我剛入林子的那個味道。仔細一看，眼前是滿眼的白色，在這花園裡，種的全是相思花。原來那香味，是相思花的香味。

「月華——妳慢點——」

在白綠交加之間，傳來男女的歡笑聲，放眼望去，一男一女正在相思花海之間追逐嬉戲，男的正是水酇，而那女子，穿著一身翠綠的長裙，鵝黃的短襟，小巧玲瓏的身姿卻有著迷人的曲線，那張粉嫩的笑臉更是風華絕代，是她，柳月華。

「好一朵美麗的相思花，好一朵美麗的相思花……」柳月華站定下來，手拈相思花輕聲歌唱，那婉轉如同百靈的歌聲讓水酇不由得停下了腳步，閉目凝聽。

好一朵美麗的相思花……我無語，又是一個剽竊犯。

根據柳月華當時的穿著，和現在所哼唱的民歌《茉莉花》（《茉莉花》前身發源於南京，早在民初就在南京唱響了），估計應該是民國時期留洋的大小姐。

這個世界和我們那個世界分隔的結界是不是出現了漏洞？怎麼這麼多穿越者！好吧，那個結界估計已經被穿成篩子了。無奈地翻了個白眼，視線掃過某處，瞟見了一個白色的身影，是他，拓翼。他正靠在牆跟下的柳樹邊，凝視著相思花叢中的柳月華，眼神漸漸變得熾熱。

這難道就是導火線？

面前的景物漸漸變得黯淡，如同薄霧般慢慢消散，眼前似乎閃過一個豔紅的身影，清醒時，已經再次回到了白霧迷茫的林中。現實與虛幻的交替，讓我變得迷茫，腳下濕濡的感覺變得清晰，有東西在拽我的褲腿。我低頭看了看，原來是小妖，牠正用力拖著我。我想離開，頭卻是一陣暈眩，一股強烈的疲憊感侵襲了我的全身。眼前冒出了金星，手腳也變得虛脫無力。

好累，奇怪，怎麼會這麼累？眼皮沉重得無法抬起，就像背了千百斤巨石讓我無法站立。又是一抹豔紅滑過眼前的湖水，我疲憊地睜開眼睛，卻依舊是白茫茫的世界，可能是自己的幻覺。

太奇怪了，這林子確實不能久留。我抬腳離開了湖水，由小妖帶著，離開禁林。在快到出口的時候，我再次回望，這個林子到底要告訴我什麼？為何我會看到柳月華的生平？

他們最後到底變成怎樣？柳月華又是怎麼死的？心裡犯著嘀咕，為何自己只看見了部分？是因為身體的異常嗎？自從進入那個詭異的湖泊，看了柳月華的經歷後，就倍感疲憊。

「出來了！出來了！」眾人都圍了上來，讓我一下子覺得不適應，方才是死一般的寂靜，現在四周都是雜亂的人氣，感覺自己走了遭地獄，再次回到人間。

華麗的人影出現在眼前，冥聖居然也來了。他看見我的時候臉上帶著怒意，但隨即他深深嘆了口氣：「哎……出來就好，本該治妳私闖禁林之罪，不過看在妳救了幽幽的分上，功過相抵，快回去休息吧。」

「是……」我實在懶得說，不知為何，那林子讓我感到了史無前例的疲憊，甚至連挪動一下腳步都不想。

「非雪姊姊妳沒事吧，太好了。」幽幽開心地挽著我的胳膊，忽然，從她的身邊伸出了一隻華麗的手揪住了幽幽的耳朵，痛得幽幽尖聲驚叫：「啊——！」

「我有說放過妳嗎？若不是天機，妳早死在裡面了！」冥聖的臉陰沉著，現在的他一點也不美麗，而是相當地可怖，「給我回去接受懲罰！」

心裡寒了一下，發現冥聖總喜歡懲罰別人，真不知他和昊浩然在一起，是不是玩ＳＭ？心裡稍稍同情了一下小然同志。

「族長，對不起，幽幽又給您添麻煩了。」冥聖換上笑容，向狐族族長致歉。狐族族長摸了摸長長的鬍鬚，微笑道：「只要沒出事就好了，也是我們守護禁林不力，今後會增派人手，不會讓任何人進得了禁林。」

「那就有勞了，對了，族長，明火節快到了，族長也好提前做好準備了。」狐族族長笑了起來，我發現不止族長，在場的年輕狐族都笑了起來，並且臉上都帶著可疑的紅雲。

雙腿有點乏力，自己似乎無法再堅持站立，悄悄挪到一旁，靠在了樹上。

「明白明白，到時冥聖你可也要多多關照啊。」

「哈哈哈，自然自然。」

兩個老頭笑成了一團，越看越覺得可疑。等雙方的人都賊笑完，冥聖看著我，說道：「走吧，天機。」我立刻討饒：「我走不動。」

冥聖看我的疲憊不像是裝出來的，然後他扭頭看了看禁林，眼睛瞇了瞇，似乎看出了端倪。

「不如讓這位姑娘在族內休息一晚再走吧，也好感謝她替我們救出了幽幽，彌補了我們的過錯。」

冥聖再次看了看我，此刻我的額頭已經開始冒出冷汗，視線也漸漸渙散，幾度昏倒，朦朧中聽見他好像說了一聲：「也好……」冥聖柔柔的聲音好似斐喻，眼前出現斐喻哄我睡覺時溫柔的笑容，不由得閉上了眼睛，找周公打牌去了……

「蝴蝶飛，蜻蜓追，兩情相悅比翼飛……望雁飛，盼人歸，看穿秋水卻不回……不回……」

我緩緩地睜開眼睛，水濛濛的世界光怪陸離，彷彿睡了很久很久，久得身體都不再聽意識的使喚。

眼前似乎有個人影，他靠得好近，好近，我可以感覺到他在我面前呼吸，淡淡的麝香遊走在我的鼻尖，隱隱約約看見了他黑色的眼睛。

「小妖的契約者真奇怪，睡著了也唱歌……」朦朧中我聽到他的聲音，這聲音，我聽過……

「是你……」視線漸漸清晰，我看見了他銀白的頭髮，我記得他好像叫麋塗……

他露出了微笑：「妳醒了？」一隻銀白的狐狸爬上了他的肩頭，但卻不是小妖。

我坐了起來，看了看周圍，像是我們世界的窯洞，但卻溫暖乾淨，更沒有怪異的氣味，石壁被打磨得光滑閃亮，青銅的壁燈都是一隻隻精緻的狐狸，而那石壁上更著有色彩絢麗的壁畫。我躺的地方，是一張白玉石床，玉石很是暖和，一點也不覺得寒冷。

「我在狐族聖地？」

「是啊，妳在我家，父親說要好好招待妳，雖然妳現在禁足，但冥聖同意妳今晚留在這裡休息。」麋塗起身，端過一盤水果放到我的面前：「先吃點，晚飯還有一個時辰。」

被他這麼一說，我還真覺得餓了，不客氣地拿起一個蘋果就啃，邊啃邊問道：「小妖呢？」

「正在接受族長的訓斥！」

「什麼！」我立刻跳下了白玉石床，麋塗卻伸手攔阻：「姑娘不可衝動，父親不會為難小妖。」

「不會？你怎麼知道？」我急了，我想起了斐崳的話，神狐不得與外族人訂立契約，否則將會受到懲罰，「小妖沒有違反你們的規定，牠是因為要救我，真的！牠是為了要救我，我當時快要死了，小妖才與我訂立了契約，你們不要罰他，要罰就罰我！」我焦急得語無倫次，不知該說什麼才能讓小妖避免懲罰。

「哈哈哈……」門外忽然傳來朗朗的笑聲，我訝異地看向門外，只見狐族族長長鬚飄然地走了進來，身後灰溜溜地跟著小妖。而就在這時，奇怪的現象發生了，麋塗肩上的銀狐立刻躍到了地上，威嚴地走到小妖的面前，小妖立刻後腿半跪，前腿伸直，匍匐在牠的面前，彷彿是在俯首稱臣，如此一比較，那隻銀狐顯然比小妖大了一圈。

就在這時，麋塗的銀狐忽然舉起了前爪，就狠狠地拍在了小妖的腦門上，「啪」一下，倒把我給打懵了。

只見那隻銀狐一下又一下打著小妖的腦袋，嘴裡吱吱喳喳似是在訓斥牠，讓我看得咋舌，那宛如父親一般的威嚴，相似的皮毛，難道小妖跟牠是親戚？

「小妖……是你狐狸的……」

「女兒。」

我的天啊地啊！麋塗淡淡的回答讓我吐血。我到現在才知道小妖有父親！到現在才知道小妖居然是雌性！

「麋塗，既然天機是小妖的契約者，那你就要以父親的身分好好照顧她。」

噗……又是一句讓我吐血的話，我乾笑道：「小妖雖然是你狐狸的女兒，但我就不用做你女兒了，呵呵……」他們狐族是什麼邏輯！

「呵呵呵呵……」族長拈鬚而笑：「天機有所不知，在這裡，身分是由神狐而定，你的契約神狐小妖是麋塗契約神狐老妖的女兒，那你就是他的女兒。」

麋塗在一旁慈祥地微笑著，貌似還真把自己當作了長輩，我一陣惡寒，帶著一個帥哥老爹，誰信？哭天非剁了我不可。

「雪兒今後有任何難處，都可以找爹爹我商量。」麋塗還真當回事了，一副慈父多敗兒的寵溺。

我一邊抹著再次冒上來的冷汗，一邊抽搐著嘴角：「那請問我……娘在哪裡？」麋塗的臉上立刻滑過一抹紅暈，偈促地垂下了眼瞼，乾咳兩聲：「為父尚未……成親……」再次暈倒，老天爺啊，我改變主意了，我不要做狐族了。

在這裡，神狐的壽命比契約者長，所以一隻神狐不僅僅只有一個契約者，但當身邊的契約者在世時，神狐絕對專一，待契約者往生之後才會再次選擇新的契約者，通常選取的過程會是幾十年，甚至上百年。所以也有傳說，是神狐在找契約人的轉世。

這裡什麼都聽神狐的，我忍不住好奇問道：「那……父親……」果然還是不習慣，「父親如果選母親是不是也要由神狐來選擇？」

「那不一定，不過我們會聽取神狐的意見，神狐與我們心靈想通，神狐之間彼此喜歡，一般牠們的主人也會相互喜歡。」糜塗認真地給我解釋著，一旁的族長頻頻點頭，眼中露出欣慰的神情，彷彿在感嘆自己有一個了不起的兒子。

我忽然在想，那萬一糜塗的神狐看上了一隻契約人為八十歲老太太的神狐，那難道糜塗會選擇老太太？不對，老妖有女兒，那就說明牠有妻子，但糜塗說尚未娶親，那很有可能老妖的妻子已經……這麼說，小妖是單親……真是可憐的孩子。

看來狐族有很多事情還需要我慢慢摸索和適應。既然族長在，就機不可失。

「族長。」我對族長恭敬地行禮，認真地說出自己的目的，「我想成為狐族，請問有何要求？」

族長的眼睛微微瞇了瞇，神情變得嚴肅，一旁的糜塗終於收起長者的姿態，垂首站在一旁。

「本來呢，像丫頭妳這種情況，是要通過非常嚴苛的考驗，但因為小妖是皇族……」

什麼？小妖還是個公主！

「既然小妖是皇族，那牠選定的契約人定然不是普通人。」

那麼說，就是不用考試了，心裡暗喜，嘴也不受控制咧開。

「既然不是普通人，因此，必須經過更加苛刻的考試，才能服眾！」

……一盆冷水將我澆了個透心涼，還以為有後門可走呢，搞了半天是考驗升級啊。

「那……」我的底氣有點不足，「那到底是怎樣的考驗？」

「就是……」狐族族長還賣起關子，加重了語氣，緊張一下石窟裡的氣氛，「就是！就是要戰勝妳的父親：麋塗！」

族長的話讓我的腦子嗡一聲炸開，我要戰勝的不是迷糊，而是麋塗！看他那銀髮燦燦，滿面紅光的樣子，就知道我和他之間的差距。可他畢竟是我的父親啊……這次我很高興能成為他的女兒，既然是父女，他沒道理不讓著我吧。

「女兒……」

「唉！」哇咧……我怎麼接得這麼順口，狂汗。

「正因為妳是我的女兒，並且是族長的孫女，所以在之後的比試中，我不會讓著妳，我要讓大家知道，妳是完全有實力成為狐族，並且是狐族的精英！」麋塗神色嚴肅地朗聲說道。

在我看來，這無疑是一塊又一塊巨石，將我砸醒：雲非雪，妳就別做夢了，在這個呆板的世界裡，人人都是那麼變態認真。以前總是痛恨自己那個世界的裙帶關係，鄙視那些靠關係、走後門的人，而現在，我卻又羨慕無比了。

「麋塗啊，你也別太認真了。」族長在一旁說著：「非雪畢竟不是溟族人，身上沒有慧根。」

無語，這莫不是說我天生駑鈍？

「父親，孩兒知道，也正因為這丫頭缺乏慧根，所以才更要努力修煉。」

這丫頭……這丫頭……你自己跟我差不多大好唄。

「那孩兒你就好好訓練這丫頭吧，她不能離開幽夢谷，你就跟著她去幽夢谷吧。」

什麼！還要跟我回幽夢谷？不要啊！這不是讓斐崳他們看笑話嗎？

「嗯，孩兒也是這麼想的，那就這麼決定了。」

一錘定音，我來到這個世界，就這麼多了一個跟屁蟲阿爹。

我的「爺爺」與我的「阿爹」直到吃晚飯的時候，還在討論我的訓練計畫，他們在一邊談得相當熱鬧，我一句都沒聽進去，此刻食物更為重要。

狐族聖地的天氣與幽國皇城一般冷，出了窯洞，立刻感受到北風的肆虐。夜晚的狐族聖地陰暗而詭異，窯洞與窯洞相隔甚遠，之間還有小小的灌木叢，給人的感覺就像我以前住的狼洞。

我站在自己的洞口，遙望著那片禁林的方向，心裡蠢蠢欲動。那裡一定有什麼是我必須要知道，而且必須要完成的。是的，那裡有什麼在呼喚我。第一次在心裡，萌生了一種莊嚴的使命感。

我開始分析為何自己會在看到那些幻境後，會虛脫乏力，應該不是體力的問題，根據魔幻小說以及仙俠小說，應該是我的精元被吸收，或者是我的元神受到了某些傷害。

那片湖一定有問題，它或許可以吸收人的生氣，或許會傷及人的元神，這裡應該涉及到法力的因素，大概正因為我是普通人，才會如此疲憊。但是，它並沒有傷害我不是嗎？它在我疲累的時候及時收住，讓我退出了幻境，但那之後的事情，我實在很想知道。

「那不是雲姑娘嗎？」身後忽然傳來驚呼聲，我下意識轉身，看到幾個人正朝我走來，他們都躲在厚實的斗篷裡，手上拎著隨風搖曳的紙燈。

「雲姑娘，妳好。」

「好，大家好。」我仔細看了看，原來是幾個青年男女，裡面還有神醫聶綸，神醫微笑著，走到前面成了眾人的發言代表：「丫頭，妳這麼冷的天在看什麼？」

「禁林。」我老實回答：「裡面很神祕，我很好奇。」

「是啊是啊，雲姑娘，那裡面到底有什麼？」年輕人立刻好奇起來，說話的時候還小心翼翼地看了看周圍，彷彿禁林在這裡是一個忌諱的字眼。

我笑道：「也沒什麼，就是毒霧沼氣多，所以對大家很危險。」

「嗯，對，進去就會暈呼呼的呢。」

「那裡面一點生氣都沒有，實在太恐怖啦。」

「還是雲姑娘有本事，百毒不侵。」大家你一言我一語地說了起來。

「小妖終於有了契約者，實在可喜可賀。」

我笑了：「是啊，可喜可賀。」

「雲姑娘妳要好好管著牠，牠實在太頑皮了，總是欺負我家卡修。」

「是嗎？」我來了興趣，想聽聽小妖的醜事。

「何止，還有我家的，牠就是欺軟怕硬，哈哈哈……」大家一下子聊起了小妖，而那傢伙此刻正接受牠父親的教訓，可憐的小傢伙，連飯都沒得吃。

忽然大家停了下來，充滿好奇地看著我，其中一個男子撞了撞身邊的女子，那女子又掐了一旁的男子，一下子打成一團，嘴裡輕聲說著：「你說。」

「還是妳說。」

「不，你來問吧……」

看他們似乎有什麼問題不好意思問我。

「呵呵呵……還是我來問吧。」神醫笑得慈眉善目，「他們是想問，雲姑娘可有心上人。」

「欸？」臉紅了紅，一下子被陌生人問這麼隱私的問題有點彆扭，只有微笑著點了點頭。

那群年輕男女立刻發出失望的哀嘆，一旁的神醫笑聲連連：「你們啊，就別想了，哈哈哈……」

「有就有了，那雲姑娘和心上人一起來參加明火節啊。」他們向我發出了邀請，我疑惑地問道：「什麼是明火節？」神醫在一旁解釋道：「明，即為日和月，日為男，月為女，火為愛火，在每年的第一個月圓之夜，就是明火節，單身男女就在那天祈求愛情的降臨，而相愛的男女就在那天祈求愛情的美滿。」

「哦～」經神醫這麼一解釋，我就明白了，也就是在幽國，正月十五那天就是情人節，「那明火城是不是也由此而來？」

「嗯，是的。」大家點著頭，有人道：「我們的祖先崇尚愛情，他認為獲得真愛才是最幸福美滿的事，所以他把皇城叫做明火城。」大家再次聊了起來，直到小妖跑出來喚我進去，大家才紛紛告別離去，並提醒我別忘了參加明火節。

沒想到，不知不覺已到了年底，心中忽然升起一種期盼，不知今年的新年會如何過，這畢竟是我在這個世界過的第一個新年，如果上官和思宇和我一起過年，那該多好啊。一絲遺憾滑過心頭，帶出了我的哀嘆。

再過七天就是大年三十了吧，不知斐崳會怎麼過。一想到斐崳，自然而然想到了歐陽緡，他到底何時才會勇敢地向前邁出一步？此刻是有心有力卻無膽，等到將來有心有膽卻無力的時候，歐陽緡就到一邊哭去吧。看來還是要幫他們一把，不然我看著都覺得憋氣。

晚上問起糜塗關於明火節的事，他的臉上浮起了紅暈，一不小心還說出了他的心願，就是在這次的明火節上，能找到自己心愛的人。

因為一不小心聽了他的願望，他立刻擺出一副父親的姿態，罰我回房睡覺。古往今來，父親都是如此，臉一板，然後沉聲道：「給我回房去！」

當然，我就像所有不聽話的子女一樣，沒有乖乖回房。在帥哥老爹就寢之後，我就帶著小妖再次出發，目的地：禁林。

八、柳月華

我將小妖抱在懷裡，這嚴寒的大冬天，把牠凍得瑟瑟發抖。到禁林口的時候，我把牠抱了起來，與她對視，認真地問道：「妳不後悔？」小妖堅定地點了點頭，我開心地笑了，想起小妖的性別，下意識地看向牠的下身，忽然「啪！」一下，小妖給了我一個結結實實的耳光，立刻鬱悶無比。無聲地將她抱回懷裡，跨進了禁林。

其實這有什麼？誰都好奇動物的性別，就算以前我買隻貓貓狗狗，也要看看牠到底是公還是母，犯得著打我嗎？更何況我跟牠是同一個性別，看看又怎麼了，居然打我！越想越氣，不過看在牠單親的分上，不跟她計較，這臭丫頭，一定是從小被老妖寵壞了，才這麼無法無天。

「啪嚓」，一腳踩進了水裡，氣悶地看了看腳下，一片漆黑，也看不清踩到什麼，再次抬起頭打算繼續前行，卻無端突然下起雨來。雨水打在臉上，冰冷刺骨，可奇怪的是，我居然沒有被淋濕。「轟隆」一聲巨響，帶出了一片光明，在我面前的，居然是一條街道：街道兩旁的樓閣是那樣的熟悉，不是東大街還能是什麼？再往前，就是我們【虞美人】的商鋪，我和上官以及思宇在蒼泯住了將近三個月，又怎能不熟悉蒼泯的一景一物？

懷裡鑽出了小妖，牠躍出了我的懷抱。落到了滿是積水的地上，雨點打在牠的身上，卻是直接穿過，在牠的下面打出了一個個小小的水暈，然後四散飛濺。

這豆大的雨點，這隆隆的雷聲，這空氣裡彌漫的泥土腥味，意味著此刻正是六月的夏季。

遠處有兩個光點越來越近，牠飛快地朝我奔來，我此刻就站在馬路的中央，那是一輛馬車，馬車在雨裡疾馳，車頭燈在風雨中搖晃，馬車的轆轆在道路上劃出兩道白色的水痕。

不出所料，馬車穿過我的身體而去，一股熟悉的吸力將我帶上了馬車，我和小妖坐在馬車裡，在我們的對面，竟然是水酇。只見他愁眉深鎖，整張臉比現在的天氣更為可怖，黑洞洞的雙眼裡，卻是一望無際的憤恨。他在氣什麼？他又要去哪兒？

他此刻身上穿的不是便裝，而是鎧甲，鎧甲上多是刀劍所劃出的痕跡，而他的左手臂正紮著繃帶，白色的紗布裡，是隱隱的血跡。看他這個樣子，似乎剛從戰場上回來，他難道是回家？也不像啊，一般將軍回府都是浩浩蕩蕩，專人迎接，他此刻的樣子，可以用狼狽和倉促來形容，難道他是偷跑回來的？逃兵？這可不得了！正想著，馬車突然停住，面前的水酇如同一陣風似的下了馬車，我也跟著下去，黑漆漆的夜空下，正是那扇讓我心驚肉跳的宮門。

水酇居然夜訪皇宮！眼前的景象是多麼的熟悉。這裡有著讓我心驚的經歷，有著讓我悲傷的回憶。一扇朱漆的大門，就此隔斷了姊妹情意，險些相殘。我緩緩走上前，撫摸著面前這扇幾出幾進的宮門，上官……妳現在可好？

「開門！開門！」水酇上前大聲地拍打著宮門，他就在我的身邊，我可以感覺到他心裡的憤怒，那「碰碰碰」的拍門聲更是壓過了雷電，在夜空裡響徹雲天。

「嘰呀——」宮門漸漸打開，從裡面探出一個腦袋，是個小太監，這個小太監很年輕，似乎只有十五六歲，可他那雙三角眼立刻讓我認出了他，是曹欽。

「水將軍，別拍了。」小曹子輕聲勸阻。水酇一怒之下推了一把曹欽，曹欽此刻只有十五六歲，細胳膊細腿哪裡經得住水酇這一推，當即急退兩步，險些跌倒，幸好被身後的侍衛扶住。

「你算什麼東西，給我滾一邊去！我要見皇上，我要接月華回家！」說著，水酇就要硬闖。一隊侍衛立刻攔住了水酇的去路，有人喝道：「水將軍，請注意您的身分！」說話的是個和水酇年齡相仿的青年男子，器宇軒昂，看他的裝扮應該是禁軍統領。

「阿酇！」那人放柔了口氣，「水姑娘是因為生病才入宮醫治的，你怎麼就聽信了那些傳言？皇上跟柳姑娘真的沒什麼！」那人說到此處已經是有點急了，幾乎是懇求水酇不要鬧事。

我看向水酇，他的眼神略微閃爍了一下，就怒道：「不是你未婚妻自然不會懷疑！月華有病在家養病即可，何須要送到宮裡！我要進去，我要見皇上，我要見月華！」

原來這時柳月華已經是水酇的未婚妻，不知什麼原因，柳月華進了宮，按照那統領的話，柳月華應該是進宮養病的，而從他們的對話裡聽出，似乎有人散播拓翼與柳月華有染的流言，才讓水酇這麼心急火燎地從前線趕回。

進宮養病啊……怎麼覺得跟我那時在宮裡養傷的情況有點像？

「水酇！你的脾氣怎麼還是這麼倔！你捫心自問，皇上可曾對不起你？你居然就相信了那些子虛烏有的謠言！你！」

「讓他進來吧。」熟悉的人影忽然出現在眾人的面前，一大群人紛紛跪下，只有水酇傻傻地站在雨中。

「參見皇上。」

拓翼一身白色繡著金龍的長袍，飄逸的身影彷彿是黑夜裡下凡的仙人，奇怪的是，雷雨在拓翼出現的那之後，便漸漸停止。

拓翼一臉冷然地站在水鄞的面前，沒有任何表情，但眼底是任何人都一目了然的失望，他抬手放在了水鄞的肩上，兩人四目對視。

良久，兩人就那樣彼此看著對方，沒有任何話語。

「你辛苦了……」拓翼淡淡地說了一句，水鄞隨即應道：「為國效命，是臣的職責。」沒有任何語氣，拓翼和水鄞的對話淡如白水，若不是之前我在畫舫上曾聽過他們的對話，不然肯定會認為他們兩個是陌生人，他們之間的關係，僅僅是君與臣。

「朕帶你去看月華吧，她的情況不大好。」

「是嗎……」水鄞的嘴角帶出一抹懷疑的笑，「微臣的未婚妻，讓皇上操心了，皇上對微臣的家人如此關照，微臣在外面拚殺也心甘情願了。」

水鄞的話明顯帶著警示，他故意將未婚妻三個字加重，再次提醒拓翼柳月華和自己的關係。拓翼再次嘆了口氣，轉身走在了前頭。

青雲散去，淡淡的月光撒了下來，那月光是如此的淒涼，我想，拓翼的心應該和這月光一樣，失望而悲涼吧。在他的心裡，是把水鄞當好友吧。而水鄞卻在懷疑他，那是怎樣的悲傷呢？

熟悉的石子通道，熟悉的假山灌木，一切的一切都讓我惆悵不已。

這裡，有我和上官及思宇的歡笑，有我對夜鈺寒的動情，有我與太后的智鬥，有我跟拓羽的同眠，有我被無恨的戲弄……這裡有我太多太多的回憶，和上官、思宇、夜鈺寒、拓羽，水無恨以及和太后的，他們交織在一起，成了我生命中的一部分，因為他們的存在，才讓我的世界變得精彩。

恨他們嗎？曾經是恨的，我恨拓羽的利用，恨上官的懷疑，恨夜鈺寒的懦弱，恨水無恨的虛偽，恨太后的毒辣。但一切都過去了，上官不再懷疑我，拓羽不再利用我，水無恨不再戲弄我，夜鈺寒依然愛著我，他們都關心著我、守護著我，不然他們也不會在我現身北冥別院的時候，都紛紛來救我。是啊，一切都過去了，原來我恨一個的時間人是這麼的短。

眼前漸漸變得明亮，一座乳白色的宮殿出現在我的眼前，正是我那次誤闖的禁宮。拓翼站在了門口，示意水酇自己進去。水酇撇了撇嘴，就直直地走了進去。他從頭至尾都不相信柳月華和拓翼是清白的，這從他的眼神裡就可以看出，那濃濃的恨意，顯示著水酇對拓翼的仇恨。

我跟了進去，宮殿內的佈置都如我那天看到的一樣，沒有絲毫的不同，只是此刻那圓圓的大床上，躺著一個白色垂死的精靈，她蒼白的臉上絲毫沒有半點血色，微弱的呼吸更讓人覺得她隨時都會夭折。

水酇怔住了，他眼中的氣憤和怨恨立刻被深深的憂愁代替，他急急跑到柳月華的床邊，握住了她的手：「月華，月華，妳不要嚇我……」水酇的聲音帶著顫音，威武的漢子此刻卻流出了恐慌的眼淚。我想他即使被敵人用刀架著脖子，也不會皺一下眉頭，此刻，他卻哭了，那哀傷的神情如同無助的娃娃，不想放開至親的雙手。

「蝴蝶飛……蜻蜓追……」柳月華嘴唇顫動著，帶出一句無力的話語。

水酇急忙湊到她的唇邊：「月華，妳說什麼？」

「蝴蝶飛，蜻蜓追……」拓翼不知何時走到了水酇的身邊，慢慢地吟誦著：「兩情相悅比翼飛；望飛雁，盼人歸，看穿秋水卻不回；雲追月，風拂柳，往日之情君記否；生相許，死相守，山盟海誓不回首。在你上戰場的一個月後，她就開始唱這首歌……」拓翼的眼神黯淡無光，此刻水鄴正看著柳月華，自然沒有看到拓翼的眼中，是與他相同的痛。

原來我夢裡的那首歌，是柳月華作來呼喚水鄴早日歸來。

「在她病情越來越嚴重的時候，她依舊唱著這首歌，阿鄴，你難道還不明白嗎？她在等你回來啊……」拓翼的眼裡泛出了淚光，他在水鄴擁緊柳月華的時候，背過身去，「今晚你留在這裡陪她吧，希望你的到來能讓她好起來……」

我站在一旁，將拓翼的神情完全收入眼底，心被莫名的揪緊，帶出了對拓翼的同情。他愛著柳月華，是的，他愛她，但卻不能表現出來，這是何其痛苦！

自然而然地，我跟在了拓翼的身後，跟著他走出了華麗的宮殿，走進了黑色的小道。他在我的面前揪緊了胸口的衣襟，深深地呼吸，無力地哭泣。

「為什麼……」他輕喃著：「妳愛的是他……」

拓翼……一個啞忍著自己的愛的男子，一個讓我忍不住為他落淚的男子。

奇蹟般的，柳月華在第二天醒了，之後的景象斷斷續續，轉換迅疾，猶如光碟機選擇了快轉，讓我覺得頭暈目眩。大致好像是水鄴知錯回到了戰場，並讓柳月華在宮裡好好養病。

每到夜晚柳月華陷入沉睡的時候，拓翼就會悄悄地躺在柳月華的身邊，凝視著她，直到天明……

這情形和我當時很相像，夜鈺寒也是叫我好好在拓羽皇宮裡養傷，儘管有太后阻攔的因素，但跟柳月華養病的情形類似，難怪那老太后覺得我像柳月華。

記得當時我在宮裡養傷的時候，拓羽好像也是這樣睡在我的身邊，剛開始以為是他沒地方睡，現在看到拓翼的樣子，莫非拓羽也有著其他原因？不，應該不會，人家拓翼是相伴到天明，而拓羽那小子是無處可落腳，說不定比我還快入睡。

拓翼每次都會早早離去，而這次，他沒有。他是真的累了，睡著了……

柳月華醒了，就像那天我在拓羽的寢宮養傷一樣，醒過來發現了拓羽。不過，柳月華似乎沒我聰明，她驚叫起來，驚醒了拓翼，然後柳月華抱緊了被子，戒備地看著拓翼，拓翼的眼中滿是失落，被自己心愛的人宛如賊人一般看著，誰不心痛？

而他，卻隨即揚起一個笑容，輕聲道歉，還半開玩笑說：「真是可惜啊，居然睡著了，不然可以偷窺到月華可愛的睡姿了。」一句話帶出了柳月華的笑：「你又不正經了，阿鄴回來了嗎？」

莫名的，我的心痛了起來，拓翼，你的心在痛嗎？我想一定是痛得滴血吧。

「嗯，今天回來，月華可要好好梳妝一下，這幾天妳病得七分像鬼，所以我才被妳嚇暈的。」拓翼的臉上帶著不羈的笑，滿嘴的揶揄。這倒是跟那個拓羽很像，到底是父子啊。

看著柳月華又羞又喜的臉，忽然覺得她愛的如果是拓翼或許會更幸福。突然，後背莫名開始發毛，我下意識轉過身，時空扭轉，我已經身在宮殿之外，一張滿是恨意的臉映入我的眼簾。

好美的女人，好深的恨。

「表姊。」遠處又跑來一個女人，她的眉眼讓我覺得很是熟悉，似乎在哪裡見過，卻又一時想不起來。她跑到我面前的女人身邊，焦急地將她拉走，女人恨恨地盯著那白色的宮殿，轉身離去。

那憤怒的眼神，讓我心中一緊，這眼神是那樣的熟悉，彷彿曾有人也是那樣盯著我。

是她？我認了出來，沒想到這深深的恨消磨了她如花的美貌，成了滿是華髮的滄桑婦人。

沒錯，那盯著白色宮殿的，正是拓羽的母親：韓氏。只是那個叫她表姊的又是誰？

正好奇地看著那女人，那女人卻回過了頭，忽然一道陰冷的殺氣射入了那白色的宮殿，與方才那個表情單純的少女完全相反，那幽深的眼中，是讓人防不甚防的城府。

在這個女人回眸的那一瞬間，我想了起來，她與我以前見到的時候並沒有太大的變化，只是因為只見過一兩次，所以印象不深。這個女人，就是水嫣然的母親：榮華夫人。因為沒見過幾次，我又不愛八卦，因此一直不知道她叫什麼，只知她的封號。

沒想到她居然和韓太后是表親。她不是嫁給水酇了嗎？難道因為她愛水酇，所以要害柳月華，為自己的表姊報仇？可這也說不通啊，難道她就不知道水酇讓水無恨與拓羽相殘？如果她是韓氏的表親，那也應該阻止水酇，不讓水嫣然成為犧牲品。莫非……她不知道？

想不通，頭好痛，腦子裡閃過一連串雜亂的資訊，彷彿有人硬往我的腦袋裡塞東西，讓我接受它們，那煩亂的片段讓我無從整理，抬首時卻是身處兩個場景之間，左邊是燭光搖曳，但卻人去樓空的白色宮殿，拓翼孤寂地站在宮殿裡深情地看著柳月華用過的每一樣物品。

而右邊，卻是一派喜慶的殿堂，水酇身穿大紅喜袍，手執紅綢，紅綢的另一端自然是柳月華，可奇怪的是，水酇的笑容彷彿是裝出來的。他的眼中沒有笑，沒有幸福，而是一片冷淡，甚至還透出一股讓我害怕的恨意。

就在這邊洞房花燭，燈火熄滅之時，那邊的拓翼提筆畫下了柳月華的肖像，提上了那兩句詩句：月光不及美人顏，華床只剩孤獨眠。這強烈的對比讓我心酸得落淚，沉浸在幸福中的柳月華怎知這邊拓翼的淒涼。他不敢愛她，他把自己的愛深深埋入心底，從此與畫相伴，以解相思。

自己深愛的人已是好友之妻，他雖妻妾不缺，卻是世上最孤獨之人。

為何帝王總得不到完美的愛情？

是什麼讓我的心覺得冰涼？是我悲傷的淚水……

我緩緩地倒在了地上，蒼茫的天際就在我的上方，為什麼？我會為拓翼流淚？有那麼一刻，我甚至感覺到對拓翼的愧疚，可是，我對拓翼又為何會產生愧疚？

眼角被溫熱的東西輕舔著，是小妖，牠輕柔地舔去我的淚水，將我從幻境中帶出，疲憊再次侵襲全身，我擁住小妖，在濕濕的地面上睡去。好累，這次真的好累，不僅僅是身體，心更累……身體被人輕輕地抱起，我感受到了那熟悉的溫暖，我抱住了他的身體，在他懷裡睡去……

「妳真是越來越頑皮了！」某人憤怒地對我說著，我撥開了眼前的雲霧，看見了一個美男，只不過這個美男現在很生氣，瞪著一雙漂亮的丹鳳眼，鼓著氣得有點發紅的臉。我笑了，跑上前踮起腳拉扯他鼓鼓的面頰：「嘿嘿，原來你是這個樣子。」我不停地扯著他的臉蛋、頭髮，還有衣服，把這個成人版的煛天更加惹怒。他狠狠地扣住了我不安分的雙手，氣道：「玩什麼不好，偏要進禁林！妳知道這有多危險，隨時會吞噬掉妳的靈魂！」

「什麼？」我眨巴著眼睛，疑惑地看著他，他看著我傻呼呼的樣子，最後只得無奈地大嘆了一口氣：「不過若不是禁林，我也不能進入妳的夢境，妳這個傻瓜，禁林是魅主所設，他將整個樹林都變成了攝魂陣，游離在這個樹林裡的遊魂數不甚數，如果妳也想成為他們的一員，妳就待在林子裡吧。」叟天真的生氣了，在夢裡用力地打著我的頭。

奇怪，不是說做夢嗎，怎麼腦袋這麼疼？我痛得睜開了眼睛，正對上一雙滿是怒火的眼睛。

從成人版叟天到少年版叟天的落差讓我一時間沒有適應，看著他開始發傻。他沒長開的臉上，是深深的憂慮和對我的氣憤，我看著他圓圓的臉，忍不住摸了摸，嘆道：「果然還是成人好看啊……」

「妳！」叟天氣結地看著我，開始用食指戳我的腦袋，「妳這個傢伙就不能收斂妳的色心嗎？都死到臨頭了，還在比較我何時更入妳的眼，妳真是……」他收住了話語，憤憤地看著我。

我猜他想說的是無藥可救。看了看周圍，發現還在禁林，我問道：「你怎麼進來的？」

「用妳的解藥。」叟天的臉色有所好轉，不過依舊是撲克臉一張，他冷冷地瞟了我一眼，「怎麼，知道關心我了？我看妳啊，如果禁林裡到處是美男子，妳都捨不得出去。」

「那倒是。」我很順口接了下去，然後就覺得身邊的殺氣陡增，立刻說道：「不過那些都只供觀賞的，我喜歡看好看的花花草草，但我總不會愛上他們吧，我也喜歡看青煙，但我愛的人始終只有你一個。」雞皮立刻掉落一身，自己都佩服自己能說出這麼噁心的話，而一旁的叟天早已消除怒容，換上了幸福的笑容。

看，男人也是要哄的嘛~頗得意地誇獎了自己一番，改天繼續看美人去。

「對了，天，我告訴你一件奇怪的事情。」「何事？」叟天拉起了我，開始往出口走去。

此刻才發覺天已大亮，不過這禁林裡始終是霧氣繚繞，就算是白天，也辨不清方向。小妖三躍兩躍蹦到了叟天的懷裡，使勁往裡蹭，看著我就有點惱火，不過算了，看在牠畢竟不是人類的分上，就讓牠去吃豆腐吧。

「就是我每次入林都會看到柳月華的生平，你說奇不奇怪？」

我這話一說完，叕天就站住了腳步，上上下下地仔細打量著我，神情也漸漸變得緊張，轉而眼中更是帶出了驚訝，他忽然驚呼道：「難道妳是……」

「是什麼？是什麼？」我也緊張起來，看著叕天欲言又止的模樣，心裡開始發慌。根據多年小說經驗，能看到這些景象的，只有一個可能，就是柳月華是我的前生，可這個想法實在太詭異，我甚至都不敢往這方面去想。但柳月華已死，而我又來到這個世界，更看到了柳月華的生平，如果不是這個原因，我根本無法解釋這兩天的事情。

叕天重重地按住了我的肩，皺緊了眉：「非雪……我想……」他再次頓住，他這說話說一半的樣子更讓我揪心，不禁道：「天，你直說吧，我挺得住。」

叕天重重地點了點頭，似乎做出了很大的決心：「嗯，那我說了，妳可能就是柳月華！」

嗡一聲，大腦一片空白。

「所以，水無恨就是妳的兒子，妳從此就不要對他再有非分之想了。」叕天語重心長地說著，讓我不得不面對這個事實。

我是柳月華，水無恨是我的兒子。好怪，說不出的怪異，怪異得想撞牆。

「噗！」一聲怪異的笑突然從叕天的嘴裡噴了出來，我茫然地看著他因為憋笑而扭曲的臉，他看了看我，終於在我面前大笑起來：「哈哈哈……妳呀妳，哈哈哈……我說妳就信啊，妳有時精明得像猴，怎麼有時笨得像豬，哈哈哈……」

火山開始在心底噴發，他居然說我笨得像豬！他居然說我笨得像豬！
扭頭！走人！不鳥他！我甩頭就走，連小妖都不要了，太可惡了，叟天居然耍我！
「非雪！」叟天在我身後發急地喊了起來，「非雪，妳怎麼了？」
我瞪了瞪他：「我！生！氣！了！」然後繼續走自己的路，不理他。
「別，跟妳開個玩笑嘛，誰叫妳不乖跑進禁林？妳知道我有多著急嗎？」他攔住了我的去路，扣住了我的雙臂，「我連夜下山來看妳是否安全，結果誰知妳又跑進禁林了。妳知不知道，這裡的遊魂總是侵佔人的身體，然後占為己有，我真怕再次出來的就不是妳，而是別人！」
叟天焦急而憂慮的眼神讓我心頭一暖，他在說這話的時候，雙手都在隱隱的顫抖，我感覺到了他的害怕，我想，我這次可能真的做錯了。因為一時的好奇，又讓大家擔心了。心裡有點難受，我走上前，靠在他的懷裡，他收緊了懷抱，輕撫我的長髮：「下次不許隨便進來，知道嗎？」
「嗯。」我乖乖地點頭，「可我還是不明白為何能看見柳月華的前世。」
「妳還不明白嗎？」
「不明白。」
叟天看了看周圍茫茫的霧氣，道：「這裡很有可能有一個魂魄知道柳月華的生平，或許就是柳月華本人，她侵入了妳的靈魂，讓妳看到她的一切，等妳融於她的世界，便是她吞噬你的靈魂，佔據妳的軀體之時。所以非雪，如果妳實在對她好奇，只要記住我的愛，保持自己的清醒，她就絕對不會成功。」叟天的一字一句都讓我心驚肉跳，原來柳月華或是那個靈魂想要佔據我的身體！玩鬼上身！她想幹嘛？復仇？

一陣惡寒，讓我不禁顫抖起來，好可怕，之前看到她的前生，覺得她還是個不錯的女人，沒想到會這麼壞？不過靈魂都是缺根筋的，無理智可言，更何況柳月華的死一直都不明不白，誰知道她是不是被害死的，然後就變成了怨靈……天哪！好可怕……

「怎麼？知道怕了？」

「快快快，快出去！」這次輪到我急著把叟天拉出禁林，他在我身後搖頭輕笑。

就在快到出口的時候，透過迷濛的霧氣，我看到了熟悉的身影，他正焦急地在禁林入口徘徊，暗叫不妙，趕緊推走叟天，「你從那裡走，別讓人看見我們在一起。」

叟天一臉黑線，好像他和我在一起就見不得人，他的臉一板，沉聲道：「大膽雲非雪竟敢私闖禁林，本尊親自捉拿妳回幽夢谷！」說著，他用力扣住了我的手腕就往前拉，還直直朝那個人走去。

他一邊走一邊低聲道：「妳居然又看上了糜塗，真是死性不改！」

「什麼看上不看上的。」我也壓低了聲音，「你別亂猜！」正說著，就已經出了林子，糜塗焦急地站在風口，一見我出來，就匆匆趕了過來，感覺手腕處的力道更是加重了些，宛如要把我的腕骨捏碎。

爹爹啊爹爹，你出現得也太不是時候了，不知道我身邊這傢伙是醋缸嗎？不過一想到過會兒叟天了解事實的真相，不知會是怎樣的表情。如此一想，又開始期待他們兩人碰面。

糜塗急急走到我的面前，原本焦急的臉當即沉下：「雪兒！」糜塗生氣地看著我，「妳太不乖了！」「是……我知錯了……爹！」我故意大聲喊糜塗為爹，身邊的叟天當即僵住，我輕鬆地抽出被扣在他手裡的手，然後對著糜塗低頭認錯：「尊上已經教訓過孩兒了，孩兒決不會再犯了。」

「尊上？」糜塗彷彿這才看到叧天的存在，眼中立刻帶出了驚訝，隨即趕緊向叧天行禮：「尊上辛苦了，糜塗感謝尊上救出了小女……」

「女……兒……」叧天此刻的臉別提多難看了，簡直可以用苦菜瓜來形容，既然我是糜塗的女兒，這就意味著糜塗就是他的岳父大人。嘿嘿，心裡樂開了花，估計這件事會讓叧天鬱悶好幾天，說不定還會導致他長期便秘。

「難道你的狐狸是小妖的……」

「父親。」我大聲說道。糜塗立刻瞪了我一眼：「對尊上不得如此無禮。」

「哦……」我吐了吐舌頭，躲到了糜塗的身後，開始把玩小妖，將牠拋上拋下，看得小妖的老爹直冒冷汗。

「如果尊上沒其他事，糜塗就帶著劣女前往幽夢谷受罰，糜塗告辭。」說著，糜塗匆匆拉起我就走，我回頭看著僵立在風裡的叧天，他這麼心高氣傲的人，怎肯讓糜塗踩在他的頭上？心裡暗喜著，身邊的糜塗卻對我小聲道：「幸好我趕緊拉妳離開，不然真不知道尊上會怎樣處罰妳，妳實在太頑皮了。」

憑良心說，糜塗這個父親做得還真有模有樣，我不免也有點感動，從不相識的人，卻在一天之內做了我的父親，並迅速進入父親的角色，批評我，關心我，維護我，讓我有一種淡淡的幸福感。

邊走邊回想叧天的話，他了解我，知道我沒弄清楚自己心裡的疑問，絕對不會罷手，就算前面危險重重，我也非查出結果不可。所以他才會說，如果我再進去，就要想著自己所愛的人，也就是他。這傢伙還真是霸道，難道我就不能想想斐崳，想想糜塗？只要保持自己清醒即可嘛。

不過現在回想起來，的確危險，有幾次自己都陷入了柳月華的角色，險些無法自拔，難道要侵佔我身體的真是柳月華？

「雪兒，妳在想什麼想這麼入神？」糜塗關切地看著我，我回過了神，才覺得四周的空氣已經開始漸漸變暖，放眼望去，是自己熟悉的迷霧，在那層薄薄的水霧下面，就是我的幽夢谷。我笑道：「在想爹爹究竟會給女兒出怎樣的試題？」

「試題……」糜塗的眼神忽然變得認真，「這個試題與禁林有關，妳會很喜歡，因為妳總是要入禁林。」

「真的！是什麼？」

「妳可知魅主？」

「知道，斐崳和尊上都說過，是這個人製造了禁林，他也是狐族裡第二個達到最高進化的人。」

「呵……看來妳知道的挺多。我們的比試，就是在未來的一個月裡，進入禁林，取出傳說中魅主使用的赤狐令。」

「赤狐令？」眼前忽然滑過一道妖豔的紅，又瞬即消失，有點摸不著頭腦，但總覺得那天看到的紅色與糜塗口中的赤狐令有關。

「赤狐令在狐族是神物，可以控制人的靈魂，但它離開魅主，便只是普通的權杖，所以不怕落入惡人手中，於是父親便將拿到赤狐令定為我們的試題。」

「可是……那東西真的存在嗎？」總覺得很玄啊。

「正因為不知道：才成為妳的入關考試，傳說魅主就在禁林之中，找到他，便找到赤狐令。」

「呃！」我啞然失笑，這不是跟神佛一樣虛無縹緲，居然讓我做這樣的任務，是存心不讓我成為狐族來的？心裡開始變得煩悶，因為要接受這種虛幻的任務而憤憤不平。不過這股煩躁在看到幽夢谷的那一刻，立刻煙消雲散。我就像歸家的鳥兒將麋塗遠遠拋在了身後，飛也似的奔進了幽夢谷，小妖跟在我的身後，也迅速擺脫牠父親的看管。

「斐崳——歐陽——我回來了——」我大聲喊著，跑進了斐崳的院子，奇怪？沒人。再跑到歐陽緡的房間，還是沒人。難道他們上山採藥去了？好，去路口等著，給他們一個驚喜。

我和小妖蹦蹦跳跳到南邊的路口，先前說過，我們住的是環形坑穴，坑穴相當大，也相當深，所以先前我會誤以為是山谷，四周都是大山，不過雖然是山壁，其實也相當高，由於坑穴自成氣候條件，所以那山壁上也長有不少奇珍異草，斐崳常常會上去採摘。

我蹲在地上，谷裡的溫度讓我漸漸冒出了汗，雖說等了沒多長時間，可我已經覺得不耐煩，便叫上小妖一起去找他們。

幽夢谷並不大，方圓不過百里，小妖只要提鼻子一聞，就清楚地知道他們在哪裡。

忽然一絲壞笑滑過小妖的眼睛，我立刻揚起了眉毛，臭丫頭找到他們了，於是我緊緊跟在小妖的身後。

「在哪兒？」

小妖突然停下了腳步，改為躡手躡腳，我也趕緊降低自己的聲音。這回我聞到了熟悉的氣味，只是歐陽緡的味道更重點，我覺得有點奇怪，明明兩個人在一起，為何斐崳的味道就淡得幾乎不可聞？越來越靠近目標，這時，我心裡也開始壞笑起來，如果依舊往這個方向前行，就是幽夢谷的溫泉。這幽夢谷可是個好地方，在南邊的山壁下有個洞穴，而山洞裡就是一個天然的溫泉，我沒事就會跑到山洞口偷窺斐崳洗澡，不過屢屢被守在洞口的歐陽緡給扁回去。

原來斐崳洗澡去了，難怪味道這麼淡，他的身體大部分都泡在水裡，自然就沒了味道。眼睛不由得笑成了線，偷偷摸摸地接近洞口，今天似乎有點不尋常，只見洞口沒有歐陽緡。

「有點奇怪啊……」我小聲對小妖說著，小妖也點了點頭。在歐陽緡沒來之前，牠一直都跟斐崳同吃同住同洗澡，而在歐陽緡來了之後……所以小妖也十分記恨歐陽緡。

我和小妖做賊一般移到了洞口，往裡一探，只見水氣繚繞之間，是斐崳如墨的長髮，另一個人坐在溫泉邊，正仔細地為斐崳梳著長髮。哇！這樣居然還能把持得住？我想看清歐陽緡的神情，無奈水氣太重，只看到他依舊穿著衣服。

這實在太讓我看不下去了，這麼煽情的場面，居然還恪守自己本分，歐陽緡是太監還是無能？得想個辦法，不然這麼好的時機就浪費了，也讓我這個觀眾失望。試想，每次看電視劇，看到男女主角逛到海邊，不都期望著某些事情的發生？

使足了勁開始想主意，這次的事我一定要推動進展。身上又沒藥物，如果回去拿，這一來一回，說不定斐崳就已經洗完了。如果用武力，又不是歐陽緡的對手。究竟要怎樣才能讓他們神不知鬼不覺地主動發情……呃……發情這個詞不好，應該是投懷送抱？好像也不對，反正就是心甘情願的那個什麼什麼！

和小妖鬼鬼祟祟地觀察著裡面的動靜，鼻尖飄過斐崳身上淡淡的香味，我想到了，給小妖使了個眼色，牠立刻深吸了一口氣，憋住了呼吸。

我記得叜天曾經跟我說過，狐族的人與心愛的人調情時，會自然而然地發出一種媚香，這種媚香勢不可擋，防不甚防，就算百毒不侵的人，也無法逃脫，而當狐族人能力提高時，就能控制這種媚香，所以有的非善類的狐族，就會利用這種媚香達到自己下流的目的。

叜天再三警告我，不准對別的男人使用媚香，否則他就讓我求生不能，求死不得。嘿嘿，今天我就要違規試試，聽他說我的媚香更加厲害，香味清淡但卻威力十足，總讓他……這個就不說了。

現在的關鍵是讓裡面的兩個人情難自控。可是要怎麼使呢？以前一直都是對著叜天就自然而然地散發了，現在要特意使用，反而不知該如何著手。手腳有點慌亂，心想就試著想想叜天，看看能不能逼出媚香。

眼前開始浮現叜天的臉，只是這張臉明顯很難看，他還在生氣。唉，早上的事嚴重影響我的情緒，開始往前推移，想起了我們一路相伴，那幾個纏綿的夜晚。

他閃亮的眼睛，性感的薄唇，光滑的……好羞人啊，自己都覺得受不了想吐。不過為了斐崳和歐陽緡未來的幸福，我幻想一次又有何妨？

臉不受控制地開始發紅，自己不知是否產生了媚香，但裡面漸漸急促的喘息聲，讓我明白應該有了效果。繼續努力遐想，心裡是對叜天火熱的愛，當小妖拍了我一下的時候，我終於從幻想中拔了出來，長吁了一口氣，沒想到幻想也這麼累。偷偷地往洞裡觀瞧，水氣迷濛中，我看見了斐崳白皙的手臂，他的手臂向上彎曲，纏繞在歐陽緡的脖頸之間……限制級啊！

「呼……呼……」一聲聲粗重的喘息聲迴盪在石洞中，不知是從歐陽緡還是斐崳的口中發出，時濃時淡的水氣中漸漸隱現歐陽緡的身軀。他此刻正埋首在斐崳的頸項，從斐崳的身後環抱住他的身體。

「緡……」一聲輕呼情意蕩漾。斐崳勾住歐陽緡的手忽然緊了緊，「啪」一聲，歐陽緡就落入溫泉之中，一陣水氣在水花四濺的時候揚起，遮住了兩人的身體。隱約看見歐陽緡那青色的衣衫正在退落……臉變得熱燙，我這個老菜皮也不好意思了。

匆匆拖走眼睛發直的小妖，給斐崳和歐陽緡真正的二人世界。

小妖爬到我的肩頭，依舊朝後面望著，這個死丫頭就是好色，那天我跟雯天……咳咳的時候，牠也是這樣死賴著不走。牠就那樣蹲在我們的被子上，兩隻眼睛在黑夜裡閃閃發光。牠的眼睛從不會在夜裡發光，那晚牠卻發光了，隱隱的還覺得有不明液體從牠的嘴裡流出。所以那晚，雯天把牠……打暈了……

可憐的小妖，我起先也不知道，直到第二天白天在床底下找到牠，才知道雯天打暈了牠。

都說做了壞事是心虛的，我也不例外，總感覺自己是那個王婆，拉了西門慶和潘金蓮的皮條，所以在撞到糜塗的時候，我都不敢正眼看他，他緊緊盯著我，還提鼻子聞了聞，就顯出了怒容：

「雪兒，妳老實說，妳到底做了什麼？」我不以為然地撇撇嘴，只當什麼事都沒發生過。

「妳不說是嗎？」糜塗的臉立刻變得陰沉，「狐族不可濫用媚香，妳身上殘留的是什麼？」

我一時語塞，說實話，我並未覺得自己做錯了什麼，但那種方法的確不妥，有很多事情，說不清對錯。

糜塗重重嘆了口氣，便拂袖而去，末了還說了一句：「妳真是太頑劣了！」那語氣宛如恨鐵不成鋼。心裡彆扭至極，我不過覺得好玩才叫他爹爹，他還真把自己當老爹來管束我了？

心頭一陣煩亂，就跟小妖打架。我和小妖回到院子，也不去理睬糜塗，他倒像是這裡的常客，晃進一間又一間房間，似乎在找斐崳，最後一無所獲，還疑惑地在院子裡自言自語：「奇怪？斐崳人呢？」我自然不說，依舊和小妖打鬧。

糜塗在沒找到斐崳的蹤影後，便進入後院，後院是客房的院子，裡面還有歐陽的房間，看來他對這裡的確很熟。而當他看見歐陽緡的房間後，又納悶道：「斐崳怎麼有客人？」我插嘴道：「那是歐陽的屋子，亂闖別人房間不禮貌，這點爹爹不是不知道吧。」

糜塗的臉陰了陰，便進入另一個房間開始整理自己包袱，然後就走到院子裡撿石頭，我覺得好奇，就蹲在一邊看他。糜塗銀白的長髮垂落在身邊，老妖在一旁幫他撿石頭。

他用九顆石子堆成一堆，分別是四三二，然後擺成五堆，乍一看跟梅超風練九陰白骨爪的陣法有點像。難道他在擺陣？

「那歐陽是誰？怎麼沒聽斐崳提起過？」

他正問著，歐陽緡抱著斐崳就走了進來。

歐陽緡滿面春風地打橫抱著斐崳，斐崳的臉深深埋在歐陽緡的頸項裡，看不清他的神情，不知醒著還是睡著，只有那鬆散的長髮，如瀑布般傾斜下來。

當他們進入院門的時候，糜塗正好揚起了臉，和歐陽緡撞了個正著。雙方在僵滯了數秒後，歐陽緡先做出了反應，迅速躍開，渾身的戒備，但在看到我的時候，放鬆了警惕。

「誰？」歐陽緡問著麋塗，眼神卻掃向我。

「在下麋塗，斐崳的朋友。」麋塗自我介紹著，老妖躍到了他的肩上，歐陽緡在看到老妖後，狐疑地看著我：「狐族？」我點了點頭，笑道：「好久不見。」

「嗯。」歐陽緡淡淡地點了點頭，道：「你們自便，我們先回房休息。」啊？這麼冷淡，也不歡迎一下？還沒等我反應過來，歐陽緡就帶著斐崳進入房間，連招呼也不打一聲，太沒人情味了。

「他們的確很配。」沒想到在歐陽緡和斐崳進屋後，麋塗突然淡笑起來，然後別有意味的看著我：「看來是妳成全了他們。」沒想到麋塗會一眼看穿，這讓我出乎意料之外，不禁問道：「你怎麼知道？」

「早就聽冥聖訴苦，說有一個人搶了他的愛徒，看來就是這個歐陽了。此人性格沉穩，遇事冷靜，武功超群，斐崳有這樣一個人守護，我作為朋友也就放心了。」麋塗微笑地看著斐崳院子的方向，隨即他的視線落到我的身上，神情變得嚴肅，「比試就從今天開始，雪兒，我不會留情的。」他的眼中瞬間滑過一道寒光，就連他身上的老妖也挺直了身體。小妖也躍到我的肩頭，在茫茫水霧下，我和麋塗面對面站著，各自肩上的銀狐都散發著一陣又一陣的殺氣。

我靜靜地坐在圓凳上，凝視著通往院子的房門。時間在靜謐中流逝，我彷彿聽到了時鐘「滴答滴答」的搖擺聲。

七天，整整七天我沒踏出自己房門一步，不是我不肯出去，而是我被困住了。就在回到山谷第二天早上，我出門無論怎麼走都會走回自己房間，這時我開始明白，糜塗那天擺的陣是對付我的。

「雪兒，吃飯了。」糜塗準時出現在門口，他的臉上面帶微笑，一連七天，他都會給我送來三餐，保證我不會因為無法出去而被活活餓死。而這七天內，斐崳也只出現過一次，就是在第二天糜塗給我送午飯的時候，斐崳淡淡地看著我，只說了一句：「這次不會有人幫你。」便不再出現。

他的表情冷淡得讓我陌生，不知他是否知道那天山洞是我搞的鬼。他會不會因為討厭我而變得冷淡，還是為了考驗我而故意疏離？總之我的心情因為斐崳的冷漠而變得低落。

糜塗將午餐放在我的面前，一樣一樣從裡面取出，儘管他有一張讓人開胃的臉，但此刻我卻恨他入骨。

「雪兒，既然是比試，妳就該知道我一定會耍手段，妳連這院子都出不去，又怎能戰勝我？」我圓睜著雙眼狠狠瞪著他，他連使陰招都使地這麼踐。

「雪兒，吃飯吧，吃飽了才能想到出去的辦法。」他將飯菜放到我的面前，還夾了一塊雞放到我的嘴邊，「此刻我們不是對手，而是父女。」我撇過臉不看他，小妖和我一起甩臉，前一刻用卑鄙手段將我困在屋子裡，自己有充分的時間找那權杖，而現在又來上演慈父之愛。

一天，兩天，我或許會嘻嘻哈哈做好自己女兒的角色，可連續七天，再好的脾氣也會被惹毛。

「乖，妳不是最喜歡吃斐崳做的菜嗎？怎麼今天不吃了？」

「到底怎麼出去？」我甩回臉，冷聲說道。

糜塗嘴角微微上揚，眼中滑過一絲狡黠：「雪兒還沒找到方法嗎？」

「我怎麼知道！我對陣法咒術毫無基礎，你這是……這是耍賴！」

「競爭本就沒有公平可言，手段是獲勝的必要方法，妳不知道嗎，我的女兒？現在爹爹就來給妳上這堂課。」糜塗狡詐的眼神讓他俊美的臉帶出了邪氣。

我緊緊瞪著他，袖中的匕首滑落手中：「你們不都是正人君子，從不耍手段的嗎？」

「誰說我們不會用手段？」

「青煙不是嗎？」

糜塗輕笑起來：「青煙是聖女，又從沒執行過任務，自然單純，但我們不是，妳認識的斐崳，尊上，不都利用過你？」

一言驚醒夢中人。

糜塗繼續說道：「妳以為當初遇到斐崳是巧合嗎？尊上留下來幫妳真的只因為妳是朋友那麼簡單？」心中一陣難過，的確，當初他們的動機都不單純。

「他們現在是妳的朋友，但當初絕不是。在幽國，只要被神主派遣任務的人，都只有一條準則：無論使用任何手段，都要達成目的。」

「即使犧牲？」我開始迷茫，他們都還是我認識的斐崳和哭天嗎？糜塗並沒立刻回答我的問題，只是淡淡地看著我，然後說道：「妳是天機，難道不知道嗎？」

心中泛起了哀傷，帶出了眼淚：「原來大家都在利用我，只因為我是天機……」

「雪兒。」糜塗急了，立刻伸手捧住了我的臉，「妳怎麼哭了，只要妳現在是他們真正的朋友，就沒人會傷害妳了。」

「是嗎……」我垂下臉，糜塗立刻緊張起來，面對女生的哭泣他似乎手足無措。

就在他站起身要安慰我的時候，我終於找到了機會！沒錯，前面我都是裝的，只想偷襲他，然後狠狠扁他一頓出這幾天的悶氣。手中的匕首迅速劃出一道漂亮的弧線，而出乎意料的是，麋塗居然沒躲，匕首掃過，當即帶出一道血光，我立刻怔住。

我的武功本就一般，命中率不高，而現在我真的很慶幸自己命中率不高，否則刺到的就不是麋塗的手臂，而是心臟了。

「你為什麼不躲！」我急了，捂住他流血的手臂，鮮紅的血染紅了他的衣衫，從我的指間潺潺流出。麋塗微笑著輕撫我的長髮，眼中是他對我的寵溺：「我說過，現在我們是父女，父親自然是容忍孩子的一切，我知道妳從沒把我當父親，可我真的很想做好這個父親。」

「白痴啊！」我終於忍不住大罵出聲：「我們那裡的父親都努力想做兒女的朋友，而你卻硬要反過來！」我現在又氣又急，心裡又帶著愧疚，一時不知該如何表達自己的想法，「而且，你這樣一味的容忍也只是溺愛，溺愛孩子的家長又怎會是好家長！」

我慌忙翻出了藥箱，拉高了他的袖子，一道觸目驚心的刀傷讓我心痛，這是我做的，我刺傷了一直寵愛我，關心我的麋塗，鼻頭一酸，趕緊給他上藥。

「麋塗，我不明白為何你們狐族會有這樣的規矩，但難道我們就不能做朋友嗎？」

「可以啊。」

「可以……慢著。」我從慌亂中回過了神，疑惑地看著依舊微笑的麋塗，「你剛才說可以，那為什麼還要我做你女兒？」麋塗的視線越過我的頭頂，望著遠方：「因為當時父親很看重妳，若不是這層父女的關係，我又怎能成為妳現在的朋友？」

糜塗說完，將視線放在我的臉上，認真地看著我：「對不起，我們又對妳使用手段了。」

心裡怪怪的，既有對他們的憤怒，又有對糜塗的諒解。的確，若不是這層硬拉的父女關係，我說不定到現在也只知道他是糜塗，更不會在他受傷的時候感到心急了。

我忍不住笑了，用盡力氣故意收緊了綳帶，糜塗痛呼出聲：「女兒，妳還記恨啊。」

「當然！誰叫你困住我這麼久，怎麼，找到赤狐令了沒？」

糜塗皺緊了眉頭，看他那副愁眉苦臉的樣子就知道沒有。這傢伙困住我七天，結果一無所獲。

他忽然眉結打開，將飯菜再次端到我的面前：「女兒，吃飯。」我毫不客氣地接過，也顧不得滿手血腥就吃了起來，一旁的小妖早就捷足先登，搶了我的雞腿。

糜塗的臉上終於出現了笑容，他鬆了口氣，感慨道：「原來照顧一個孩子真的不容易，整天都惦念著，怕妳餓了、凍了、病了，就算去找赤狐令，心裡也不踏實，怕妳闖陣傷了元氣，做父母真是不容易啊，多關心妳嫌我囉嗦，指責妳妳就不理我，我現在才明白父親的責備都是為了我好啊……雪兒，我所做的一切都是為了妳好啊……」

我不理他感嘆做父親的苦經，只在他說得最起勁的時候，說道：「我要在明火節之前拿到赤狐令！」我含著飯菜含糊地說著，沒想到一晃居然都快大年三十了。

糜塗停住了嘮叨：「雪兒妳說什麼？是不是想吃什麼？」

「不是。」我努力嚥下了飯菜，「我是說我要在明火節之前拿到赤狐令，成為狐族，然後開開心心過明火節。」

「可是妳現在連我的迷魂陣都出不去，怎能在半個月內拿到赤狐令？我在裡面整整找了七天，連魅主的影子都沒見到。」麋塗的臉上露出沮喪的神情。我笑了，笑得狡詐而陰險：「其實我到今天終於摸到你迷魂陣的規律了。」

麋塗睜大了眼睛，面帶驚訝。

我神秘地笑了笑：「今晚我就出去。」這並不是我吹牛，而是我七天跟蹤麋塗的結果。

在武俠書裡，破陣法無非就是步伐為關鍵，我每天都跟蹤麋塗，又不敢跟得太近，所以跟著跟著就失去他的蹤跡，反正失去他的蹤跡大不了就走回自己的房間，也不會掉進什麼陷阱。

每天我都會離自己的房間遠一點，暗自記下他的步伐，在今天他來到這裡之前，我就幾乎已經離開了院子，因為我聞到了斐崳的味道。

我得意地笑著，扶起了麋塗，拿上了餐籃：「走吧，我帶你出去讓斐崳給你上藥。」麋塗微笑著，眼中是對我表現的期待。一切都是那麼順利，當走滿七七四十九步之後，我站在了斐崳的面前，斐崳和歐陽緡守候在院子的門口，彷彿一直等著我的出現。看著他們微笑的臉，心裡湧起一股暖意。

斐崳欣慰地看著我，歐陽緡的眼中帶著讚賞。他們笑道：「出來的正好，就等著妳一起過年，沒妳這年也冷清。」

「當然。」我扶著麋塗笑著：「過年怎能少了我？」

「女兒。」麋塗滿意地笑了：「妳進步的速度讓我驚訝，我們休戰吧，跟我回去過年。」

「不行！非雪要留在我這裡過年。」斐崳立刻反對，那無容反對的神情讓我感動，原來他並未討厭我，還是那樣在乎我。

「她是我的女兒，不跟我過年跟誰過？」

「跟我！」突然，一個明朗而好聽的聲音響起，眾人尋聲望去，卻是煚陽，他的臉上依舊帶者暖如春風的笑容，「小雪，我來接妳過年，天也同意了，新年可以免去妳的禁足。」

僵化，眼前的這幾個人都不能得罪。

斐崳，我的衣食父母，得罪他，以後就沒飯吃。

麋塗，我的名譽父親，得罪他，以後就別想在狐族混了。

煚陽，其實我真正怕的是他背後的那個……

於是整個幽夢谷裡都是他們討價還價的聲音，新年的那天，我就這麼徹底地被他們瓜分……

九、幽冥神泉

無論在任何世界，任何國家，任何地方，過年都是讓人興奮、激動的事情。

在大年三十的前一天，上面就撤銷了對我的禁足令，時間為年三十到年初七，這讓我想起了以前的國定假日。而這七天，我的行程受到他人安排，幾乎不是由我說了算。

因為是在明火城，所以這年過得更加隆重。在大年三十當天，皇族都會到神聖雪山祭祀，一是祭奠先祖，二是祈求來年的繁榮昌盛。

這天卻是我最空的一天，因為無論哭天，還是斐崳和糜塗都要參加祭典，所以那天我擁有自己的空間。而後面的幾天，斐崳已經給我做好了周詳的安排。就像長輩給晚輩安排大年初幾拜見這個、大年初幾拜見那個一樣，這六天我要跟著斐崳見許多人。

我對他的清單只有翻白眼的分，毫無反抗的機會，無可奈何地接受他們的安排。

大年三十的那天，我和同樣空閒的歐陽緡上了街，這是我第一次真真正正地認識明火城，明火城的繁茂超出我的想像，寬闊的大街擠滿了人，摩肩接踵，人來人往。

我就跟孩子一樣在人群中亂竄，纏著歐陽緡買這買那，有新衣服，新鞋子，新頭飾和新玩具，呵呵，這裡的小玩意有些還挺有趣。歐陽緡跟在我身後直搖頭嘆氣，卻又無可奈何，他怕伺候不好我，我直接向斐崳「投訴」，到時他可就吃不完兜著走。

在辰時左右，祭祀的隊伍就在明火城中經過，華麗的隊伍裡，先是身穿白衣的美貌女子，她們一邊撒著豔麗的花瓣，一邊翩翩起舞，那簡單的舞蹈，整齊的動作，彷彿也是一種儀式。而後便是狐族的隊伍，領頭的自然是族長，然後就看到了我的帥阿爹，我激動地朝他招手，他朝我微笑。

狐族的隊伍也很壯觀，狐族族人排列整齊，而他們的狐狸也緊緊跟在一旁，就連步伐都與主人一樣，處處都體現著他們彼此的默契。接著就是樂隊，然後是侍衛隊。之就是冥族的祭祀隊，白色聖潔的長袍，帶著藍色的滾邊，威嚴而肅穆。最前面的自然是斐崳，斐崳原本就俊美無比，或是因為祭典的原因，今日的斐崳還上了豔美的祭司妝。

斐崳的特色本就是空靈脫俗，此刻雖然上了豔妝，卻給人一種九天神人的感覺，而在聖潔的白色精緻的祭司袍襯托下，更是美得不像凡人，讓人無法移開目光。除了斐崳，我還看到了幽幽，這調皮的丫頭，今日也是一臉的嚴肅。

在他們經過之後，我看到了豪華的皇家隊伍，十六人大轎上是奡浩然和冥聖，後面八人大轎上是奡天和青煙。當我看到他們時，就覺得刺眼，心裡相當氣悶。所以我直接略過奡天的轎子看向後面，後面是一隊馬隊，雪白的馬匹猶如天宮的神駒，神氣非凡。為首的是奡陽，之後的人看裝扮，應該也是皇族，或是幽國的重臣。忍不住又回頭瞟向奡天的轎子，他那張稚嫩的臉此刻毫無表情，說不出的怪異。說是威嚴，他那張臉卻又無法體現，但他渾身的肅然又讓人不敢仰視。總覺得他的神態與他的臉不搭調。

感覺有點想笑，卻感到一股殺氣，這殺氣明顯是從他身上傳來的，可奇怪的是他並沒看向我，也不知他怎麼知道我在笑他。趕緊收回目光，想拉著歐陽緡離開。哪知身邊已無歐陽緡的身影，尋來尋去，才在雜亂的氣味裡勉強捕捉到他的蹤跡，尋味望去，原來這傢伙已經跟著斐崳遠走。這個垃圾，居然重色輕友。

幾番努力，最後還是與歐陽緡失散，手裡又提著一大堆東西，可謂是又累又餓。此時此刻，在大年三十的中午，我卻變得獨自一人。咒天、斐崳、歐陽緡、靡塗和咒陽，他們一人都沒有陪伴在我的身邊，讓我的心裡無限失落，所有的興奮與激動都隨風飄逝。此情此景，莫名地讓我想起了夜鈺寒、水無恨、拓羽和北冥，他們還好嗎？如果是他們，他們這時會陪在我的身邊嗎？小小自責了一下，怎麼可以這麼貪心。

茫茫然地走回幽夢谷，沒想到解除禁足令的第一天，我就又回到了幽夢谷，而且還是心甘情願。掰掰手指頭，算算日子，上官應該快生了吧。思宇呢？今天她一定和韓子尤一起你濃我濃吧。可憐我此刻形單影隻……不，我還有小妖。

我無比欣慰地看向小妖，哪知這傢伙卻在一邊呼呼大睡，這小丫頭，也不陪我玩玩。心裡一陣鬱悶，就揪起了牠的耳朵，牠被我無端吵醒，很是生氣，還用爪子狠狠拍我，於是我跟小妖扭打在一起。

「蝴蝶飛……蜻蜓追……」我立刻停下所有動作，小妖也同時停下豎起了耳朵。

不會吧，大白天呼喚我？仔細聽了聽，一無所獲，難道是幻聽？不過這倒是提醒了我。想了想，索性找柳月華玩去，我就不信她真能吃了我。

沒想到這大年三十，我居然是跟柳月華一起過的。

禁林依舊是那麼死氣沉沉，就算是新年氣氛都無法感染這裡，這寒得刺骨的冰冷，使人油然而生的孤寂。保持自己的清醒，不讓自己走神，免得又陷入無止境的幻覺中，讓別人有機可乘。

「柳月華！」我大聲喊著，面前是一片白霧茫茫，那些一縷又一縷的白霧宛如一個又一個的陰魂，帶著他們淒厲的哭喊從我耳邊滑過。

「柳月華，妳在不在？大家都是同一個世界過來的，為何要害我？」空蕩蕩的樹林裡只有我一個人的聲音，小妖躍到我的肩上，警戒地看著周圍。

忽然，面前刮過一陣強風，一抹妖豔的紅從我眼前滑過，渾身宛如被抽離一般被人拉出，隨著那股勁風我轉了好幾個圈子才站定下來，有點頭暈目眩。

「怎麼回事？」我扶了扶自己有點暈呼呼的腦袋，感覺有點不對勁，而到底哪裡不對勁，自己一時也說不上來。

「月華，妳可以進去了。」

「不，這不可以……你這又是何苦呢？」

朦朧中聽見有人說話，抬頭一看，眼前站著兩個人。奇怪，剛才明明沒有的，怎麼突然間就多了兩個人，而且這兩人是一男一女，男的一身紅色長袍，裡面是黑色的衣襟，長長的黑色衣擺從紅色的長袍下拖在了地上。而他身邊是一個嬌小玲瓏的女子，淡藍的衣裙拖地，沒有多餘煩贅的衣物，白色鵝絨的髮飾，輕靈縹緲的感覺宛如水中的仙子。

「月華，為什麼妳就這麼固執，只有這麼一次機會，難道妳要放棄！」

柳月華？原來那個藍衣女子就是柳月華？我忍不住多看了那女子兩眼，那女子此刻背對著我，看不清她的容貌。倒是紅衣男子側過了身，似乎很焦急，他一手指向地面，一邊急道：「月華！難道妳就不明白我的一番苦心嗎？」

我順著他的手看向了他指的方向，在看清地上的那一刹那，我的大腦變得一片空白。

我看到的，居然是自己的身體！難道這就是傳說中的靈魂出竅！

「我是不會那麼做的，我已經是一身創傷，為何還要給別人帶來不幸？」那女子也側過了身，和紅衣男子面對面，臉上是認真和嚴肅。

我看清了，那的確是柳月華。

「聽話！進去！」

「我不！」

「妳……」

兩人開始在我身體邊上爭執。按道理，我被人魂分離應該感到害怕和恐懼，但此刻我卻有點興奮，從小到大都對靈魂出竅很好奇，所以此番倒不怕了。我緩緩走到自己的身體旁邊，小妖嗚嗚地看著我，牠看得見我，原來牠能看到靈魂。

我仔細端詳著，不由得感嘆道：「倒是越來越漂亮了。」沒想到我的這句話讓身邊一下子安靜下來，兩人都微微有點驚訝地看著我。

怎麼？我不害怕讓他們覺得奇怪嗎？呵呵，經歷過這麼多的事情，我已經不是那個一驚一乍的小女生了。

突然的寂靜讓我覺得疑惑，我揚起臉看著身邊的兩人，紅衣男子英俊挺拔，藍衣女子娉婷婀娜，真是天造地設的一對，但他們之間沒有那種親密愛人的感覺。紅衣男子對柳月華的愛一眼即可看出，但柳月華對那紅衣男子，卻沒有半分愛意。

「你們怎麼不吵了？」我緩緩站直身體，嘴角含笑地看著他們，無意間我瞟到了紅衣男子的腰間有一支疑為權杖的物體，我不禁道：「赤狐令？你是魅主？」紅衣男子的臉立刻沉下，眼中帶出一道寒光，冷笑一聲：「既然知道我的身分，妳就該自覺地交出妳的身體。」

「魅，你怎麼可以這樣！」他身旁的柳月華疾呼出聲，我此刻才發覺那柳月華的身體呈半透明狀，再次看了看自己，果然自己此刻也如同薄霧一般虛無縹緲，忍不住感嘆：「原來靈魂就是這個樣子……」

「哼，小丫頭妳倒是膽子挺大，若不是妳這身體對我很重要，我想我或許會收妳做徒弟。」

「不用了。」我淡淡道：「如果有你這樣自私的師父，我會覺得丟臉。」

「妳！」魅主雙目帶著寒光，立刻掏出了赤狐令，「妳信不信我現在就讓你魂飛魄散！」

「住手！」柳月華撲向魅主，卻在即將碰到魅主的時候被突然彈了出去，發出一聲慘叫：「啊！」

「月華！」魅主發急地扶住了她，「妳應該知道我有神光護體，對不起，妳沒傷到吧。」

柳月華雙腳一躍，漂浮到半空中，俯視著魅主，眼中是對魅主的失望：「你不准傷害她，否則我一輩子都會恨你！」

魅主的眼中帶出了絕望和無奈，他落寞地垂下臉，絲絲的風裡透露著他的心傷。

心裡忽然覺得之前可能誤會了柳月華，依此情形，應該是魅主強迫我接受柳月華的靈魂。為何？為了愛！可見魅主是深愛著柳月華的，所以他希望能夠讓她復活。而復活的條件，就是需要一具軀體。

「為什麼選中我的身體？」我問道。

魅主揚起了似乎很是疲憊的臉，無力道：「因為妳和她來自同一個世界。」

我點了點頭，果然如此。

「妳回去吧……」魅主忽然甩出了赤狐令，我立刻感覺到一股強大的力量拉住了自己，朝自己的身體飛去。再次睜眼的時候，眼前只有那漫無邊際的迷霧，不見魅主和柳月華的身影，宛如方才的一切只是一場夢。

小妖興奮地撲倒我的身上，慶祝我的「復活」，而我卻有點納悶，其實我很想問柳月華之後的事。她為何會死？為何說自己滿身創傷？她在說那句話的時候，我感覺到了她的椎心之痛。是誰傷了她的心？難道是水酇？

「柳月華！妳就這麼走了？難道不想知道妳死了之後的事？」我對著茫茫的樹林大聲喊著，想利用水無恨讓她再次現身。

淡淡的迷霧中出現了一個紅色身影，是魅主，他的臉陰沉著，眼中是怒火。

他的憤怒讓我覺得疑惑，他冷冷對我說道：「妳不要逼我再讓妳靈魂出竅！滾出禁林，不要再騷擾月華！」

什麼話！當初是他引我來禁林，此刻卻變成是我騷擾他們，這不是含血噴人嗎？這個魅主什麼邏輯！是不是樹林待久了，腦子也生鏽了！

他的話帶出我滿腔怒火，他無疑是自私的，他不想讓柳月華知道外面的事，而現在我又不貢獻出自己的身體，他又將無法復活柳月華遷怒到我的身上。

我怒道：「你無權干涉柳月華的想法，難道你沒發現她很痛苦嗎？」

「正因為她痛苦，我才要保護她！你又知道些什麼？」魅主激動地朝我大吼。

我也不甘示弱，大聲道：「一味地隱瞞就是保護了嗎？」我輕笑：「你太不了解女人了，如果不打開心結，她會永遠痛苦。是！我不知道，我什麼都不知道。但我看到了，也猜到了，當你讓我看到柳月華的過往時，我感受到了被心愛的人懷疑的痛苦。」

「夠了！」魅主大聲打斷了我，「妳滾，我不想再看到妳！」他袍袖一甩，就指向了出口。心裡充滿魅主的氣憤和對柳月華的不平，在離開之前，我冷冷道：「你以為讓柳月華復活她就會開心嗎？你只是在滿足自己的私慾！」甩起袍袖，揮開了大氅，我轉身瀟灑離去。

魅主，是一個對愛自私的男人！

小妖一直安靜地走在我的身邊，我幽幽道：「小妖，我想我可能猜到柳月華的死因了，她是一個悲慘的女人啊……」小妖仰起臉，似懂非懂地看著我，我微微而笑。

柳月華在成親後並沒有得到自己所憧憬的幸福，水酇對她冰冷的態度讓她心傷。她是十九世紀中期的大小姐，雖然留過洋，但對感情卻依舊受到封建思想的束縛，不像我們這般灑脫。那個年代，是開放與封閉共存的矛盾年代。

是嗎？柳月華，害死妳的是水酇嗎？我回首看著迷濛的禁林，心中是對柳月華身世的同情，悵然若失的感覺讓我恐慌，一種害怕失去一切的恐慌。如果失去叟天，失去斐崳，失去一切的一切，我是否會和柳月華一樣成為一縷孤魂。但她又是幸福的，不是嗎？在她變成一縷孤魂的時候，有魅主一直守護著她，愛著她，並想幫她復活，儘管他的方法有點自私。

「雪兒！」身體忽然落入一個溫暖的懷抱，我茫然地呼吸著屬於糜塗、斐崳和歐陽緡的味道：我弱聲問道：「爹，斐崳，歐陽，如果我死了，你們會想讓我復活嗎？」

「會！當然會！」糜塗激動地話語讓我感動，「妳是我唯一的女兒，是斐崳他們的好朋友，我們不會讓妳受到任何傷害。」

莫名的，淚水從眼角滑落，耳邊是斐崳輕聲的安慰：「非雪，別想太多了，看，我們給妳帶了什麼來？」一陣幽香飄過，是點心的香味，那甜甜的味道趨散了我心中的窒悶，忽然發覺，擁有他們的我真的很幸福。

幽國的祭典在明火城燃起煙花的那一刻正式結束，斐崳，歐陽緡和我一起在幽夢谷放煙花慶祝年大年三十，我還拿到了糜塗給我的壓歲錢，心裡別提有多開心了。

糜塗一邊撫摸著我的頭，一邊笑道：「果然還是個孩子。」我也不反駁，有錢拿，做孩子有什麼不好？請原諒我的貪財吧，而且我貪得也不算過分嘛。而讓我最出乎意料的是，幽幽來了。她偷偷摸摸地將我拉開，說要帶我去個好地方，此刻斐崳和歐陽緡正情意綿綿，說實話我也不好意思在這裡做萬瓦的大燈泡，所以我就跟著幽幽溜出了谷。

「去哪兒？」我好奇地問著，小妖也在我和幽幽之間跳躍，牠似乎也很好奇。

幽幽神秘地看了看周圍，輕聲道：「幽冥神泉。」

「什麼？」那地方我不是沒惦記過，打從來到幽國，我就一直想找機會去看看這個能將人返老還童的神泉，無奈聽說那裡為溟族禁地，守衛極其森嚴。

「我對那裡好奇了很久，可憑我一個人力量，根本無法進去。」幽幽賊眉鼠眼的樣子像隻謹慎的老鼠，「今天冥聖他們都忙著國宴，是幽冥神泉看守最鬆懈的時候，雪姊姊也是喜歡冒險的人，所以我就拖上妳了，妳不會介意吧。」幽幽雖然對我用著抱歉的語氣，可眼神裡卻充滿了期待。

她那和思宇極其相似的神情讓我無法拒絕，其實，我對那神泉也是覬覦已久。想到此處，嘴角不免露出了賊笑。

「非雪姊姊，妳……」幽幽怯生生說著，害怕地看著我，我疑惑道：「怎麼了？」

「呃……沒什麼，只是妳笑起來好恐怖……」

我笑了笑，就抱起了小妖：「走吧。」

於是，兩個身影在黑夜中疾馳……

幽幽的輕功不弱，但我在這一個月的訓練下，也不輸這丫頭，甚至可以輕鬆超過她，在路上，我順便問了許多關於咒術的問題。

一般咒術分為自然和非自然。運用自然的力量就是之前和幽幽對戰時經常出現的那些雷電水火，用這些咒術就是和自然間的精靈達成了契約，讓他們得以使用自然的元素。

非自然的就是人為的咒術，例如青煙之前對我使用的迷魂咒，用我的話概括就是催眠，若運用得好，效果比那些自然的咒術功能強上百倍。

漸行漸遠，我發現似乎離皇城越來越遠，因為此刻皇城正燃放著煙花，所以很明顯地感覺到煙花在我們的身後越來越小，直至不見。周圍的聲音也越來越安靜，最後幾乎是伸手不見五指，周圍鴉雀無聲。

「這幽冥神泉這麼遠？」我狐疑地想著，幽幽一直都古靈精怪，難保她不會耍我。

幽幽在前面急行，只是隨便點了點頭，算是回答我。心裡的問號越來越大，開始放慢了腳步。

「怎麼不走了？」幽幽回頭納悶地問著我，見我懷疑地看著她，她立刻道：「就快到了。」

我提鼻子聞了聞周圍的空氣，除了幽幽，就無他人存在，也怪這該死的北風，強烈的北風將氣味吹得一乾二淨，根本無法捕捉。懷中的小妖忽然豎起了尾巴，躍到我的肩膀，戒備地看著周圍。

「幽幽，妳到底要帶我去哪兒？」我雙手環胸，冷冷地看著幽幽，她的神情漸漸變得慌張，我假笑道：「這大過年的，妳不忙著收紅包，會那麼有興致去闖禁地？妳不怕冥聖了嗎？」我記得她可是很怕冥聖，別說禁地，就算皇城戒備比較森嚴的地方，她都不敢進入。

幽幽低頭看著腳尖，諾諾道：「其實……是青煙姊姊叫我引妳出來的……」

「青煙？」若說別人我可能還會相信，但她說青煙我就無法理解了，「青煙想見我大可直接找我，她一向都光明磊落，幾時也變得這麼偷偷摸摸？」正說著，身後的氣流忽然發生詭異的篡動，小妖抽身躍開，我也跟著躍起，一道藍光忽然滑過，帶出了一道寒氣，從我裙擺下掠過，當即就割裂了我的裙擺，殘布在風中緩緩飄落。心下大驚，我居然沒發現他人的存在，是誰？他又是怎樣掩蓋自己的氣息的？

「誰？」我大呼，想起幽幽說青煙找我，驚呼道：「青煙？不會是妳吧！」心裡打著鼓，怎麼也不相信青煙居然會偷襲。然而空氣裡傳來熟悉的聲音：「正是我，非雪。」黑暗中漸漸隱現青煙淡藍的身影，帶有藍色絨毛的披風在風中輕輕飄揚。

「在幽國，是不允許私鬥的。」青煙淡淡道。她緩緩從陰影中走出，「幽幽總說妳厲害，但從前的妳很弱，所以我很好奇，想跟妳先比試一下，我總要了解對手的情況。」青煙淡然的表情裡卻帶著異常地認真。

「所以就挑在今天？」哪天不好為什麼一定要挑在大年三十？

「嗯，我看過妳的日程安排了，今天妳最空。」無語……那也要先跟我預約一下啊。

「而且，現在師父也顧不上我。」原來如此，自從冥聖沒了斐崳，對青煙可謂是緊緊守護。

就在我分神的時候，青煙閃身過來，讓我措手不及。她的武功與幽幽簡直是天壤之別，當我面對青煙的進攻時，我才感覺到自己根本不及那個層次。無力地閃躲，無力地抵擋，而青煙卻是遊刃有餘般輕鬆，她皺眉道：「太弱了，太弱了……」

我就算我知道自己的實力，但被人一而再、再而三地輕視，我也會發怒，在大年三十的這天，我不好好吃自己的年夜飯，被人引誘到深山野嶺，還被人海扁，我是吃飽撐著沒事幹嗎？越想越惱火，就算是美女我也照打臉。一掌揮去，就帶著掌風，青煙有點吃驚，我居然直接打她的臉，她迅速躲過，卻突然停了下來。

她瞪大雙眼，捧著自己絕世無雙的臉開始撓抓，輕喊著：「好癢，好癢！雲非雪，妳居然使毒！」什麼？說我用毒，我全身上下可是半點毒都沒帶啊。妳可以看不起我，但絕對不能侮辱我！

我生氣地看著青煙，她的臉漸漸變得紅腫，我怒道：「我一直覺得妳這人不錯，可妳今天的所作所為讓我懷疑妳還是不是我先前認識的青煙！妳先叫幽幽引我來……」我看向幽幽，但讓人鬱悶的是，三米之外的大樹下，原本應該站著一米五六的物體，此刻卻不見蹤影。

「該死，居然溜了！反正我沒用毒！」

「那我的臉怎麼會這樣？雲非雪，我看錯妳了！」青煙柳眉倒豎，我卻冤枉無比，靜下心細細反思，自己本就是個毒人，難道剛才那一掌真的帶出了毒素？一想到帶毒的可能性，渾身就冒出了一身冷汗，心裡開始發虛，卻不知如何面對青煙。

如果承認，那剛才自己據理力爭就成了虛偽之舉，若不承認，那豈不是更可惡？思來想去還是打算跟青煙實話實說，鼓起勇氣看向青煙，頓時把自己嚇了一跳，我的天哪，絕世的青煙此刻卻變成了豬頭，而那紅紅的豬頭還不停地流著眼淚。

「怎麼辦？怎麼辦，沒辦法見人了！」青煙不知所措地摸著自己的臉蛋，她忽然揚起臉，惡狠狠地看向我，眼中充滿了殺氣，「雲非雪，妳太過分了！」說著，雙手一揮，就是兩股掌風。

「青煙！」我慌忙躲避，「我不知道，真不知道！妳讓我來給妳醫治。」我誠懇地看著她，她憤怒地瞪著雙眼，一掌打來我來不及閃躲，就站在那裡，硬生生地接下。

「咳！」一口血腥從唇角流出，五臟六腑如同翻江倒海一般難受。

「妳……妳怎麼不躲？」青煙愣住了，睜著兩隻已經被擠進肉裡的小眼睛看著我。

我自然不能說是因為自己躲不開，厚著臉皮，用自己最為誠懇地語氣說道：「青煙，我真的不知道現在我的真氣裡帶毒，妳就讓我醫治吧。」

「非雪……」青煙緩緩走了過來，渾身的殺氣漸漸平息，反而愧疚地看著我，「對不起，我以為妳……」

「什麼都不必說了。」是啊，不必說了，免得說漏嘴。

我背過身，在手心裡悄悄吐了兩口唾沫，然後抹勻，回過身看著青煙，「我來給妳醫治，妳很快就會好了。」我伸出手，青煙面帶遲疑地閃了閃，但最終還是讓我為她揉臉。其實自己也不知道這樣有沒有效果，先用了再說。

「好涼。」青煙感嘆著。黑漆漆的樹蔭下，只能憑自己的手感，似乎感覺到青煙的臉在自己掌心下漸漸變小，然後我認真地提醒道：「要不是這次與妳對戰，我根本不知道自己的真氣裡帶毒，妳下次可要小心了。」

一陣涼風掃過，帶出了月光，那淡淡的迷濛的月光撒了下來，撒在青煙漸漸恢復的臉上。「嗯，知道了。」青煙迷人的笑容在月光下綻放，連我這個女人都不覺看痴了去。就在我發愣的時候，青煙忽然認真道：「那我們再來！」

什麼？還來？我本想推說自己睏了，哪知青煙就出了掌，我連連後退，剛才吃下青煙那一掌，已讓胸口灼痛，此番更是只有招架之功，毫無還手之力，在節節敗退之時，突然一道綠光射向青煙，青煙腳尖輕點，輕鬆躲過，站在一旁，我也終於獲得喘息的機會。

「幽幽！」青煙似乎有點生氣，「妳搗什麼亂？」昏暗中，幽幽的身影再次出現，她撅著嘴，一臉的不服氣：「青煙姊姊壞，非雪姊姊已經受傷了，妳還這樣打她。」

「她受傷了？」

鬱悶啊，難道她沒看到我剛才吐血了嗎？那可是好大一口血啊。

「當然！青煙姊姊就想著自己的臉，都沒察覺剛才妳那掌有多麼重。」

青煙微微擰起了眉，似乎在回憶，我受不了了，火星人就是火星人，與其被她糾纏，倒不如偷偷溜走。

「好像……是重了點……」暈，現在才想起來，這位青煙大美女，還真是沒有半點分寸哪。

我輕輕挪動腳步，趕快閃人，在快閃上，我還是相當有自信的。當我離開她們數十米之後，我大聲喊道：「我回去養傷，等痊癒後，再來挑戰。」遠遠的，看見青煙在說話，至於她說什麼，我就聽不清了，腳底抹油迅速開溜。

月黑風高的大年三十，我為了躲避青煙的挑戰而狂奔。心裡無比鬱悶，卻又無法遷怒於任何人。我只能說，我到了火星，自然就遇到了這些火星人。在幽國裡，要嘛他們被我同化，要嘛我就被他們同化……不要！千萬不要！

鼻尖忽然帶出一縷淡淡的味道：那味道隨風而來，又隨風而去，只在我的鼻尖迅速滑過，也沒辨清是否是自己熟識的人，心裡雖然有點納悶，但心想在昊天的地盤上勢必也不會有人害我，或許只是個路人。想罷，還是迅速趕路。

天黑路遠，北風凜冽，我恨北風。原本我就是個路痴，後來靠氣味來辨別方向，而此刻這北風一吹，什麼味道都沒了，黑漆漆的樹林裡，到處都是一樣的樹枝，一樣的景色。那些枝幹張牙舞爪著，如同樹怪花精，將我誘惑，讓我無法離開它們的魔爪。我立刻有種想罵人的衝動，這到底算什麼鳥事！

大年三十的晚上，我，雲非雪，在樹林裡，玩迷路。

「喂！小妖！妳到底怎麼帶的路！」心裡煩躁，開始遷怒於小妖，小妖屁股一噘，乾脆爬到我肩膀上不走了。開始後悔自己因為好奇心而招來的橫禍。

轉了一圈，終究沒轉出去，估計是小妖故意讓我迷路了。這丫頭也不好惹。莫名其妙走到了一座大山前，只見山前有一塊石碑，立刻產生了希望，在古代，路邊的石碑就是起到路牌標識的作用，說不定上面會有指向皇城的標記。

又是一陣北風呼嘯而過，將原本就慘澹的月光遮蔽起來，黑漆漆的世界裡，小妖白色的身影顯得更加明顯。「小妖！妳去看看！」小妖瞟了瞟我，很是不情願地跑了過去，我看見牠躍上了石碑，然後開始招手，既然是招手那我就過去。可是當我靠近的時候，牠又開始搖手。

我有點不明白了，怎麼一會兒招手，一會兒又搖手？心想小妖有點靠不住，還得要自己去看看。

我走向前，小妖立刻躍了下來，並朝我跑來，我繼續向前，與小妖的距離越來越近，而就當我看清石碑的時候，小妖也朝我飛撲過來。

我看見石碑上，清清楚楚地寫著：「此處有坑。」也就在我看清石碑上的字，小妖也撲向我的時候，我的腳已經往前邁出了一步，立刻感覺到，我的腳下……沒有平地……

這一切都是同時發生，也是命運註定，無法改變，我就那樣，自願地，昂首挺胸地，踏了進去……

「啊——」一聲淒厲地尖叫驚起了一群飛鳥……

這是一條通道，我順著通道一路下滑，通道壁長滿了厚實滑膩的青苔，雖然下滑的速度很快，我的身體倒也沒怎麼受傷。只是心裡有點慌，不知這通道的盡頭會是什麼。

出於本能，我還是努力地用手抓住可抓的物體，減緩自己下滑的速度，可這通道裡根本沒有可以讓我借力的地方，我只有認命地隨著通道下落到未知的深淵。通道的空氣越來越悶熱，我開始害怕，怕下面是岩漿，那自己這條小命就算交代在這裡了。還有小妖，我掉下來也就算了，妳跟著下來幹嘛！妳又不是公的，玩什麼殉情！

青煙，這回我做鬼也不會放過妳了，若不是妳，我也不會在那破林子裡迷路，更不會掉進坑裡！我要天天纏著妳，煩死妳！正想著，忽然整個身體掉出了通道。那一刻，我感覺自己就像被天國扔下的一件垃圾，晃一下，我就掉在了地上，屁股如同裂開一般，無法再次站立起來。

「痛死我了。」我揉著屁股，痛得直掉眼淚。咚一聲，頭頂上又掉出一個垃圾，正是小妖。

小妖直接掉在我的腦袋上，然後彈落在地上，滾了兩圈，就再沒爬起來，看牠那個樣子，應該是摔暈了。

一時無法站起來，我想看看自己究竟掉到哪裡，只是這一看，讓我驚訝得合不攏嘴。只見面前是一片巨大的地下湖，如果只是地下湖，那並不會讓我驚訝；讓我驚訝的是，這地下湖居然泛著綠綠的瑩光，那幽幽的光芒照亮了整個地下溶洞，而那石壁上，正是五彩斑斕的晶體，讓這裡如同水晶宮殿一般。

寶貝啊！我緊緊盯著那些晶體，情不自禁地走向地下湖，忘記了疼痛，湖中有一處高地，可以碰觸到那些晶體。小妖暈呼呼地走在我的身後，彷彿喝了二斤白酒，步子晃著八字。

我走入湖中，瑩瑩的綠光在我腳下漾開，帶出了一片清澈，太神奇了！而那清澈的湖底，到處都是可見的金銀財寶。這下發了！

湖水很是溫熱，一點也不涼。我脫去鞋襪和外衣，將裏衣束緊就躍入湖中，在綠色的海洋中徜徉。掬起一捧湖水，綠色的螢光從指尖流下，宛如生命在不知不覺中流逝。那綠色的螢光染綠了我的雙手和我的全身，我將水潑向小妖，銀白的小妖立刻變成了一頭會閃閃發光的異獸。

腳下不平整的感覺來自於那些金銀珠寶，我潛了下去，捧起那些財寶，一種強烈的滿足感，讓我頓覺幸福。

「想要嗎？」耳邊忽然傳來一個老者的聲音，眼前一道白光乍現，波光蕩漾的水裡，出現了一個白鬚飄然的老者，他慈眉善目地笑著：「想要就拿去吧。」

我愣愣地看著他，他見我不說話，便道：「這裡可以呼吸，妳可以說話。」一時之間沒有理解他的話，明明在水裡，我又沒有先進的潛水器材，怎能在水下呼吸？

「相由心生。」老者拈鬚而笑，那穩穩的身姿彷彿他此刻並不在水裡，而是在岸上，「妳認為它是水，它便是，妳認為它不是便不是。」老者翩翩然地站立在水中，渾身散發著智慧的光芒。

認為它不是便不是。我想了想，閉上了眼睛，開始呼吸。

呼……吸……身體漸漸變得沉穩，宛如回到了陸地。我再次睜開眼睛，將手裡的財寶還給了老者。老者很是疑惑：「妳不是很喜歡嗎？為何不要？」

我笑了：「喜歡並不代表一定要擁有，這些財寶我只要看過、摸過，就滿足了，只要曾經擁有，又何必一生佔有？」老者驚訝地看著我，然後，他對我點頭微笑。

其實，我是不敢要。童話看多了，這麼詭異的現象和老頭讓我遇上，誰知道拿了這些財寶會不會受到詛咒。

「這裡是哪兒？」我問著老頭，看了看腳下的珠寶和上面的湖水，小妖的腦袋在湖面上，焦急地往下面張望。

「這裡是幽冥神泉。」

「什麼？」我驚呼起來，沒想到這地下湖就是幽冥神泉，心裡慌了起來，連忙看自己的身體。

「怎麼了？小姑娘？」老人微笑著看著我。

我看遍了全身上下，慌道：「怕變成小孩，不行，我要快點上去。」

「哈哈哈……」老人家忽然大笑起來，「放心，只要妳能抵擋眼前的誘惑，我不會給妳懲罰。」

「是嗎……」我對老頭的話深表懷疑，如果這麼說，當年叟天是因為抵不住誘惑才會被變小，那當時他心裡的慾望又是什麼呢？

「看來妳應該是那個孩子的朋友。」老者在我面前緩緩述說，我心裡明白，他說的一定是叟天，「當年他抵不住權力的誘惑，所以我讓他再次變成孩子，好好反省，不知現在他對權力是否依舊執著？」我搖了搖頭，心裡有點失望，原本以為可以聽到一些叟天的醜事，例如他是因為經不住色慾而變小，原來是權力。不過還是要感謝老人家對他的懲罰，否則叟天或許就是第二個北冥，可憐的我就又要成為他的利用工具。

「哦？看來他的確改變了許多，我就不打擾你們了。」老頭說著袍袖揮起，我的身體立刻感覺到了漂浮的作用，一口氣吸下去，全是水。該死！還說相由心生，原來是耍我呢。撤銷法術也好歹通知一聲嘛，害我吞了一口水。

「這妳拿著。」老者忽然出現在我的面前，手中是兩塊古怪的石頭，我也沒看清，他就塞到我的手裡，「這是雌雄靈通石，無論你們分開有多遠，都會在這石頭的指引下找到彼此。妳很誠實，我就送給妳吧。」說著，老者消失在湖水之中，此刻我肺裡是稀薄的空氣，也沒時間去欣賞老人給我的什麼靈通石，將石頭往懷裡胡亂一塞，就趕緊上游。

好不容易浮上了水面，我拚命呼吸著那帶有淡淡的香味的空氣：「咳！咳！咳！該死的，也不先說一聲。」我罵著，卻不敢明指那老頭，怕他對我施法。

心裡暗罵那老頭N遍，瞟眼間，卻看到岸上有人，他焦急地在岸上徘徊，在他的腳下就是小妖，他們一黑一白的身影在岸邊不停走來走去。是他，心裡開心了一陣隨即又被納悶所取代，奇怪，他怎麼來了？

煛天不停地在岸邊徘徊，時不時蹲下看著面前的幽冥神泉，他幾度欲進入神泉，最終卻又縮了回去。

「非雪！」他對著神泉大叫著，我立刻潛下水面，想耍他一番。上次他在水裡戲弄我，這次該輪到我了。瞧他怕的，到時用水潑他，準把他嚇得哭爹喊娘。這麼想著，我就潛在水下往他的方向悄悄游去。

就在我即將接近他的時候，突然上面發出一聲巨響，立刻水波蕩漾，有人跳了下來，感覺到身上的壓力，心裡頓時鬱悶無比。其實他跳下來也就跳下來，幹嘛不偏不倚往我身上跳呢？於是本來想往上躍起的我，就被這個重物再次壓了下去，而且他的跳姿相當難看，讓我對他帥氣的形象立刻打了對折。

這傢伙不是像海豚一般魚躍下來的，而是就那麼直挺挺地跳下來，雙腳差點踩在我的腦袋上。

他跳到泉裡雙手胡亂揮著，絲毫沒有帥哥的形象，就像一隻落水狗，驚惶失措。心裡雖然鬱悶，但人總是要救的。這傢伙，怕神泉就別下來了嘛，這不是添亂嗎？

我抓到了他的身體，他卻順勢抱住了我，那彷彿我就要消失般急於抓住我的力道，擠出了我肺裡的空氣，咕嚕嚕一陣，我就這麼被他害的吞下了那綠瑩瑩的可疑泉水。他拖住我就往上游，這次倒反而成了他英雄救美。

「你下來幹什麼！」一浮上水面我就怒道：「萬一你再縮小我嫁誰去！」

昊天一臉哭喪，在瑩瑩的綠光映襯下就像枉死的水鬼，他沒有說任何話，只是深深地盯著我，他幽深的眸子裡帶著強大的吸力，讓我無法離開他的視線，突然，一個焦急的吻就覆了上來。

急切、魯莽、強勢的吻，吻痛了我的雙唇，宛如我下一刻就要消失一般，他的氣息變得紊亂，我甚至感覺到了他的顫抖，他離開了我的唇，將我抱得更緊：「嚇死我了，萬一沒有妳我該怎麼辦？」

心裡被濃濃的愛意填滿，我環抱住了他的身體，久久不想放開，就像他不想放開我一樣，我們似乎都希望這個擁抱能持久下去，希望時間能在這一刻為我們而停頓。

「我等妳好久好久，妳都沒上來，真怕妳……」我幽幽笑著：「放心，我不會變成怪物的，倒是你，不怕再變小嗎？」

「怕！怕得要死。」他的聲音裡帶著顫音：「但如果妳消失了，我活著還有什麼意義？答應我，永遠不要離開我，永遠都不要，讓我看得見妳，摸得到妳，求妳，別離開我……」

甜蜜的話語讓我感動地埋首在他的頸項，看著眼前瑩瑩的綠光：「你怎麼來了？」

「我想妳，就偷偷來找妳，可妳卻不在幽夢谷，經過墨林時感覺到了妳的氣息，但妳跑得太快，我一時追不上妳，沒想到只一個月，妳的輕功就會如此了得，然後就在幽冥神泉附近失去了妳的蹤跡，我猜妳大概掉下入口了。」

「你還說，既然這裡是神泉怎麼沒有守衛，害我掉下來。」

「呵……這幽冥神泉誰敢進來？所以根本不需要守衛，小傻瓜，肯定是妳沒看清石碑，自己掉下來的吧……」

叟天居然取笑我，我得取笑回來：「哼，某人還經不住考驗，被老仙人變小了呢。」

「老仙人？」他放開我，疑惑地看著我，「什麼老仙人？」叟天茫然的表情讓我疑惑：「怎麼？你上次沒看到老仙人嗎？老仙人說上次因為你抵不住權力的誘惑，所以才將你變小，懲罰你。」

「什麼誘惑？我上次掉進來就暈過去了，醒來就變成了孩子，對了，非雪，妳沒變吧？」叟天緊張地將我上上下下仔細看了一遍，見我完好無損，立刻放心地笑了：「可能幽冥神泉對女人沒作用。」

聽了他的話，我想或許是老仙人有意抹去他的記憶，讓他醒來後能夠以真正的自己再去經歷人世間的一切。

「糟了，我會不會再變小？」叟天立刻摸著自己的身體，就在我想說安心的時候，他忽然宛如被人用力拉入水底一般，瞬間在我面前下沉，閃電般消失，讓我措手不及，只覺得眨眼間，叟天就消失在我的面前，彷彿剛才的一切只是幻覺。

瑩瑩的波光，靜靜的水面，整個幽冥神泉只剩下我一人的身影，我在水中轉了個圈，一圈又一圈的漣漪在我的身邊蕩開。

「別鬧了，快出來。」我笑著，伸手摸向泉中，想偷襲我可沒那麼容易。

靜靜的泉水是我帶出的漣漪，可我卻沒摸到叟天的身體，心裡有點發急，想起那次他潛在水下裝水鬼，就猜他肯定是在耍我。於是我再次潛入水底，此刻清澈的泉下不見任何金銀珠寶，而是白色的泥沙。一眼望去通透得可見任何物體。我找了找，還是沒叟天的身影，我急了，難道他又被那個老仙人帶走了？這詭異的神泉、神經的老頭，任何事都會發生。

「叟天，你快出來！」我浮上水面大喊著，整個石洞裡只有我一個人的喊聲，心跳開始加速，千萬別嚇我，我驚不起嚇啊，在這個世界，唯一讓我有所牽掛的就只有他，如果沒有了他，我真不知道該如何繼續生存下去。

「別！別嚇我，求你！」我拍打著水面，向幽冥神泉發出哀求，淚水不由自主的落在水面上，打散了自己的倒影，「求你，神泉，別再嚇我了。怎麼辦？你在哪兒？到底在哪兒！」我瘋狂地在水下找著，淚水和泛著瑩光的泉水混在了一起。一片綠光中，我恍惚看見了那個長鬚仙人，他對著我拈鬚微笑。

「還我，你快把他還我！」我呼喊著，顧不得自己因為說話而吞下了泉水，拚命朝那老頭撲去，而那裡什麼都沒有，有的只是我的幻覺。

「哇……」忽然一聲響徹雲天的嬰啼從上面穿透下來，心裡一驚，趕緊游了上去。茫茫的水氣中，一片荷葉幽幽而來，嬰啼一聲接著一聲擊碎了我的心，老天，你究竟開什麼玩笑！荷葉上是我熟悉得不能再熟悉的衣服，那黑色緞子絨的便裝，裡面是一個嬰兒，嬰兒細嫩的小手在空中無助地揮舞。

「哇……」他在哭泣。

「哇……」他在吶喊。

「哇……」他在哀怨。

他的哭聲讓我顫抖。當他飄到我的面前，我聞著他身上那熟悉的味道的那一刻，我的世界「啪」一聲，如同玻璃破碎一般徹底碎裂。

天空是什麼顏色？我只知道我的世界已經消失……

嬰兒向我伸出了雙手，痛苦的眼睛裡閃著淚光，我茫茫然地抱起了他，他用他的小手緊緊揪住我垂在胸前的長髮。不知如何上的岸，我只是抱著他呆滯地坐在泉邊。

為什麼？為什麼要將他變成嬰兒？他到底又做錯了什麼？

為什麼？為什麼不索性把他和我都變成受精卵，也好讓我們一起消失在這個世界，忘記一切。

為什麼？為什麼要留下我一個人來承受這種變態的痛苦！

等他再次長大？那時我已經風燭殘年。

離開他？這讓我又怎麼甘心？

小妖輕輕觸摸著我懷裡的哭天，烏黑的珠子好奇地轉動，牠在我的面前跳躍著，我呆滯地站了起來，接下去，我又該何去何從？

小妖靜靜地走在我的面前，我不知道如何走出幽冥神泉，甚至不明白是怎麼走到路面上的，我還活著嗎？懷裡抱著熟睡的小睍天，世界變得空白，面前的路好漫長，好黑暗，沒有盡頭。沒有希望，沒有陽光，我的終點又在何方？

黑暗的夜裡，身上是神泉的綠光，和懷裡的小睍天宛如來自地下的鬼母與鬼子，在夜間遊蕩。沒有任何感覺，感覺不到北風的寒冷，也感覺不到夜的冰涼，只是跟在小妖的身後，一步一步地，茫然地前行。

朦朧中，我聽到了呼喚，那是誰？

「非雪……」多好聽的聲音，宛如天使在歌唱。

我停下了腳步，茫然地看著面前的人影，那熟悉的藥香讓我哭泣。

「別哭，非雪，到底怎麼了？妳懷裡的是誰？」溫暖的懷抱，軟軟的話語，讓我鑽入他的懷中不想面對這個殘酷的現實。

「妳身上那是什麼？難道？是幽冥神泉？天哪！妳快去洗洗！」斐崳推著我，將我推往溫泉。

「妳懷裡的到底是誰？」我想告訴他是小睍天，但止不住的哭泣讓我無法言語：「嗚……嗚……」「好了好了，別哭了，先去洗了再說。」斐崳將我推入了溫泉的洞穴，小妖立刻躍入泉中，開始在裡面暢遊。

我抱著小睍天，他不知何時醒了過來，拉扯著我裹住他的衣服，怎麼，他也想趕緊洗去身上的泉水？「天啊天，我該拿你怎麼辦？」我取下了包裹他的衣服，那原本他穿在身上的衣服。將他放入溫泉之中，淚水染濕了面頰，對未來感到無望，對睍天又感到愧疚，若不是為了我，他也不會跳下來。他變小了，而且這次小得離譜，我該怎麼跟斐崳他們交代，我該怎麼辦？

我抱著他號啕大哭：「怎麼辦？怎麼辦啊……」小叟天用他的小手擦拭著我的淚水，扯著我的衣領，衣衫上綠色的泉水將他已經乾淨的小手，再次染綠。我慌忙擦了眼淚，脫去衣衫走入溫泉，將小叟天放在溫泉中間的平臺上，清洗衣衫上的泉水，千萬不能再讓這些該死的泉水傷害到叟天。

「嗚唔、嗚唔……」叟天用我聽不懂的嬰兒話語說著，開始在石臺上爬行。看著他光屁股的樣子，心裡開始發酸，原本就已經是姊弟戀，這下要變成母子戀了……絕望再次帶出了我的淚水，我再次大哭：「為什麼要這麼耍我啊……我到底哪裡做錯了……」

「撲通！」一聲，我驚了一下，回頭看石台，上面已經沒有那個小孩的身影。不是吧，都變成小嬰孩了，還這麼不老實！慘了慘了！害他變小已經夠糟了，可不能再把他給弄死了。我慌忙潛入水下摸索，乳白色的泉水裡，根本看不清小叟天的身影，完了完了，怎麼辦？

忽然腳脖子被人拽住，心裡立刻開心起來，我往下摸到了一隻小手，心裡一陣嘀咕，這隻手好像比原先大了點。用足力氣將他拉了上來，嘩啦啦一陣水聲，帶出了我和他的身影，我看著被我拉上來的叟天，哭笑不得。心裡還殘留著方才的痛苦和絕望，而此刻又被欣喜和激動佔據，痛與喜的感覺交織著，百味雜陳。

「非雪……」他吐出了口中的水，開口的第一聲就是我的名字，而我僵硬地抽搐著嘴角，面前的叟天，已經不再是嬰兒，而是一個七八歲的孩童。

我正在目睹他長大！整件事猶如夢幻，將我徹底搞暈了，我已經無法做出任何反應，因為這超乎我想像的事讓我不知道該做出怎樣的反應！我看著他，他用雙手抹著臉上的水，然後痛苦地抱住了我的身體，臉埋在我的胸前：「非雪，好痛……」

「痛？哪裡痛？」我慌忙揉著他只有我手掌一半大的小手，他痛苦的表情讓他那張可愛的娃娃臉變得扭曲：「痛，都痛，好像有人在撕裂我，非雪，抱著我，求妳抱著我……」他一定很痛，因為他的淚水滴落在了我的掌心。那暖暖的淚水，沁入我的心，帶出了我的痛。

他說他被人撕裂，他說他很痛。他一定很痛，難道他在長大？他會變成什麼模樣？還和原來一樣嗎？我不知該如何讓他減輕痛苦，只有抱著他，緊緊地抱著他。他咬著牙，忍著身體的疼痛，可他卻不知道：他越是無聲地隱忍，我的心就越痛，那猶如被人撕裂的痛，讓我泣不成聲：「不痛了，不痛了，我就在你的身邊……」

「雪……閉上眼……」他從牙縫裡艱難地擠出這些話語：「我不想讓妳看見我痛苦的樣子，答應我……」他用他稚嫩的小手撫去我的淚水，「閉上眼，休息一會兒，會好的，一切都會好的……」

叟天面帶微笑，那宛如天使般清澈的笑容讓我的世界慢慢碎裂，我痛苦地閉上眼睛，緊緊抱住他的身體，明明知道他正在長大，我的心裡卻沒有半分喜悅。

如果他的變身讓他受到如此折磨，我寧可他永遠都是那個叟天，原來的叟天。而且他這不正常的變化究竟會變成怎樣，一切都是未知？是回到原來的樣子？還是直接變成枯骨，誰都無法揣測。

不要，不要離開我，我只有你！

感受著懷中叟天的成長，我真希望這一刻快點過去，別讓他再痛了，求你，老天爺，別讓他再受到這樣的痛苦。

他的骨架在慢慢變大，他的呼吸在開始急促，他的身體在不停地顫抖，他的一切都讓我揪心。

一切變得寂靜，彷彿時間在不知不覺中迅速前進，又慢慢停止，最後漸漸回到了原位。好漫長的等待，宛如我等了他千百年。

「非雪——妳沒事吧！」外面忽然傳來斐崳的聲音，我慌忙睜眼，卻被人捂住了眼睛，耳邊傳來熟悉卻略帶沙啞的聲音，那帶著磁性，好聽的成年男人的聲音帶出了我的淚水。

「她沒事，斐崳，給我一套緇的衣服。」

「尊上！」斐崳發出了一聲驚呼：「是！」

溫泉裡再次變得寂靜，捂在我眼上的手依舊沒有放開，我哭了，在他溫熱的手掌下哭泣。

「結束了嗎？」我哽咽著。他沒有回答，只是輕輕擁住了我，臉埋在我的耳邊，輕聲道：「嗯……結束了……讓妳擔心了……」

「天……」我再也抑制不住心中對他的憂慮，抱住他的身體嚎啕大哭起來，他的手從我的眼前移開，插入我的髮際，我靠在他的胸前哭泣：「嚇死我了，萬一你變不回來怎麼辦……」

「如果我真變不回來，妳會照顧我嗎？」他寬闊的胸膛起伏著，似乎在笑。

我皺了皺鼻子，用自己的淚眼看著他赤裸、肌理分明的胸膛，老實道：「不會。」

「什麼？」哭天沉下了聲音。

「怎麼照顧？你讓我整天看著只是嬰兒的你，我會瘋掉的，這是遲早的事，所以我想過了，如果你變不回來，我就離開幽國，找尋回家的路，因為沒有你，我留在這個世界也毫無意義，如果不找回家的路，我甚至不知道自己活著是為了什麼。」

「非雪……」

「我不想騙你，真的！如果你是嬰兒，我就會離開，我無法看著自己心愛的人只是個嬰兒……對不起……」是的，我無法想像那會是怎樣的情形？自己的愛人居然是個嬰兒，我會越來越覺得自己是個變態，最後直至瘋癲。我想，我一定會發瘋的。

「非雪……我明白……」旻天將我越加擁緊，「放心吧，我不會再變了……」

「那就好……如果……你變成老頭我就會照顧你……」我看著他蔓延在水面上如墨的長髮，那絲絲長髮與我的髮在水下纏繞在一起，隨著水流一起共舞，這就是結髮的感覺嗎？一種很幸福的感覺。

「原來我變成老頭妳倒是不嫌棄，可我會痛苦。」他撫摸著我的後背，聲音裡帶著疲憊。

「為什麼？」我揚起臉，看著他輪廓分明，英挺俊美的臉，他的眼中帶著一絲壞笑：「我那時有心無力，整日對著妳，只能看，不能吃，豈不痛苦？」說著，他的目光開始下移，我傻傻地回味著他的話，也對，都那把年紀了，還能做什麼？

「非雪，妳不覺得妳現在很危險嗎？」他攬住了我的腰，視線開始變得火熱。我愣愣地看著他，只是淡淡地問了一句：「你剛剛經歷完成長，不累嗎？」我的話讓他大笑，他指尖輕輕點在我的鼻尖：「是啊，好累，今天放過妳……」說完，他再次將我擁入懷中，我在他的懷裡開始竊笑。

十、再會魅主

誰也不會相信，我雲非雪居然能在如此赤裸曖昧的情況下逃過一劫。嘿嘿……其實是我自己也累了。身體上的疲勞是與青煙對戰造成的，還受了內傷。

這個女人，居然為了一張臉動殺機，不過每個人都有自己的忍耐底線，還以為青煙超脫了，沒想到她這麼注重外表。而心理上的疲勞，來自於叟天的忽大忽小，這次把我真的嚇壞了。

當我扶著叟天走出溫泉的時候，斐崳和歐陽緡的眼睛都拉直了，我們並沒有向他們解釋什麼，在他們驚訝和疑惑的注視下，我們回到了房間，然後關上門，熄了燈。沒有親吻，沒有愛撫，什麼都沒有，我們只是相擁入眠，宛如流浪在這個異世界相互照顧的愛人，只是這樣擁抱著彼此，就會覺得安心和幸福。

當叟天睡著的時候，我想起了老人給我的東西，原來是兩條繫著石頭的鏈子。那只是兩顆模樣相當普通的白色石頭，上面有著怪異的圖紋，雖是石頭，卻帶著溫熱，就像平淡的愛情，溫暖而持久。

我將一條給他戴上，輕吻著他的眼睛，他的嘴角微微揚起，帶出了一句宛如夢囈般的輕語：「我用我的生命保護它……」我笑了，心裡很甜，那甜甜的感覺將我帶入夢鄉……

「雲姑娘……雲姑娘……」一聲聲輕微的呼喚將我喚醒，我慢慢睜開眼睛，看見一個模糊的身影，她站在我的床邊，一圈月牙白的柔光籠罩著她的身體。

「柳月華！」我驚跳起來，不可思議地看著她。

「對不起，打擾妳了……」柳月華對我微微欠身，這讓我感覺很奇怪，明明就是同一個世界的人，此刻卻對我行古代的禮。

慢著，我還在睡覺，而且㚇天就在我的身邊，這也太……下意識回頭看看㚇天，結果把自己又嚇了一跳。沒錯，我除了看到㚇天熟睡的臉，還看見了他懷裡的自己。得，又靈魂出竅了。

出吧出吧，出著出著也就習慣了。正因為是靈魂出竅，所以沒有感覺到半絲寒冷，我走下了床，儘量擋住自己和㚇天，心裡明知道是徒勞，有點後悔在睡覺前沒有放下幔帳。都是因為當時太累了，我和㚇天一沾床就睡著了。

「呵……」面前的柳月華輕聲笑了出來，她右手微微一揮，幔帳就在我的眼前緩緩飄落，擋住了床上溫馨的畫面。

「他很愛你……」柳月華似乎是在感嘆，又似是羨慕。

我有點不好意思，第一次，在面對自己世界的人的時候，我變得侷促：「其實妳……」

「是啊，我也曾幸福過。」

「那後來呢？」

柳月華緩緩轉過身，望著窗外，彷彿在看天空的明月，可那裡什麼都沒有。

「他信了她的話。」

「誰？」

「慕容雪！」

「慕容雪？」

「就是韓妃韓玉玲的表妹。」

「她？榮華夫人？」

「榮華夫人？」柳月華疑惑地看著我，她不解的表情說明她並不知道這個慕容雪已經成了榮華夫人，我有點驚訝道：「難道妳不知道水酇在妳死後扶正了慕容雪，她成了一品榮華夫人？妳到底怎麼死的？」慌忙收住了口，發現柳月華的眼中滑過一絲痛楚。

「對不起，我太唐突了。」

「沒關係……」柳月華微笑著。我明白，那是她硬擠出來的笑容。她垂下了眼瞼，幽幽地說著：「他聽信了慕容雪的話，認為無恨是我跟翼的孩子，所以他想打掉無恨，我明白他給我的保胎藥其實都是紅花，我倒掉，保住了無恨。當時慕容雪正好嫁進水家，做他的側室。」

「為什麼？水酇不是很愛妳嗎？怎麼會娶慕容雪？慢著，難道他真的認為妳與拓翼有染，所以特地娶個女人來氣妳？」

「一半一半吧，這裡面還有韓玉玲搞的鬼。」

「韓玉玲？老太后？」這件事似乎越來越複雜，牽扯的人越來越多。

「太后？」柳月華平靜的臉上滑過一絲驚訝，隨即她冷笑一聲：「怎麼，她終於做成皇后了嗎？」

「嗯，可惡著呢！」

「是啊，很可惡，正因為她的妒念，才會害了我，也害了慕容雪。讓我陷入痛苦，讓慕容雪被憎恨淹沒。」柳月華發出一聲長長的哀嘆，幽怨的神情帶著她心底深藏已久的恨。

我輕聲問道：「到底怎麼回事？」

柳月華看了看我，視線落向遠方，說出了那遙遠的塵事：「慕容雪真正愛的，其實並不是鄺，而是翼。」

「什麼？」糊塗了，我徹底糊塗了。

「慕容雪和韓玉玲是表姊妹，而且感情相當好，彼此的父母在朝廷裡也是平起平坐，兩人都有資格入宮選妃。但當時慕容雪很仰慕鄺，所以選秀女的時候，她自動放棄了，希望能與鄺有更多的接觸機會。於是韓玉玲便入宮成了韓妃。因為她們姊妹情深，所以慕容雪可以經常出入皇宮見韓玉玲，這之間必然會遇到翼，於是她的感情漸漸起了變化，最後愛上了翼。這也是我後來進宮養病時發覺的，也正因為翼讓我進宮養病，才招來了她們的妒念。」柳月華痛苦地皺緊了雙眉，右手揪住了自己胸口的衣襟，我不忍地勸道：「別說了，如果這些事讓妳痛苦，就別說了……」

「不，我要說出來，因為我已經很久沒跟人說這些往事了……」柳月華再次揚起了微笑，那帶著她痛苦的微笑，「當時慕容雪和韓玉玲為了趕我出宮，便放出我與翼有染的謠言，逼鄺回來接我回水家，我原本以為鄺不會相信那些謠言，哪知他心眼如此狹小，雖然他讓我在宮中養病，可心裡卻已經打了一個無法打開的死結，埋下了怨恨的種子。在他迎娶我之後，更對我忽冷忽熱，毫無半點信任。再加上慕容雪和韓玉玲的謠言，更讓他以為無恨是我與翼的孩子，進而想加害於他，我對他徹底失望，終日以淚洗面。」

「這慕容雪太可惡了！」

「妳錯了。」柳月華輕笑著：「真正可惡的其實是韓玉玲，慕容雪不過是她利用的棋子，當我陷入痛苦，達到她的目的後，她便開始對付慕容雪。她知道慕容雪也愛上了拓翼，為了讓拓翼只成為她的專屬，她提議讓慕容雪嫁入水家，畢竟當初慕容雪也是為了與鄺多接觸才不願入宮。她只一句話，就左右了慕容雪的一生，翼本不想賜婚，卻沒想到鄺居然欣然同意，這讓翼很疑惑，也很氣憤。翼決定招我入宮，但此舉卻更加深了鄺對我的恨，鄺以我懷孕為由推拖了翼的宣招，其實他開始軟禁我，我從此就被打入冷宮……」

柳月華深吸了一口氣，輕吐道：「有很多個日夜，我都想一死了之，但一想到無恨，我又堅持下來。而就在那時，我就開始聞到一種奇怪的香味，在那種香味的影響下，我的精神開始變得恍惚，直到我生下無恨後，我的神智已經開始不清。」

「有人下毒？」

「是的，是慕容雪下的毒，若我當時就知道，及時防範的話，也就不會造成無恨沒有母愛的寂寞童年。」

「這慕容雪為什麼要下毒？按道理，她恨的應該是韓皇后啊。」

「雲姑娘，妳錯了，正因為她痛恨韓皇后，又因為她愛拓翼，所以因愛生恨，她才要讓我死，可以讓水家與拓家反目成仇。」

柳月華的話讓我豁然開朗，慕容雪先害死柳月華，這柳月華本就是拓翼的摯愛，而水鄺冷落柳月華的事拓翼也定然知情，現在柳月華又莫名其妙死了，這讓拓翼怎能不懷疑是水鄺搞的鬼？而柳月華卻不知道，慕容雪的復仇並沒有因為拓翼的死而結束，她的計畫依舊繼續著，而柳月華留下的無恨，便正好成為慕容雪向拓家徹底復仇的工具。

水蘄定然認為無恨是拓翼的兒子，於是就給無恨從小灌輸是拓翼糾纏他的娘親，導致他娘親鬱鬱寡歡而死，說不定還會說拓翼要強行佔有他娘親，反正欲加之罪，何患無詞。

這個慕容雪果然是君子報仇，十年未晚啊。想起當初第一次見她，還覺得她為人和善，親切慈祥，卻沒想到會有如此歹毒的心腸。恨，原來可以將一個女人變成毒婦。

聽完柳月華的故事，心底發寒，想到了青煙，她會不會如此？她難道真的一點都不恨我嗎？如果她不恨我，何以在我毀了她容的時候，會對我產生這麼強烈的殺念？

「我死的時候，無恨只有四歲，是一個什麼都不懂的孩子，雲姑娘，妳知道嗎？無恨小時候真的很可愛……」柳月華的眼中充滿了溫柔，那是只有母親在想念孩兒時才會流露的溫柔，「他小臉圓鼓鼓的，看見他的人都想捏他，他頑皮得不得了，有一次居然還把鳥屎攙進點心，騙丫環吃，當時他才只有四歲啊，他就這麼壞了……」柳月華的臉上洋溢著幸福的笑容，即使無恨小時候再壞，在柳月華的眼中，也是一種可愛。把鳥屎放進點心，真有這小子的……

「雲姑娘妳想啊，一個可愛的孩子，手裡拿著糰子，然後說：姊姊妳吃。誰會拒絕？呵呵……所以整個園子的人都上了當，呵呵……哎，可惜我後來神智不清，就再也看不到他的胡鬧啦……」柳月華有些失落地看著地面，覆而揚起臉看著我，「妳那天在林子裡說要告訴我無恨的事，怎麼，你們認識嗎？」我愣了一下，一直以為靈魂是無所不知的，卻沒想到柳月華會不知道她死後的事，我的心變得沉甸甸的，不知該如何跟她說起，她一定會更加心痛吧。

「雲姑娘，怎麼了？」柳月華輕聲問著我，「是不是……無恨他過得不好……」

我看著柳月華擔憂的臉，心裡忽然湧起一股熱流，正色道：「讓我幫妳吧，幫妳解脫，讓拓水兩家的恩怨徹底結束，了結這段因果。柳月華，妳告訴我，我究竟應該怎麼幫助妳和無恨？」

柳月華怔住了，身體止不住地晃了晃：「難道無恨真的過得不好……」

「哎……」我大嘆了一口氣，將自己知道的一切，一五一十地都告訴了柳月華，她的視線變得慢慢空洞，不停地後退。

「不會的，他不會這麼殘忍，不會的……那可是他的孩子啊……」柳月華的聲音開始顫抖，她忽然捂住了臉，轉身穿門而去，靜靜的空氣裡，只留下她從眼角滑落的淚水，在我面前滴落，破碎……她哭了，一個靈魂哭了，那是怎樣的痛？想追出去，身體忽然被一股強大的吸力拉回。

「柳月華！」我驚叫一聲，坐直了身體，眼角一片濕熱，我也哭了……

「怎麼了？」喫天被我驚醒，「妳怎麼叫著柳月華的名字？」他捧住了我的臉，觸摸到了那一片濕熱，「怎麼了？怎麼哭了？到底發生了什麼事？」他焦急地為我拭去淚水，將我輕輕擁在胸前，「別哭別哭，是不是做惡夢了，不怕不怕。」喫天輕拍我的後背，輕柔的話語就像在哄一個孩子。

我抽泣著：「我看見柳月華了，她告訴了我一切。」

「別信她，她只是為了得到妳的身體。」喫天沉聲說著，我反駁道：「不是的，她從沒想過要佔有我的身體。」

「她想要會直接告訴妳嗎？」喫天認真地看著我，「非雪，妳原本不是那麼單純的，現在怎麼會這麼輕易就相信別人?還有，我發現妳的氣息不穩，妳是不是受了內傷，是誰打傷妳?」

「是……青煙。」

「她?那妳以後就要小心她。」沒有任何疑惑，熉天只是嚴肅地提醒。

我點了點頭：「其實是我先毀了她的容。」

「什麼?」這回熉天的語氣裡帶出了驚訝，「妳膽子也未免太大了!青煙最注重的就是她的臉，即使我誤傷了她的臉，她也會跟我拚命，妳呀妳!」熉天雖然責備地說著，可卻是無限寵溺。心裡偷偷樂了一把，原來熉天也會護短，例如我。哈哈，那是不是說我以後都可以無法無天?於是我大膽道：「那我要出谷。」

「妳現在就可以出谷了。」

「不是，我是說我要回到蒼泯，去解決水無恨的事。」

「不行!」沒有任何遲疑，熉天厲聲拒絕：「妳現在身邊躺的男人是我，妳居然還想著那個水無恨，雲非雪，妳到底在想什麼，妳有沒有把我放在心裡!」他激動地晃著我的身體，我被他晃得有點暈了。

「不是啦……」我趕緊辯解：「是柳月華啦，她實在太可憐了，而且這一切都是慕容雪搞的鬼。」

「慕容雪?那個榮華夫人?」我立刻點頭，然後再將剛才與柳月華的談話重複了一遍，熉天一邊聽著，一邊摸著自己的下巴，神情開始變得漸漸嚴肅。

「所以，你覺得你們幽國會袖手旁觀嗎?你們不是一直以神自居的嗎?」我一口氣說完，看著熒天，他的眉毛已經徹底糾纏在了一起，看來這件事也讓他震驚不小。良久，他才發出一聲感嘆：「果然最毒婦人心！」他看著我，細細觀瞧，我被他看得一頭霧水：「幹嘛？我不會這樣的。」

「難說。」熒天扣住了我的下巴，瞇起了眼睛，「現在我只寵愛妳一個，自然不會有這麼多的事端，但萬一我……」

「你敢！」我立刻豎起了拳頭，他立刻放開我做抱頭狀，還無比委屈地說道：「看，我就知道吧，我真是可憐，總是被老婆打。」

「誰是你老婆，哼！」我一努嘴，甩過了臉，心想趁他現在心情不錯，我再次厚著臉皮道：「怎樣？你讓我去不？大不了你跟我一起去，水無恨怎麼說也是我的好朋友，我不能看著他被自己老爹害死是吧。」熒天原本頑皮的臉立刻沉了下去：「那就等妳成為我正式的妻子再說，只有成為我的妻子，才能離開幽國。」

看來談判破裂，他是不放我出去了。要成為他的妻子，那是猴年馬月的事了，更何況，這之間還隔著青煙這堵高牆，我能等，我怕無恨等不了。最近也沒有機會去【天機閣】，也不知無恨那邊情況怎樣了？真的好擔心他已經向拓羽宣戰，到那時就什麼都晚了。

「睡吧，別再想柳月華了，妳的心裡永遠都是別人。」熒天用力壓下我的身體，他長長的頭髮散落在我的臉邊，「我現在都開始羨慕他們了，至少，妳會經常想起他們……」他吻了下來，輕柔緩慢地吻遍他所喜歡的每個角落。

「那好吧……我暫時不想了……」我在他唇下呢喃，睡意漸漸襲來，這次希望在夢裡見到的只有他，而不是其他人……

第二天早晨的時候，我盤腿坐在床沿，瞪著煚天，我從早瞪到晚，瞪到你同意為止。

「別瞪了，就算妳把眼珠子瞪出來我也不會同意。」煚天悠悠然地開始在我面前穿著斐峖為他準備的華服，一件又一件的袍衫襯出他挺拔的身材，「妳已經是我的人，無論是拓羽還是水無恨都不再與妳有任何關係。」

他的聲音漸漸變得陰沉，套上最後一件寶藍色的外袍，他撐開了雙臂，我下意識地為他繫緊腰帶。繫到一半才猛然驚覺，自己還在生氣，居然還這麼自發的伺候這個混蛋。心頭一火，就狠狠推了他一把，他笑著往後退了兩步，然後搖著頭自己繫好衣衫。

「妳呀，何苦要攬事上身呢？非雪，妳現在已經是局外人，我知道妳把他們當朋友，但這是天意，不是妳一人就能改變的。妳去了又能改變什麼？說不定在還沒遇到他們時就被水酇滅口了。」

「才不會呢，我有武功。」

「妳的武功？呵，能行嗎？」

「我⋯⋯我還會用毒！」我不服氣地鼓起了臉。

「那恐怕是只有在近距離才有用吧，別想了，還是老老實實待在這裡，水無恨的事我會彙報給國主，他會派人解決的。」煚天說到這裡，已是臉色陰沉，不容反駁，「妳要知道，我是為了妳好！」他轉身打開了門，就在這時，有人撞了進來。

空氣中飄著我帥哥阿爹的味道，他怎麼來了？對了，記得日程上他今天要帶我回去見狐族的長老們，嘿嘿，這下又有好戲看了。我蹦下了床，小妖從門檻和煚天袍衫下的細縫中溜了進來，牠昨晚又被關在門外，心裡小小愧疚了一下。

「是麋塗爹爹嗎？」我從哭天的胳膊下鑽了出去，正看見麋塗米色的袍衫和驚訝的臉。

「尊…尊上……」麋塗似乎沒看見我，只是直勾勾地盯著哭天，嘴裡可以塞下一個雞蛋。

「嗯，正是我。」哭天神色自若，垂下了手看著麋塗，沉聲道：「你來接她？」他拎住了我的脖領，冰涼的手指碰觸在我脖頸處的肌膚上，帶出我一身雞皮。

「是……是的。」麋塗依舊用驚訝地眼神看著哭天，「您…您變回來了。」

「是的。」哭天淡淡地回答了一句，便道：「好好看著她，別讓她亂跑。」說著就放開我，傲然地擦過麋塗的身旁離去。

看著他臭屁的背影，我再次狠狠地瞪了他一眼。而令人想不到的是，麋塗突然轉過身追了上去，並且躍到哭天的面前擋住了他的去路，質問道：「你怎麼從我女兒的房間出來！」

哭天此刻背對著我，我看不到他的表情，但第六感告訴我，絕不會有好話從他口中說出。

「你說呢？」他好笑的口氣在風中飄蕩，「我昨晚睡在她的房間，今早自然從她房裡出來。」

果然……我無語，哭天為什麼不給我留點面子，在麋塗的面前如此赤裸裸地說出那些羞人的話，他在示威還是在警告？麋塗可是我爹啊。

「怎麼可能！」麋塗怒了，看向我，眼中開始噴射憤怒的火焰，「雪兒，是不是他強迫妳的？」

就在這當下，斐崳和歐陽緡又來了，他們看見院中的情景，愣了一下，隨即斐崳恭敬地向哭天行了一禮：「尊上休息得可好？」

「嗯，很好。」哭天轉回身，還用包含某種訊息的眼神看著我，意圖將我徹底抹黑，我陰下臉，走到麋塗的身邊：「爹，我們走吧。」

「雪兒，他有沒有欺負妳！」麋塗急了，就像父親知道女兒被人糟蹋，要找人尋仇一般，「我不會放過他，就算他是尊上也要對這件事負責。」

「好啊。」罠天樂得答應。

真是越來越亂，我怒道：「我們沒發生什麼！老爹你到底走不走？」

「我們真的沒發生什麼？」罠天揚著眉毛一臉的邪氣，讓我越看越覺得他很可惡，怎麼人大了，那心眼越來越幼稚，再加上他不讓我離開幽國，怒火轟一下燒旺，狠狠瞪了他一眼，他嘴角微揚，得意而狡黠。

「你得負責！」麋塗激動地欲衝上前揪住罠天的衣領，被我使勁拉回，往外就走。

「真的沒有，你在亂想什麼！」至少昨晚真的任何事都沒發生。

麋塗擔憂地看著我：「女兒，爹知道妳不好意思說，妳放心，我一定讓那個混蛋負責，否則他就別想得到我們狐族的支持。」說著，麋塗露出一個冷笑，「哼，沒有我們的支援，他就做不成幽國的國主，只要我們高興，我們可以扶持罠陽替代他。」這個主意好，他做不成國主，是不是也意味著青煙不會嫁給他，那我也不用發起那個狗屁挑戰。

「雪兒。」麋塗握住了我的雙手，「放心，爹永遠站在妳的身邊，如果沒人要妳，爹就一直陪著妳。」麋塗溫柔地看著我，我因為他的情意而感動，果然還是老爹好，麋塗雖然不是我親爹，但猶如親爹。

「爹，我決定離開幽國。」

「那不行！」靡塗立刻板起了臉，我萬萬沒有想到對我「百依百順」的靡塗居然會反對，他義正言辭道：「妳是天機，離開幽國妳就會陷入危險，更會給這個世界帶來紛亂，讓妳待在這裡是保護妳，妳要知道我們都是為了妳好。」

我們都是為了妳好……好熟悉的話語，某人今早也這麼跟我說過。我開始明白，他們是在變相地軟禁我，只是這個軟禁從某個角度來看是善意的。

「妳現在最重要的是成為狐族，其他的事就不要再想了。」又是好熟悉的話，記得兒時父親就常說：妳現在最重要的任務是把書讀好，其他的事就不要再想了。天下父親果然一般黑。

雖然心裡是對靡塗和叟天的怨憤，但拜見長輩對我來說還是一件快樂的事，因為有紅包拿，就算沒有紅包也會拿到不少好東西，什麼武器秘笈或是珍貴藥材一類，讓我感覺自己彷彿是網路遊戲中的主角。

有好東西拿，日子也就過得飛快，每天入睡時都在盼望著第二天能拿到什麼好玩意，就這樣，七天的時間很快過去，不知不覺自己再次被禁足，反過來想想也有點後悔，就這麼浪費了七天時間，如果這七天能好好修行，相信武功和內力上都會有所飛躍。

上面也因為叟天的復原而舉國歡慶，又擺了幾天的筵席，叟天可謂忙於應酬當中，自然無暇來看望我。倒是叟陽有幾天跑來谷裡，還追問我是不是與叟天復原有關，我只笑不語。

靡塗和我的比試在年初八的那天再次開始。我和他一起進入禁林，因為是比賽，所以在進入禁林不久之後，我便跟靡塗分開，他放開我的時候，眼中帶著深深的擔憂，可我更擔心他，至少魅主還惦記著我的軀殼，不會對我怎樣，但靡塗就難說了。

禁林總是怨氣彌漫，我進入禁林後就傻呼呼地坐在地上拔草，因為魅主不會再見我，而糜塗也不會找到魅主，魅主只會見想見之人。柳月華在那晚後也再沒出現，是不是我的話讓她心碎？哎，其實我真的很想幫助她，歸根究底，還是因為她和我是一個世界的人，現在我知道了她的身世，覺得很淒涼，也很辛酸。

忽然我感覺到了一種滿足，一種幸福的滿足，相對於柳月華來說，我無疑是幸福的，我有朋友，有愛我的人，更沒人想害我，就連一直想利用我的北冥，都對我呵護備至，總之在我身邊，就算是壞人，也都對我很好。

除了那個韓老太婆，真是越想越氣，之所以想幫助柳月華，一半也是為了自己。

「喂！柳月華，我真的很想幫助妳，妳告訴我，我該怎麼幫妳！」

靜靜的空氣裡，傳來一聲悲鳴，一縷淡淡好似帶著人臉的霧氣穿透了我的身體，飄向遠方。

「那就交出妳的身體！」沉沉的，不帶任何感情的話語在我面前響起，紅豔豔的身影在我面前緩緩蹲下，黑漆漆的長髮在紅衣的映襯下，格外顯眼。

我看著魅主，認真道：「魅主，不是一定要柳月華復活才能解決問題，她那麼善良，你真認為她復活就能解決一切？」

「那妳就能？」魅主反問，我笑：「至少我比柳月華奸，我比她冷血，我對水家和拓家都沒深切的感情，我可以冷靜地進行自己的計畫。」

「為什麼？」

我冷笑：「因為我看韓老太婆不順眼，就這麼簡單。」

「不為了別的？」魅主忽然瞇起了眼睛，我疑惑，他冷笑：「哼，我知道妳想要赤狐令！」

我睜大了眼睛，他怎麼知道的？不過幫助柳月華是一回事，我從沒想過要藉此得到赤狐令。

「哼！」魅主輕哼一聲：「妳果然有目的。」

我正色道：「我沒想過，信不信由你。」

魅主看著我，我看著地面，兩人都陷入沉默，靜靜的風帶起了他紅色的衣擺，在草地上飄蕩……

靜謐的樹林裡，不是陽光明媚，卻是愁雲慘澹。我為無法成為狐族而發愁，一旁的魅主雖然不知他在憂愁什麼，但我可以感覺到多半與柳月華有關。

「你是怎麼愛上柳月華的？」我打破了沉寂，帶出了魅主的嘆息。

「凡是異世界的魂魄都由我送回原來的世界，呵……我也不知道為何會愛上柳月華，而且還只是一個魂魄……」他悠悠地望向遠方，「世界只是眾神的玩具，這個幽國創建的目的，就是監測和記錄這個世界的運轉，好厭煩啊……千百年來，做的都是同一件事情……」

「那我們的穿越是不是和你有關？」

魅主的眼中滑過一絲淡淡的笑意：「只是這一次……就這一次，沒想到會帶進三個人，讓這個世界波動變得混亂……」

我看著魅主，他冷俊的面容漸漸變得柔和，一束陽光意外地穿透霧氣灑落在他的身旁，勾勒出他清晰的輪廓。

「當我第一眼看見她的時候，就覺得心疼，她憂傷的面容，卻帶著微笑……」他柔和的目光將我帶入他們第一次相見的場景。

幽幽的樹林中，無數幽魂或是喜悅或是哀傷。而她卻如湖水一般恬靜，明明絕望的眼神，卻面帶微笑，站在那一束陽光下，宛如即將消失的天使，讓人莫名心痛。

「從那一刻起，我就決定讓她復活，所以我從她的世界裡選中了妳，但我出了偏差，於是就讓妳們三人一起來到了這個世界，並且沒有落到這裡，而是蒼泯。或許是天意，無意中印證了那個預言，妳成了天機。」魅主深深地呼吸，靜靜地哀嘆。

「帶她走吧。」魅主忽然露出一抹輕鬆的笑容，我疑惑地看著他：「誰？」

「月華……」他從懷中摸出了赤狐令，「妳帶著她去完成她的心願，了卻一切的因果吧。」

我看著魅主手中的赤狐令，呆滯得無法言語，他居然想通了！

「怎麼！想反悔！」魅主忽然提高了聲音，一臉的猙獰，我慌忙接過赤狐令頻頻點頭又搖頭。

魅主放柔了表情，臉上帶著淡得如同薄霧一般的微笑：「別讓我失望……要讓她幸福……」

我撫摸著赤狐令，這裡面就是柳月華的魂魄嗎？但我該怎麼用呢……

「妳拿著赤狐令，月華的魂魄就會在妳的身旁，不會消散，如果……」魅主的神情忽然再次變得兇惡，「如果她要上妳的身妳要配合知道嗎！否則……哼哼！」

我立刻拚命點頭如搗蒜，我明白，得罪了他死後準沒好事，他負責管我們的魂呢。

「去吧，在我反悔之前。」魅主站起身輕輕甩袖，背轉了身，那紅色的孤寂身影，讓我莫名想起了水無恨。當我想到水無恨的時候，手中的赤狐令微微閃現出了淡淡的紅光，怎麼，柳月華知道我在想水無恨嗎？

「月華！」魅主突然轉身，緊緊抓住了我手中的赤狐令。怎麼，想反悔？那怎麼行！

我當即用力將赤狐令搶回揣入懷中，向魅主一抱拳：「你放心，我一定會好好照顧她，幫她了卻心願，讓她開開心心地回到這裡，告辭！」說完，拔腿就跑。

一口氣跑出樹林，突然撞到了一個人，因為我跑得太快，這一撞，撞得我暈乎乎。還沒反應過來，那人就將我緊緊擁在懷中，聞著那熟悉的味道，我開心地笑著，正是我可愛的糜塗老爹。想拿出赤狐令炫耀一下，卻因為被抱得太緊而無法動彈。

「雪兒，我的雪兒，妳終於出來了。」

「太好了，非雪，妳把我們都急死了。」

「小雪，妳沒事吧。」

一聲又一聲關切的話語讓我暖心，我掙脫出糜塗老爹的懷抱：「大家怎麼都來了？」我看著斐崳，歐陽緡，甚至還有爂陽，覺得奇怪，我只不過在林子裡待了一會兒，大家就彷彿我再也不出來般擔心的樣子。

「我們怎能不來？」歐陽緡平日冷漠的臉上居然也帶著憂慮，「妳已經進去七天了，我還以為妳出不來了。」

「是啊，非雪，這次妳真的嚇到我們了，尊上說妳一旦出來叫妳馬上去見他！」斐崳緊鎖著雙眉，口氣依然是滿滿的擔憂。

慢著，我進去了七天？怎麼可能？

我還在疑惑的時候，大家就把我往皇宮方向推，我就這樣被他們一路推著，好似趕著去投胎。

事。

「喂，我說，怎麼會是七天？我跟魅主談了不過幾個時辰而已。」

「非雪，妳難道不明白禁林的詭異嗎？」斐崳的語氣裡帶著微微的慍怒，有如在責備我不懂事。

「是啊是啊，當初我們一個狐族人進入林子，但在第二天出來的時候卻成了老頭，他說他在裡面給魅主做了幾十年的傭人，所以這禁林才會被列入禁地。」

「還有這種事？」我感到一絲慶幸，幸好沒變成老太婆。那當初㒟天變小的時候，就應該將他送入禁林，嘿嘿，說不定出來就是原本的大人樣了。

「妳還笑得出來！」㒟陽似乎也生氣了。今天是怎麼了，大家好像都對我有強烈的不滿，「我們都快擔心死了，天都七天沒好好睡覺了，妳這次把整個幽國都要攪亂了知不知道！」

「為什麼？我跟爹爹比賽他們不知道嗎？」

「就是因為你們的比賽，所以這次狐族族長也罪責難逃。」

斐崳的話讓我身邊的糜塗阿爹立刻陷入深深的憂慮。

好奇怪啊，大家的話我有點聽不懂。

「妳是天機，這是妳來到這個世界就註定的，所以妳們三人的命運都在神主的嚴密監控中，一旦妳有任何閃失，我們就是保護不力。」

哈！原來我的生死對他們有這麼大的影響，嘿嘿，小嘍囉們，知道怕了吧，你們平日再欺負我看看啊。

㒟陽看著我不由自主流露出來的笑容，沉下了原本一直柔和的臉：「妳就知道笑，怎麼，把我們都害死妳很開心嗎？」

「我看就是。」歐陽縉突然說了一句欠扁的話，我立刻大聲道：「怎麼可能，大家對我都很重要。」

「知道就好！」四人異口同聲，那氣勢當即壓過我的頭頂，那帶著怒氣的聲音險些震聾了我的耳朵。

我就這樣被四個男人嚴密「守護」著一路往上，侍衛和侍女紛紛迅速為我們讓開了路。

雖然我不明白神主究竟是誰，但在幽國這段日子裡，我漸漸感覺到幽國不像是一個國家，反而更像一個機構，這個機構設立的目的，就是培養尖端的人才，來維護這個世界的正常運轉。

這讓我想起了墨家，記得電影《墨攻》裡的墨家就是這樣神聖的存在，岌岌可危的國家如果能請到墨家幫助，就會起死回生。而他們口中常說派遣各國的聖使，是不是就是這樣的作用？

只一個人，就左右了國運，而那些受到幫助的國家卻不知道這些人都是幽國所派遣的。

表面上與他國一般普通的幽國，卻有著如此神聖的職責。頓時讓我覺得做一個幽國人，真的很自豪。

「你怎麼就這麼糊塗呢！」

還沒進屋，就從那熟悉的殿堂裡傳出一聲咆哮。

「老狐啊，你也是老狐狸了，怎麼就定出這麼一個不可能完成，而且還是這麼危險的任務！」

聽這聲音應該是熨浩然的，而被他責備的就應該是我名義上的爺爺：老狐。

糜塗立刻急急走入殿堂，我也趕緊跟了進去，抬眸間，正好撞上熨天的視線，他在看見我的那一剎那，他鬆了口氣，眼中卻帶出了他的責備。

對不起，這幾天讓你擔心了吧。看著他疲憊而憔悴的臉，心中浮現一絲愧疚。

暗罵自己沒良心，明明斐嶠他們也擔心我，我卻沒有半點愧疚感，如此一想，就更加自責自己的魯莽。

狐族族長麋狐坐在殿堂右側的紅木椅上，臉上的表情似乎沒有半點自責，反而是怡然自得，看見我進來，更是露出了滿意的笑容。

那一刻，我忽然明白他並不是老糊塗，而是他相信我，相信我一定會安然走出禁林。

「天機出來了？」臾浩然再次問了一遍，焦急得宛如丟失了國寶。

斐嶠將我推到他的面前，他那緊張的臉終於放鬆下來，與此同時，我也看到了他身旁的冥聖和他身後的青煙露出安心的表情。

冥聖原本糾結的眉峰緩緩打開，從他好看的雙唇間幽幽吐出了一口氣。

青煙的嘴角微微揚起，平淡的臉上帶出了一絲喜色，雙眼射出了兩道精光，我正在揣摩她眼神的含義，卻聽見臾浩然問道：「天機妳沒事吧？」

「哦，沒事。」我從容地行了個禮，道：「這次進去我見到了魅主，並且接了一個任務，所以請國主准許讓非雪出谷，完成魅主交託的任務。」

嘿嘿，我把魅主搬出來，看你們誰還攔我，我就直接跟臾浩然說，偏不跟你臾天說，氣死你！

「這……」臾浩然為難地看著我，看向身邊的冥聖，冥聖也微微皺起了眉：「既然是魅主交託的任務，必不能違背。是何任務，能讓別人替代嗎？」

冥聖第一次對我用商量的口氣，我果然沒猜錯，魅主的地位應該跟他們口中的神主相差無幾。

我搖了搖頭，淡淡道：「魅主特地交代，只得由我全權負責。」

「可是大婚在即，若天機有何閃失，我們恐怕……」

「大婚！」我當即大聲打斷了覡浩然，驚訝地看著他和冥聖，兩人因為我高聲打斷而懵了一下，我忙問道：「誰和誰？」

「自然是天兒和煙兒。」冥聖的臉上帶出了充滿挑釁的笑。

我急道：「不行！我不同意！」

一聲厲喝，全場譁然，糜塗第一個將我拉回自己身邊，責備道：「雪兒，不可無禮！」

「非雪……」斐崳擔憂地看著我，我看向覡天：「不是說還有一個月嗎？為什麼提前了。」

「因為……」沉默已久的覡天終於認真地看著我，「我提前復原了……」

「靠！」情不自禁，我罵出了聲，糜塗用狐疑的目光看著我，似乎不理解我這個「靠」的含義，只有斐崳和歐陽緡在一旁輕笑起來。

「反正我不同意！」我甩開了糜塗的手，大步走到冥聖的面前，「我要挑戰青煙，我要成為覡天唯一的妻子！」

大聲、清晰地我喊出了每一個字，讓覡浩然、冥聖和青煙都露出了驚訝之色。

冥聖漸漸收起驚訝，嘴角一勾，就是蔑笑：「憑什麼？妳只是天機，我們有保護妳的責任，但並不意味著我們就怕妳，妳只是天機，除了天機這個名字，妳什麼都不是。」

該死，這話太可惡了，我當即道：「誰說我不是？我是雲非雪，是糜塗的女兒，就是狐族的公主，是不是，爺爺！」我看向老狐，老狐拄著拐杖站了起來。

看，狐族族長也站在我的一邊。

「妳還不是狐族。」

一句話，宛如將我從高高的山頂一腳踹入深淵，我茫然地看著狐族族長，他的臉陰沉著，冷漠的神態完全沒有方才看我時露出的器重。

他緩緩轉過身，冷冷道：「妳還沒拿到赤狐令，還沒勝過麋塗，所以，妳就不是真正的狐族。」

「哼……」我冷笑，此刻就算不看冥聖都知道他現在有多麼得意，「赤狐令是吧。」我伸入腰間，狠狠一把抽出。

當赤狐令乍現在眾人面前時，整個殿堂，都沉寂了……

眾人神色各異地看著我手中的赤狐令，鴉雀無聲的殿堂裡，只聽見冥聖的輕呼：「天意啊……」

「哈哈哈哈……」誰也不會想到，哭天突然破口大笑起來，那宛如瘋癲的笑聲久久迴盪在殿堂之上……

番外篇　夢遊只因想要妳

很多時候，他都在想，他怎麼就喜歡那個「傻傻」的女人？他堂堂幽國之主，何等精明睿智，卻偏偏愛上了那個有時糊塗，有時犯傻的雲非雪。是在她智取拯救思宇之時？還是她幫那上官泡到拓羽之時？或是她自己屢屢逃過拓羽與北冥的「追捕」？是啊，她也曾從他的手中成功溜走。這個曾經被他說成一無是處的女人，卻能從精明睿智的昊天手中逃脫，這或許就是她讓他，還有那些男人對她著迷的原因。

她不笨，只要是在她不想笨的時候。現在她終於回到了他的身邊，和他一起回到幽國。她還不知，他其實已經在那一晚破除了青煙對他下的忘情咒。

忘情咒，讓人忘情，卻不失對他人的記憶。當初選擇再出幽國的決定並沒有錯，他終於在她的身上找回自己失憶的答案。可是沒想到破咒之時他會如此心痛，痛得無法呼吸。因她讓他忘情而痛，因她為保全他幽國國主地位而犧牲對自己的愛而痛，因她在雷雨中的驚恐而痛，因她在月光中的淚水而痛。

他不想再失去她，只有繼續佯裝下去，只求她能繼續留在他的身邊，只為那一絲希望。是的，他相信她能擊敗青煙，成為幽國國母的候選人，那樣他們就可以永遠在一起，不用再為彼此犧牲。

如果……她輸了……

他也會悄悄放棄這一切，拐騙她離開，再告訴她所有的真相。不然那個笨女人又會偷偷離他而去，讓別人給他下咒。到了那時，或許就不再是什麼忘情咒，或許會是更厲害、讓他徹底忘記她的咒。每每想到此，他的心如同碎裂一般疼痛，從來不知害怕的他竟會打從心底深處恐慌、顫抖，他已經不能再失去她。

恐慌再次讓他無法呼吸，心痛如絞。自從她跟他回到幽國，他很久沒有這樣恐慌過。有她在的時候，他不會想到這些，因為那時他不寂寞。他總是一次次地想要她，她卻不知那是因為他的恐慌與害怕。他想讓她懷上他的孩子，那麼她就只能為他留下。

呵，他一個堂堂的國主，卻因一個女人，有了如此幼稚的想法。而回到幽國後，他為了她的安全，為了他們的未來。他克制自己對她溫柔，克制自己的思念，克制自己想抱住她、吻她、要她的衝動。她不知道每當他看到她有些落寞的目光時，他有多麼心痛。她不知道每當他看到她與陽出雙入對時，他有多麼嫉妒。

她知道他在刻意疏遠她，卻並不明白他的苦心。他讓她去做任務，是為讓她修練，哪知她整日跟陽、幽幽玩耍，不務正業！今天，她又和陽在一起。他知道不應該去偷看她，但他已經忍耐到了極限。當他聽到陽說喜歡她，而她還說讓陽做小老公時，他真是快氣炸了。若不是顧及到陽，他肯定會衝上去把那個笨女人按倒，好好教訓，要她記得誰才是她的老公。

對了，她不是說他前兩晚夢遊嗎？想必一定是他太思念她了，才會夢遊症發。那今晚……不如……他看向了和她房間相連的密道，瞇起了眼睛。

他扯去袍衫，只著內單。第一次，他哭天也會卑鄙的用夢遊來教訓一個女人。他打開密道，走出之時卻發現她已經站在出口的旁邊。

怎麼辦？只有繼續裝下去，他半瞇眼睛往她的床走去，可她卻擋在了他的面前，扣住了他的身體，近乎急切地說了起來：「聽著，我知道你讓我成為狐族的苦心，我知道你已經想起了一切，我會努力，對你負責，你聽見了嗎？我說，我會對你負責，所以，請你耐心等待。」

他怔住了，她……原來都知道……那最近她……難道和他一樣，也在裝？是為了他們的將來而裝？是啊，正因為她的這份聰明，才會讓收徒苛刻的孤崖子也想收她為徒。才會讓魅主也對她上心。

「好吧，我愛你，除了爸爸媽媽，外公外婆，爺爺奶奶，我就愛你，對了，還有哥哥妹妹，未婚夫……」「未婚夫？」他聽到了一個刺耳的詞語，忍不住開了口。

「那已經過去了，而且你也有未婚妻，所以我們扯平了，但在這個世界，我只愛你，我愛的也只有你，你把我對爸爸媽媽，外公外婆，爺爺奶奶，哥哥妹妹的愛都集中在你一個人身上，難道還不夠嗎？」

「那未婚夫呢？」說完有些後悔，他怎麼像個女人一樣小心眼。

「他……已經忽略不計了……難道你還要在乎一個在我心裡已經什麼都不是的男人？」

他笑了，他滿足了，她的話讓他胸口長久以來的「積怨」終於消散，此刻他渾身輕鬆。他轉過身，笑呵呵地回到自己的房間，今晚就繞過那個女人。

哪知他剛躺上床，那女人居然從暗道裡衝出來一下子撲在他的身上，這一撲，讓他不醒也難，直接把他肺裡的空氣壓出，他整個人清醒，兩個人在黑暗中對視，而她還不知死活地跨坐在他的腿上。小腹開始收緊，火焰在他身體幽深之處開始燃燒。

她被他連續的夢遊給逼「瘋」了，她坐在他身上大大地發洩，抱怨他這連日來對她的騷擾，她在他身上每一次輕微的移動，都點燃了火焰，血液開始朝一個地方聚集，他已經快要忍不住這幾天對她的日思夜想。

「如果我是男人，我就把你壓在身下，壓得你下不了床！」當她憤怒地說完這句話後，居然開始拉扯他的衣衫。他在心底偷偷笑了，這可是她主動，那他自然得滿足。可是誰知道她居然狠狠咬了他一口，痛得他呲牙咧嘴。這就是女人的邏輯？咬他？他多麼希望她……

算了，如果她能主動，那她就不是雲非雪了。但她也有弱點，比如……可以用激將法。她不是說要把他壓在身下壓得下不了床？他立刻神情轉為輕蔑：「原來妳在上面不過如此。」

果然，他從她的眸光裡看到了氣鬱和憤懣，下一刻，她就吻上了他的唇。哼哼，他得逞了，他現在可要好好品嘗她的美味，滿足自己的飢餓。下身在那一刻腫脹起來，蓄勢待發，他找到了她的衣結。

「如果我是男人，天肯定就是我的受……」忽然，耳邊傳來她得意的輕語，他抽了抽眉腳，這個女人怎麼三句離不開那些鬼東西，現在她還真把自己當男人，把他當作受了嗎？這太「侮辱」他熨天大爺了！他要好好教訓她，讓她知道即便她是男人，那也是他的受，而他是攻！是絕對的攻！可就在這時她卻逃了。她居然趁他走神的時候逃了！這個混帳女人，居然點了火逃走，讓他承受慾火焚身的痛苦，尤其是下身的脹痛，他無法忍受！

他瞬間從床上跳起，下身的腫脹讓他無法正常行走。下身已經撐起了他的綢褲，他就這樣舉旗衝到她的床前，在她驚詫的目光中將她壓倒、鎖住，狠狠地說：「就算妳是男人，妳還是在我的身下！」然後，狠狠吻住了她的唇，頂上她的下身，在她的腿間摩擦，讓他越發無法克制。他想要她，他忍了那麼久，今晚一定要一次要個夠。

他扯去了她的衣衫，在她的聲聲求饒中抓住她那柔軟的嬌乳，她說她馬上就要與青煙比賽，害怕懷上身孕，影響發揮，求他再忍幾天。

有那麼一刻，他心軟了。可是手中已經緊握的溫軟，和她通體的幽香，還有那密穴之處的清涼，無一不刺激著他每一根神經。他將自己的昂揚頂在密穴的入口，腦中迅速計算日子，他笑了，邪邪地望入她帶著委屈的目光：「我算過了，妳最近是安全期……」然後故作哀求，她一向無法抵擋他的哀求，「雪，我好難受，就一次，我保證……」

在看到她心軟的神情之時，他立刻衝入她的幽穴，在她閉眸的那一瞬間，他開始了自己的馳騁，他要她，要她一個晚上，對她強烈的慾望早讓他將對她的保證拋諸腦後。

抱著她嬌柔的身體，看著她因為他的愛撫而泛紅的臉龐，還有她聲聲嬌喘和無意識散發出來的迷人媚香，都讓他欲罷不能。對她隱忍已久的愛在激情的頂峰噴湧而出，脹痛雖然在那一刻消失，可是情潮卻越發兇猛，他還要，還要……

定價
NT$220
HK$60元

晉江原創網大力推薦，網路人氣評分突破200,000,000！《以王之名》作者那隻狐狸討論度NO.1的全新力作！

一騎絕塵 1~2 待續

那隻狐狸◎著　嵐月◎插畫

天道承負，善惡報應。何以救人為善？殺人是孽？
跨越前世與今生，熱鬧中隱含哀傷的修仙物語！

天真率性的天犬少女．絳雲，為了幫助原為仙人，卻被貶入人間的主人轉世．褚閏生而來到中原。原本只為了幫助褚閏生得道成仙，想不到連滅族仇人的轉世．池玄也給遇見，還被對方拯救？身陷前世仇恨與今世恩情的她，究竟該手刃仇人，還是——

Kadokawa Fantastic Novels DX
台灣角川華文新視野

定價各
NT$220
HK$60元

繼顧漫《微微一笑很傾城》
最受歡迎的網遊文！
虛擬情人扶正，
網路戀愛正夯！

沒事找找虐 上×下

青衫風流◎著　INstockee.◎插畫

一段命中注定的孽緣，
在虛擬與現實之間華麗展開！

為了報復前男友，蘇柳匿名加入了線上遊戲，然而化名「沒事找找虐」的她，在遊戲世界裡邂逅了「無聊殺殺妖」與「驕陽似火」這兩位個性截然不同的美男，這下遊戲裡的恩怨情火燒到現實世界裡來了！到底這場虛實交織的愛戀，能否在實際生活裡開花結果？

Kadokawa Fantastic Novels DX
台灣角川華文新視野

定價
NT$260～280
HK$75～76元

日本知名插畫家椋本夏夜
第一屆台灣角川輕小說大賞
銅賞得主常闇
跨海合作傳奇史詩！

悖理紅的女孩 1~4（完）

常闇◎著　椋本夏夜◎插畫

世紀末浪漫奇幻傳奇最終章！
這場滅世的紅禍將會為世界帶來怎樣的影響？

繼承了魔法師體質的少女茵芙倪，遇到了想要變得更強的青年劍士李・麻頁朵，不過是一場小小的旅行，卻為大陸帶來了幾近毀滅的變化！北方深土，所有環節相扣的人齊聚在此，最後的大戰即將爆發！茵芙倪的身世之謎也即將揭曉！

Kadokawa Fantastic Novels DX
台灣角川華文新視野

定價
NT$199
HK$55 元

席捲華文文壇的東方奇幻大作！
南派三叔．風聆．唐家三少．逸清聯合推薦！

九州 第一卷

江南◎著 毅峰◎插畫

這是亂世，也是英雄的時代——
東方奇幻巔峰之作正式登台！

在九州北陸的大漠草原上，有個叫做青陽的遊牧民族。

青陽世子呂歸塵年幼多病，他的哥哥們不將這個孱弱的世子放在眼裡，只是相互較勁，爭奪王位。然而歷經戰火洗禮和人世滄桑後的呂歸塵，卻一改往日柔弱的個性，慢慢成熟堅強起來……

Kadokawa Fantastic Novels DX
台 灣 角 川 華 文 新 視 野